作家散文
典藏

周大新 著

周大新散文

作家出版社

目 录

辑一

3 天龙山随想

12 宛人范蠡

16 为了明天的南阳更美丽

18 霍山的水

21 在龟峰听龟说

27 我有一个茶庄

31 文化的积淀

34 发现乡间之美

39 美说

51 乡村的未来

54 中国廉政文化一说

64 丙申年里说"贪婪"

70 人与社会

73 关于医院的随想

辑二

- 79　认识他是一种幸运
- 82　关于《曲终人在》
- 85　一些忧虑
- 88　在地炮团里吃饭
- 91　豫剧舞台上的玫瑰
- 94　修身与正心
- 98　军医院里的风云
- 101　谁掌豫军帅印
- 103　蒙古族小马驹
- 105　处处是家
- 108　赋文优美抒挚情
- 110　邓州黄酒也醉人
- 113　在南海看潮起潮落
- 116　抒戍边豪情　展阳刚之美
- 119　奇妙的脸谱
- 122　旺盛的生命力和创造力
- 127　由词语之门入窥思想之厦
- 130　老来作诗情更浓
- 132　上将的文学情怀
- 136　税文化园地的耕耘者

138　女性视角下的战争

141　晚霞与朝霞一样绚丽

145　呈现人间之妙

149　为科学家立传

152　且将雄心蕴诗中

157　美妙的阅读

辑三

163　血缘宗亲关系是一种黏合剂

180　战争是一种最血腥的动物

191　少忆痛苦才能活下去

203　人都会寻找精神皈依

213　用小说去呈现中国精神大厦的内部景观

230　爱是人类的终极价值

236　文学会帮助我们认识人自身

241　一个文人关于反腐的纸上谈兵

245　作家应该关注和表现权力这个东西

256　好酒也怕巷子深

259　酒之外

262　人生没有绝境

辑四

269　呼唤爱意

274　文学让我们的心灵相通

279　人性立方体

283　童年和少年记忆对创作的意义

288　大师的馈赠

299　小说家能给世人带来什么

○○辑一

天龙山随想

一

世上很多地方出名，是得益于一个人。

位于今天太原城西南三十六公里的天龙山，也是这样，它的成名得益于一个名叫高欢的男人。

高欢是南北朝时期的渤海蓚人。高欢在乱世中长大，又在乱世中掌握了一支军队，他带着自己的军队进据洛阳，废掉了当时的北魏帝元朗，另立元修为帝，史称孝武帝。随之让元修封自己为大丞相和天柱大将军，北魏朝政大权便尽落高欢之手。此后，他就在当年的晋阳城里建了晋阳宫和大丞相府，定居晋阳而遥控北魏政权。几年后因为宫斗，他又废了元修皇帝，立了十一岁的元善见为帝，也就是孝静帝，史称东魏。我猜是在这个时期，高欢看上了天龙山。

他看上天龙山，首先是因为天龙山在夏天特别凉快，是一个避暑胜地。天龙山是吕梁山脉的一条支脉，海拔一千七百多米，山高树密，山风强劲，暑热便很难在这里停步。我估摸是在一个暑天的正午，受不了晋阳城里暑热的高欢，让属下打听哪儿凉快，很快有人报说：天龙山。于是，高欢就下令在天龙山建了一座避暑宫，作为漫长夏季的休憩之处。金代诗人王庭筠大约知道高欢避暑宫的华美，曾写过一首诗：挂镜台西挂玉龙，半山飞雪舞天风，寒云直上三千尺，人道高欢避暑宫。清代诗人朱彝尊也曾根据人们关于高欢避暑宫的传说，写道：人说当年，离宫筑向云根，烧烟一片氤氲。据天龙寺碑文记载，高欢的避暑宫犹如秦之阿房、汉之未央。我们可以想象高欢当年在避暑宫里的惬意之状：一边向东魏年幼的元善见下达着关于朝中人事变动及有关经济、军事的策令，一边搂着美女看舞女们的曼妙舞姿，那份舒畅一定是难以言表的。

站在权力巅峰的人，内心里通常都有一份渴求，那就是希望保住自己的这种地位永远别丢。高欢当然也是这样，他此时肯定希望自己的这份美好生活能永远延续，于是他想到了佛祖，希望能得到佛祖的保佑。大概率是出于这种考虑，他接下来开始效仿别处的做法，在天龙山东峰南坡的山腰上开凿石窟、雕造佛像，以表达他对佛祖的一份虔敬之心。他雇了技艺高超的凿窟造像工匠，所造的两个石窟就是今天编号为东峰的第二和第三号窟。我猜想，这两个石窟凿好之后，他举办过盛大的礼佛仪式，晋阳宫里的很多官员和侍从都参加了这个仪式。仪式中肯定有一项，是高欢虔诚地跪在石窟前，祈求佛祖保佑他一切顺心顺意，荣华长享，官位永在。之后，他的儿子高洋仿照其父的做法，又开凿了三个窟，即今天编号为东峰的第一号窟与西峰的第十和十六窟。此风一开，后人便纷纷效仿，北齐至隋之间，又有人开凿了东峰第十一号窟。隋炀帝为晋王时再开凿了东峰第八号窟。到唐代竟一下子开凿了十八个窟。这样，在跨越四个朝代历时四百年后，天龙山东西两峰的山腰间，共开凿了二十五个石窟，计有造像五百余尊，佛雕、藻井、画像一千一百四十四尊（幅）。

高欢根本没想到，由他开始的这种凿窟雕造佛像之举，竟给后人留下来一份宝贵的文化遗产。天龙山的这些石窟以娴熟的雕刻技法、精深的佛教内容、鲜明的时代特征和丰富的生活气息而名扬天下。今天，我们看到的第九号窟，是晚唐时期罕见的石窟精品。峰顶有高755厘米的弥勒坐像，姿态端庄，衣纹处理虚实结合、聚散合理，使庄严的佛像增加了活泼的气氛。下部又以高500厘米的十一面观音为主尊，文殊、普贤菩萨为胁侍的三大士像，用男体女态的方式处理，巧妙地表现出肉体、纱衣、饰物三者之间穿插迂回的雕塑功力。后壁又用倚坐弥勒、坐佛和许多化佛坐在莲座上的淡浮雕作背衬。崖壁间又附若干龛窟，宽猛相济，繁简结合，寓意颇深。

高欢一辈子都在搞政治和军事，却在无意间参与了文化创造，这就是人世的奇妙之处！人们做事时的最初用心和事成之后产生的效果不相一致，是常见的一种世相和世态。不管史书怎么评价高欢这个人，但我们要肯定，天龙山的出名，高欢有功！

二

毁掉一份祖业，最快的方式是里应外合。这就最少需要两个人：外边一个贼，里边一个败家子。

名扬天下的天龙山石窟这份文化遗产的毁坏，就是因为出现了两个人：一个是外贼，日本人山中定次郎；一个是败家子，天龙寺（圣寿寺）的住持净亮和尚。

天龙山石窟有过四百余年的繁盛之景，但从宋朝开始，因这一地区归北方少数民族政权统治，开始由盛转衰。到了元朝，已近无人问津，但传下来的祖业还在。

时间进展到二十世纪二十年代初时，这些端坐在石窟里的佛像，都还在静寂默然地注视着世事的变幻。

直到1918年。

这一年，日本关西大学的考古学教授关野贞，来中国华北一带进行有关佛教的学术考察，他循着人们的指引，来到了已被冷落多年的天龙山。并无思想准备的他见到了那些寂寞多年的石窟，窟内造像的线条之柔和、样式之多变、雕功之精美，让他大吃一惊和分外高兴。他连忙用相机将这座宝库记录下来，并收进他的《支那佛教史册》第三刊中。1921年，他的这一考古报告在日本《国华》杂志公开发表之后，立即引发了学者们的广泛关注，一时间，天龙山石窟再次吸引了人们的眼球。

这些石窟的艺术价值在被学者们热议的同时，一位不法古董商人也开始睁大了眼睛，他以商人的灵敏嗅觉，闻到了猎物的香味。他就是当时的日本山中商会的会长、中国古董销售商山中定次郎。在二十世纪上半叶，他是全世界最大的中国古董销售商。

时间进展到二十世纪二十年代，中国还在战乱之中，多灾多难的中国人大多都在为自己的衣食饱暖操心，根本无暇顾及天龙山石窟里雕像的安全。好在，这些石窟由天龙寺（圣寿寺）里的和尚们照应，石窟里的佛像由和尚们看护和供养，这是他们的职责所在。

靠倒卖中国古董发了家的山中定次郎，在得知天龙山石窟有精美的石雕佛像之后，岂能放过这个发大财的机会？他迅速做了一番准备，然后在1922（一说1923）年启程由日本来到了中国山西，并准确找到了天龙山，找到了天龙山上的天龙寺。

他第一次来是为了现场察看踩点，做好盗窃的计划。我猜想，在进天龙寺之前，他会预先雇向导和助手们去巡视一遍石窟，在心中有数之后，才进了寺院，再拜见了当时的寺院住持净亮和尚，说了他对天龙山石窟的喜爱之情，与净亮建立了联系，也看准了净亮的出家不是为了信仰而是为了生计，断定他是一个可以收买的人物。这时，他还没有露出自己的盗贼面目。

1924年，山中定次郎再次来到了天龙山，他和净亮和尚第二次见面的准确时间，颇难考定。我根据有关资料的记载和照片上的衣着判断，应该是一个春天。

鉴于很多龌龊的事都发生在夜晚，我就也断定他们的第二次见面发生在一个春天的夜晚。

这个春天的夜晚，原本是天龙山上一个平常的夜晚。晚风在轻拂着山中的树梢；站在山顶也只能看见太原城里的几点灯光；四下里很静，偶有受惊夜鸟发出一声鸣叫，也很快被茂密的山林吸收净尽。天龙山东西两峰石壁上那二十五龛里雕刻的佛，在静静地俯瞰着天龙山，俯瞰着山下的村落，俯瞰着天龙寺，也俯瞰着山中定次郎和净亮和尚相互施礼见面。

这场见面的开始部分肯定是一番热情的寒暄。山中定次郎倒卖中国古董发财，自然会说汉语。他说他能再来天龙山一窥佛窟的造像实在是人生之幸，能再见到住持更是感到荣幸之至，企望在佛学知识上能多得到净亮高僧的指教。净亮则表示：欢迎你的再次来访，有什么需要贫僧帮助做的，请尽管提出来。接下来，山中定次郎挥了一下手，让助手们抬上了他带来的寻常礼物，很可能是几袋子白面、白米，几大瓶香油，几捆做袈裟的布匹，和一箱子的蜡烛这些寺院里常需的用物。净亮和尚则有些感动地合掌施礼说着：让施主破费了，谢谢，谢谢……

净亮住持这不是客气，在那个时事纷乱、香客稀少的年月里，这些礼物对天龙寺来说，的确已是一大笔馈赠了。

这之后，山中定次郎和净亮分宾主在客堂坐下，喝了几口小僧们送上来的茶。净亮和这个日本人确实无话可说，便道：想施主由日本国来天龙山，路途遥远，肯定很劳累，敝寺有几间僧房，我这就让他们带你和随行人员去歇息，如何？

山中定次郎笑笑，低声道：我还有几句话想单独说给住持大人。

净亮便挥手让侍候他们的小僧出去，山中定次郎也挥手让他的随员出门。

当屋里只剩下两个人时，山中定次郎拉过了他一直亲手提着的一个皮箱，打开箱盖，露出了箱里的二十根金条和五百块大洋，然后把箱子向净亮的身边推过来。

你这是——净亮轻轻惊叫了一声。自出家入寺以来，他还从没见过这么多的金钱。

这些都是你个人的了！山中定次郎看定净亮说，他看出了对方眼里发出的欢喜而贪婪的光芒，他明白自己的计谋有可能得逞。

这，这，施主是有什么事需要我帮忙吗？净亮能在寺院里当到住持，人自然不傻，他清楚对方必是对自己有所企求。

也不是什么大事，就是想请住持大人允准我凿去一些石窟里的佛像，拿到外边让世人一睹天龙山石雕佛像的美丽，替天龙山做个推广。

这怎么可以？出于佛教寺院住持的本能，他急忙挥手拒绝。

这些深藏山里石窟中的佛像，很少有人来看，对改变你的人生状况更无帮助，即使凿去一些也无人知晓，你何必要在意？而这些金条和大洋，则可以让你很快地享受到人间的荣华富贵，何乐而不为？说着，又指了指箱子中的东西。

净亮再一次看了看箱子里那些金条和大洋，眼中有犹豫。

山中定次郎又从自己带来的一个提包里掏出了二十根金条和五百块大洋，放进了箱子里。

净亮叹了一口气。分明是心动了。

当然，你如果实在要在意那些没有什么用处的石雕，我也不让你为难。说完，把装了四十根金条和一千块大洋的箱子朝自己身边拉了拉。

等等，净亮抬起了手制止道。他实在喜欢箱子里的东西。他迅速地在心里说服自己：那些石雕已经或坐或站了那么多年，除了自己和寺院里的僧人们在意之外，还有谁在意？凿去一些有何了不起？只听他低微地说：你要做得隐秘些，不要大张旗鼓，凿下就拉走，我就装作没看见……

山中定次郎满意地笑着站起身道：这你尽管放心……

这些对话和场景都是我想象出来的，因为这次会见没有留下文字记录，我辈后人就只能去想象了。

好在，他们留下了几张照片。从这些照片上，能看出山中定次郎和净亮都很满意。

在这次会见之后，对天龙山石窟的大规模盗掠就开始了。

山中定次郎带着他的强盗团队开始了疯狂的劫掠：小一些的佛像，全身凿下带走。大的佛像，把佛头凿下拉走。他们所到过的佛窟，大佛无首，小佛像整身消失。

事后查明，山中定次郎仅从天龙山带走的佛首就有四十五个。整个天龙山石窟被盗掘的造像共有两百多尊，其中一百五十多尊流入市场，成为了私人藏品。

天龙山石窟这份珍贵的文化遗产，再也无法完整地呈现在后人眼中。

一个自以为得计的日本盗贼和一个佛教寺院的败家子，也被永远地钉在了历史的耻辱柱上！

做了恶事，岂能不落报应？苍天何曾饶过大盗贼？"二战"之后，这个靠吸佛身之血发家的日本山中商会，被美国人分二十三次拍卖了其80%的资产，随即覆灭！

三

一处文物胜地的复兴和再受关注，往往需要一群人的努力。

天龙山石窟在二十一世纪以新的面目与世人见面，再获大批游人的关注，也是在众多人的共同努力下实现的。

首先是文物部门工作人员对石窟施行了精心的科技保护。天龙山文物保管所与云冈石窟研究院合作，进行了为期一年的病害调查和对策研究工作，对风蚀、冻融、剥落和酥碱之病害进行了针对性治理。

其次是环保部门的工作人员对天龙山的整体环境进行了保护性修复。治理采石场，种树，填埋矿坑，让天龙山重新变得松柏成荫、绿意盎然、溪泉鸣涧，使石窟内的佛们有了安坐窟内静观世界的外部环境。

再就是文旅部门和市政部门的工作人员修好了上山观佛和礼佛的阶梯路和盘山路。盘山路是一座高三十余米的三层高架，宛如一条巨龙盘旋山中，汽车行驶在三层设计的回旋高架上，仿佛在玩过山车，全国独一无二堪称奇迹。

最重要的，是天龙山文保所开始回收当年被劫掠的石窟文物，慢慢恢复石窟当年的盛景。

当年，对天龙山石窟的劫掠是由日本人开始的，天龙山文物的回收也从日本那里开始。

2020年9月14日，日本东京的一家拍卖行按照拍卖程序，发布了将要进行拍卖的拍品信息，在这些信息中，我国文物局发现其中一个佛首的拍卖图片，与我们太原天龙山石窟里一个失踪的佛首十分相似，于是立即成立专案组进行鉴定。鉴定的结果是：该佛首确实源于天龙山石窟里的第八窟，是第八窟北壁佛龛主尊佛像的头颅。这件双目微闭、眼眸低垂、脸上带笑的佛首，属于一级文物。一经确认，文物局立即叫停了拍卖并开始了召回行动。最终，这尊佛首顺利回国。2021年2月11日晚的除夕夜里，流失海外近一个世纪的天龙山石窟第八窟北壁主尊佛首，作为2020年回归的第一百件流失文物，出现在春节晚会上。当晚，坐在电视机前的我，望着那尊艰难回国的佛首，百感交集，不由得在心中叹一句：你受苦了！那一刻，我对着佛首无声地祈求道：你既是看到了一些人的内心是多么歹毒，那就请你使出你惩恶扬善之法力，对其施以惩罚吧，不论他们当下跑到了哪里，即使是在地狱里……

2014年以来，天龙山文保所与国内外学术机构通力合作，在纽约大都会博物馆、大英博物馆和东京国立博物馆等十个国家的三十余座博物馆，采集到九十余件天龙山流失造像的三维数据，实现了十一个主要洞窟的专业数字复原。

2023年夏天，来到天龙山石窟的我，禁不住想，天龙山石窟被劫掠的场景是不是一直要保留下去？能不能这样：选两个被破坏的石窟保留原样，以让后人知道国家积弱积贫的后果；其余的石窟，用数字复原再现技术，对被损坏的造像进行全面实体修复。修复好后，把每个石窟修复的地方写清楚挂在该窟前。这样，整个天龙山石窟就会以全新的面目重现在世人眼前，让人们一睹石窟当年的辉煌，让世人在观睹过程中去分享前人的雕造艺术之美，去感受前人的信仰之诚，去猜测先民们的心态和生活，去为我们民族悠长的创造历史而自豪。

我不知道自己的想法能不能被采纳？！

我祈祷着能听到好消息！

宛人范蠡

史书上说范蠡是楚宛三户人，楚国的宛地就是今天的南阳，故此，我这个南阳人称他为老乡，是没有错的。只是把这样的名人引为自己的老乡，有点高攀的嫌疑。

对于这个声名很大的老乡，我在很长时间里并没有给予足够的敬意。不给他足够敬意的原因，在于西施。他在诸暨苎萝村溪边寻到浣纱的美人西施后，一开始并没有告诉西施他寻找她的真正用意，结果纯真的西施一下子爱上了他，他竟也接受了她的爱意，两个人据说还有了爱情的结晶，可最后，他还是把她作为一件有丰厚政治回报的礼物送给了吴王夫差。不管这中间的理由有多少，反正他这种作为令我难以接受。

敬意虽不足，但对于这个老乡，我还是非常佩服的。

我佩服他当年断然离家到越国去施展抱负和才华的那份勇气。在他活着的那个年代，信息非常闭塞，交通极不方便，可一当他发现自己的抱负和才华无法在楚国施展时，竟能断然下定决心离家出走，去寻找宜于自己发展的地方，这没有勇气是很难做到的。楚国的第一个国都就在离宛城不远的丹阳，宛地在那时应该是富庶和易于谋生的，如果他想娶妻生子，种上几亩地过平常日子，应该是不难做到的。但范蠡不想平庸地活过一生，他想把胸中治国领军的宏大抱负付诸实践，干一番惊天动地的事业，于是就下定了决心告别父母离家外出,去面对一个很难把握的未来。他在白河岸边登上南去的小舟时,可能还有日后衣锦还乡的念想,可能还站在船头向他的父母边鞠躬边说:"儿子过几年就会回来看望你们!"但难料的世事最终切断了他的希望,使他终老前再也没能回过故乡。南阳这个地方的地域文化,是从不鼓励年轻人外出远行的,男孩们很小就接受父母的教导:金坑银坑,不要舍了老家这个穷坑。可范蠡却毅然坐上一叶小舟,经白河而汉水,再入长江,顺流而下去了远方。

我更佩服他在权力的巅峰期毅然与权力告别的那份智慧。范蠡在先入吴后入越确定留在越国之后,开始全心辅佐处于穷途末路的越王勾践振兴国家,二十年的时间,果然使越国由弱变强并最终灭了吴国。这期间,范蠡随同战败的勾践去吴国当过奴仆,可以说是尽心尽力,忠贞不贰。他辛苦付出的回报终于来了,在吴王夫差战败自杀之后,在越王勾践重回王位一呼百应之后,范蠡被尊为上将军,当上了全军统帅。军队统帅在一个国家当然是最高等级的官员,可以说是手握重权,登上了权力的巅峰。这个时候,依常人想来,他应该开始享受自己的奋斗成果,享用权力带来的各种好处,金钱美色,高房大屋,好马铜车,山珍海味,绫罗绸缎,美酒佳肴,都应该是伸手即来,点头便到的。这个时候的他应该是志得意满,笑意盈面。然而,他却突然辞职挂冠而去,乘一叶扁舟离开了越国国都,去齐地干起了养鱼、晒盐和经商的活儿。这不仅在当时的越国朝野引起了震动,即使在两千多年后的今天,也仍然使我感到意外。我们知道,权力对人有着巨大的诱惑力,一般人要抗拒它是极其艰难的,多少人至死都不愿放弃权力,多少人宁愿冒着杀头的危险也要去夺取权力,多少人用了一生的积蓄想去买来权力，可范蠡却毅然决然地自动放弃了权力。这个举动，没有大智慧大定力是绝难做出的。翻开中国历史，你会看到多少官员都死到临头了，还绝不放弃手中的权力，他们中也有人像范蠡一样看出了危险，可他们宁愿垂死挣扎，也绝不自动放弃权力。相比之下，你能不对范蠡生出佩服之意？

我还佩服他有一套精明的经商本领。照说他的前半生研读实践的都是治国平天下之道，他熟悉和擅长的都是政治和军事领域的事情，一旦改行经商，能养家糊口就不错了，毕竟隔行如隔山呀。可没想到他竟然一入商行就研商道穷商理，提出了很多长久经商的人都没能提出的经商理论，为中国古典商业理论的建立做出了贡献。比如，他提出商业经营的主要目标是"人取我予"，即商人要提供人们生活和生产需要的东西；比如，他提出商品调节的原则是"待乏贸易"，即让货等人，不要人等货，旱则资舟，水则资车；又如，他提出要把握好商机，"买卖随时，挨延则机宜失"；再如，他提出薄利多销，"逐什一之利"，主张只得10%的利润即可。他为了买卖公平，发明了先进的十六两秤；为了货物流通速度加快，发明了运货马车。一个高官转入商道之后，能够如此如鱼得水，能够迅速提出自己的商业理论，能够迅速发明经商工具，能够迅速赚得大钱成为巨富，确实令人称奇！这说明范蠡的头脑极其精明且随时都在高速运转，以备应付任何局面。作为他的老乡，我不能不心生佩服之意。

南阳这块土地，因当年处在楚文化、秦文化和郑、蔡、陈中原文化的交汇处，其对人精神上的滋养要更全面一些。范蠡一生能有那么宽阔的眼界、过人的智力和那么多辉煌、奇特的作为，与他在这块土地上出生、长大，接受这种交融性文化的熏陶不无关系。一个人的人生成就固然取决于他本人的奋斗与努力，但其脚下土地给予他潜移默化的滋养和哺育也是极其重要的。当我们在赞美范蠡的本领和历史贡献时，不要忘了赞美南阳这块拥有丰富文化积淀的美丽土地。

为了明天的南阳更美丽

南阳是一座有着丰厚历史文化积淀的美丽城市。

南阳有南都帝乡、五圣故里、卧龙之地、千年玉都和中华药都之称,位于河南省西南部,与湖北省、陕西省接壤,因地处伏牛山以南、汉水之北而得名。南阳是国务院公布的第二批国家历史文化名城,也是中国首批对外开放的城市之一,更是全国楚文化与汉文化交融在一起的旅游区。

南阳地理位置优越,交通便利,是豫、鄂、陕的交通要道。

南阳人杰地灵,人才辈出,历史上曾孕育出医圣张仲景、商圣范蠡、科圣张衡、谋圣姜子牙及智圣诸葛亮,更滋养了哲学家冯友兰、军事家彭雪枫、文学家姚雪垠等名人。

南阳有两千七百多年的建城史。早在五十万年前,南召猿人已经生活在了这片土地上。新石器时代,南阳境内有原始氏族部落存在,城北的黄山(古称"襄山")发现有新石器时代晚期仰韶文化遗址。辉煌灿烂的历史为南阳留下了数不清的人文景观。那些巍峨百年的老建筑,那些苍翠遒劲的古树林,那些轰鸣着历史回响的旧厂房,那些承载了无数足迹的青石板,都印证着这座城市历久弥新的生命活力。

南阳正在变得越来越美。

这些年,我们以百年维度谋划城市空间布局,推动城市经济发展。一座座新建筑拔地而起,一个个新街区不断涌现,车站、机场面貌一新。

这些年，我们以前所未有的力度投入基础设施建设，提升城市功能。座座跨白河大桥，成为城市经济社会的纽带，也成为南阳独特的景观。主干道、连通道、快速路、高架桥、环线与放射路让城市交通更加便捷。小鸟巢、博物馆、体育中心等公共建筑，成为一个又一个城市新名片。

这些年，我们大规模进行城市绿化，基本做到了显绿透绿，出门见绿。白河湿地公园在全国享有盛誉，成为南阳的重要游览景点，一个个城市小游园成为市民休闲娱乐的理想场所。南阳先后被评为"国家科技示范市""国家知识产权示范市"和"国家创新型试点城市"。

南阳的未来会更加美丽。

目前，南阳已经明确要建设成国家创新中心、新型能源中心、商贸物流中心。建设生态宜居南阳、文明南阳、幸福南阳等重大战略举措已开始实施。宏伟的蓝图已经绘就，南阳这座古老而年轻的都市，已进入新的历史发展阶段，正阔步迈向更加光明的未来。

观察一座城市，有不同的角度，也会有不同的体会。《美丽南阳》由九十七岁高龄的袁宝华老先生题写书名，内里的照片由南阳市民俗文化摄影协会组织拍成，他们利用两年多的时间，抽出多名高级摄影师利用飞机、飞行器、氦气球等高空拍摄设备从天空俯瞰南阳，视野与众不同，画面宏阔壮观，展现出来的南阳自然历史风貌和建设发展成就，让我们对南阳的大气与灵秀之美发出由衷的赞叹，感到由衷的骄傲。随着南阳向大城市建设的推进，我们坚信，南阳独特的城市魅力将日益彰显，南阳市民的生活将越来越美好，南阳之美会成为市民内心的幸福感受，成为绽放在每一个南阳人脸上的灿烂笑容。

霍山的水

有朋友说，你到了一个地方，不看别的，你只需看水，就可以知道这个地方的经济发展潜力，就可以猜到这个地方人们的身体健康状况，就可以明白此地人的文化素养水平。

我觉得这话有点道理。如果一个地方非常缺水，那它的经济发展不可能具有很大的潜力；如果一个地方的水体很脏，那当地人的身体健康状况不可能很好，他们的文化素养也不会很高。文化素养很高的人群会不爱惜与自己生命息息相关的水？

也因此，乙未年夏天来到地处大别山腹地的霍山县，我首先注意的，是这儿的水。

这儿是皖西，离长江还有挺远的距离，应该还属于北方。中国北方的大部分地方都缺水，在我此前的想象里，霍山应该也缺水，可到了一看，嗬，满眼都是水。流经县域的宽阔的淠河里，水满满当当地流动着；二十世纪五十年代修建的佛子岭水库中，烟波浩渺，几亿立方的水一望无际；所见的山间谷底和平地沟渠里，都有活水在流动。更重要的是，这儿的年均降雨量达到1372毫米，一进入夏季，经常下雨。我们抵达霍山的当天夜里，雨几乎下了一夜，第二天早上，大雨继续哗哗下不停，雨水把远山近树都浇得湿漉漉的，随处可以听到雨水落地汇聚后的潺潺流动声。

在皖西这个县里能够有如此丰富的水资源，令我惊奇！

于是，就想弄清原因。在当地人的介绍和与当地人的交谈中明白，这儿水多的原因有两个，一个是当地的百姓愿意为水的积蓄和保存做出努力和牺牲。当年为了修建佛子岭水库，很多家庭舍小家顾大局进行了搬迁，丢掉了原来的住屋和田地，从而腾出了盛水的地方；接着，又有几万人参与修建水库大坝，用最简陋的劳动工具建起了我们国家第一个大型拱形水坝。另一个是始终注意保护好山林和竹林，植被好了，才能引来老天爷在此地降雨。霍山的山林和竹海即使在二十世纪五十年代大炼钢铁的风潮里也未受到严重的破坏。如今的霍山，满山遍野全是绿色，树高竹密，绿化率达到74%，活力木蓄积量达五百多万立方米，总立竹量有三千六百万株，还不说山坡沟畔上的深草，这样的植被，自然会引来缭绕的云雾和密集的水滴。

我还注意到霍山的水不仅多，而且好。

所谓好，就是清澈、碧绿、可饮用。

如今在中国北方的很多河里，你要想找到清澈碧绿的水，那可是难于上青天。一些河里的水只要不臭，就算不错了。但霍山的淠河和佛子岭水库里的水，却真的是清澈极了，岸上和山上的绿色倒映在水里，使水显得碧绿碧绿，让人看了忍不住直想伸出手，把水捧进手中，把脸浸在水里。

这里水好的原因，是人们懂得保护水质。县里的工业企业，都会把防止水污染作为自己的头等大事，尤其是著名的迎驾集团。迎驾集团的主要业务，是做酒，这个把当年迎候汉武帝大驾光临的地名作为酒名的企业，清醒地知道，水质牵涉自家企业的生命，因此每年都要花很多钱解决治污的问题，绝不把做酒的污水排进河里，自愿把保护好水质作为企业的使命之一。霍山普通的百姓也都知道不把生活污水直接倒进河里，不经土地和树根、草根过滤的水不排进河里库里，不在河边和库岸堆放可能污染水的东西。

霍山的好水为县域经济的发展，为百姓的生活造了福。霍山的好水使得迎驾集团造出了闻名全国的迎驾酒。我们都知道酒和水的关系是怎样的紧密，一个地方如果没有好水，想造出好酒是不可能的。迎驾酒之所以能让饮者觉得香味绵长醇厚，除了工艺好之外，就是水的功劳。霍山的好水还使得这里出的一种瓶装水"剐水"出了名，剐水据称可以减肥，已经远销省内外，成为很多人喜欢的一种饮料，连一些五星级饭店也把剐水作为摆放在客房供客人喝的推荐饮料。霍山的好水，据说还使当地老百姓的患癌率大大降低，因为没有统计数字的支持，我对这种说法不敢全信，但我想，水是每个人每天都要入口的东西，水好了，肯定对人的身体有益，久而久之，生活在这个地方的人的寿命，平均岁数是会高过水不好的地方的。

尽可能多地保存水和尽可能好地保护水的质量，是我们的先辈很早就从生活中弄懂的道理。遗憾的是，这些年随着人们迷失在GDP的增长数量上，这个浅显的道理也被很多人遗忘了。霍山人用他们的行动，给了我们一个提醒，也为我们树立了一个榜样。

到霍山，水会给我们精神上来一个洗礼！

在龟峰听龟说

你来了？！

你两鬓斑白、皱纹满脸、步履缓慢，年岁有点大了。

可你看见我后眼中有惊喜，脸上有惊奇，嘴里有惊叹，这么说，你还是愿意见我和了解我的。

那就给你说说吧，说说我的经历！

我经历的事情可是不少，先从最近的事情说起？这几年，大约是人们生活景况变好的缘故，节假日来看我的人明显增多了。而且渐渐地，来的人不再满足于在我的身边拍拍照照指指点点笑笑闹闹，竟想要爬到我的身上去玩。可我的身子是好爬的？不仅高，而且光，加上滑，弄不好就会把爬的人摔个粉身碎骨。嗨，还真有聪明的人，他们在我的身上先钻上眼，插上钢管钢筋，再铺上水泥板，做上扶手，硬是做成了蜿蜒迂回的空中栈道，竟真的顺着这栈道爬到了我的背壳上。他们这样折腾我当然有些烦，有些疼，有时自然也生过晃一下身子将他们抖落下去的念头，不过终究没有付诸实施，原因在于你看着他们在栈道上笑靥如花的样子，确有些不忍心。我常常这样劝告自己：人类每一代活的时间都很短，也就几十年又走了，何况活着时他们还要去尝很多的人生苦痛和烦恼，他们想在我身上寻点乐子，就让他们寻吧，毕竟自己活的时间太久，皮和甲壳都厚，这点疼还能忍受，那就忍一忍，送给他们一些欢笑，权当是可怜他们！

再往前说，就是目睹了两个男人的争斗。那两人一个叫方志敏，另一个叫赵观涛。你想我整天蹲在这儿，居高临下的，什么事儿看不清楚？那方志敏就出生在我的眼皮子底下，我看着他牙牙学语，看着他读书识字，看着他下塘捉鱼，看着他骑马提枪。那个时候这周围村镇和县城里的最大毛病，是富的太富穷的太穷，普通百姓无法过日子，于是方志敏想替老百姓说话，便和当局干上了。那赵观涛就是当局派来的，他和方志敏打起来了。他们两下里所执的理由，我没心思去细听，我只是蹲在这儿看他们打得热闹，到最后，是赵观涛把方志敏给捉住了。赵观涛当时那个得意劲呀，简直可以用手舞足蹈来形容，晚上把弋阳腔剧团叫到自己的院子里唱《西厢记》，自己还摇头晃脑地跟着唱，听罢戏他去见关在屋子里的方志敏，要他投降。那方志敏能听他的？到后来，方志敏就被杀了。那赵观涛以为他在与方志敏的争斗中彻底胜利了，还在我的眼皮底下盖了一栋将军楼想要在此疗养身心。可世事的演变岂是他能预料的？他们杀死方志敏的当天，我就抖了一下身子让一块巨石由我身上落下，我想用这个动作告诉赵氏：小心些，胜负可是会转换的！果然，后来的赵观涛不仅不敢在将军楼里住，连在大陆都不敢住了，只能亡命台湾度日，最后把遗骨留在他乡，倒是方志敏的塑像长久地站在这块土地上，究竟谁胜谁负了？在这件事上我能说的只是：一个人做事若暂时占了上风，你一定不要得意，因为时势是不停转换的，你得小心下风再转给你！

由此再往前说，便是目睹了太平军和大清王朝军队的惨烈厮杀。那是清王朝咸丰年间吧，专门与清朝作对的太平天国忠王李秀成率部进驻弋阳,他为了抵抗清军的进攻,来我身边查看地形,寻找合适的阵地。他最后命令手下在一线天附近垒石筑城,构筑阵地,名之曰圭峰寨。果然,清军来进攻了,漫山遍野的清军朝圭峰寨冲去,喊杀声和刀枪剑戟的撞击声惊天动地,连我都被惊得伸出了脖子。那是我第一次看到那么多的人在一起厮杀,真真是血肉飞溅呀!一连几次,李秀成的队伍都抵挡住了清军的进攻,但清军不断增兵,不达目的誓不罢休。最后一次,李秀成的队伍垮了,他只好率着残部向远处的山里逃去。清军冲进寨内,把没能撤退的官兵全杀了,天呀,血流得遍地都是,连我的身上都染红了一片。那场厮杀让我第一次窥见了人性中的残忍部分,让我对人类的前途生出了点莫名的担心。

要是还向前说,那就是看见宋朝的那个姑娘逃婚了。那是南宋末年的事情,有一天黄昏,眼看夜色将临,百鸟归宿,我就也想闭眼歇息了,不料就在这当儿,瞧见一个姑娘,一边抹着眼泪,一边跟跟跄跄地向山里跑来。我很吃惊:这个时辰,别说一个姑娘,就是一个身强力壮的小伙,也不敢进山呀!我瞪眼想看个究竟,只见那姑娘什么也不顾,在渐浓的夜色和虎啸狼叫声里径直爬上了灵芝峰北边半山腰的一个山洞里,当晚就坐在那山洞里过夜了。我很诧异:山洞里又冷又潮,宿在这里为何?第二天,我从一伙人在山下的吵吵声中才算听明白,原来那姑娘的父亲想把她许配一户富贵人家的一个纨绔儿子,而姑娘却另有所爱,她在抗争不成的情况下,毅然离家进山,要削发为尼。那伙人想把姑娘硬拖出山洞回家成亲,可姑娘站在洞口面向悬崖声言:你们若敢上来,我就跳下去死掉。眼看着悲剧就要发生,我只得出来干预,我先是吐了一口气,让白雾将山洞和姑娘隐去;再是晃了一下身躯,将那伙人晃得摔下山脚了。自此,那姑娘就在洞里修行,山洞也被改称为招隐庵了。眼看着一个妙龄女子不能与爱侣成家不能生儿育女，只能在山洞变老，我也确实为她伤心，心想这该成为世人之鉴戒，可没想到这种事在人间还是不断发生，至今仍不能绝迹。这也是我对人类常感失望的一个原因。

倘是再往前说，就是认识唐朝乾宁年间的僧人茂蟾了。那是一个看似貌不惊人实则有坚强毅力的人物。他是一个虔诚的佛教信徒，有一天他云游到我身边时，觉得这儿是一个可安静念经修行的地方，就下定了要在此处建一座寺院的决心。可建一座寺院能是一件容易的事情？需要一大笔的钱财呀！他身上除了一袭僧袍、一根竹杖和一个请求施舍的粗陶钵之外，什么也没有。但茂蟾一旦下了决心，就一定要实现目标，他四处寻求施舍捐助，走村串户宣扬建寺尊佛的重要，亲自操锤采石为大殿奠基，他的行动感召了周围的百姓，众人一齐帮他，终把一座不错的寺院建起来了。竣工的那天，他亲自在山门上写下了"灵胜寺"三个大字，还亲手在山门前栽了一棵小樟树苗。瞧，看见了吧，如今的锁云桥旁那棵胸径两米一、身高三十米、冠幅三十六米的老樟树，就是茂蟾当年手栽的那棵小樟树苗长成的！

我经见的事情太多，再说下去你会嫌我啰唆，下边我就说说我自己吧，说说我是怎么来到此处的。好多好多年以前，那时我在东海龙宫当差，干的主要差事是守卫龙宫的大门，不让海里闲杂鱼虾蟹鲍们来骚扰龙王歇息。你看我今天的样子不是很帅，整天风吹日晒的，能帅得起来？可当年的我，那可是完全称得上英俊的，要不，东海龙王也不会让我当龙宫大门的卫士。应该说，我是一个忠诚的卫士，在我当班的日子里，从来没出过什么闪失，龙王因此对我十分满意，他时常给我些赏赐，好吃的好玩的东西都有，个别时候，龙宫中若有歌舞演出，他也会特意传令让我去看。照说龙王如此看重我，我日后会有一个好的前途，说不定就能当上龙宫的九门提督。可惜我大意了，我那个时候年轻嘛，年轻时常不知道怎么把握自己。事情出在一次看演出的时候，那次龙宫中因南海龙王长子的来访举办盛大的歌舞演出，龙王因为赏识我，破例地让我坐在他的龙椅后边，可能也是想让我更好地护卫住他。龙椅的两边，分别坐着客人、王后、王子和几个公主，其中最小的三公主，长得实在出众，其容貌真可谓闭月羞花，其神态真是千娇百媚，我们私下里都称她"迷四海"。我就坐在他们后边，三公主的美丽腰身就在我的眼前晃，晃得我的心里很乱。就在演出最热闹的当儿，那三公主忽然起身瞟了我一眼，而且转身用手扯了我一下，跟着就向后边的帐帷里走了。我愣在那儿，不知她此刻叫我干啥，可实话说，我心里生了一阵莫名的兴奋，就在一愣之后急忙起身随她走进了后边的帐帷。我一进帐帷三公主就抓住我的手说："我常从宫门进出，早就注意到你了，我父亲也一直夸你，说实话，我喜欢你，希望你现在赶紧带我离开龙宫，因为南海龙王长子今天来访的目的，就是想让我去做他的妻子，而且他已经说服了我的父王，要在演出结束后就带我走。他是一个无恶不作的东西，经常呼风唤雨祸害百姓，我绝不会嫁给他！"我一听，顿时心花怒放，四海都迷的三公主竟会心仪于我，这不是天降的喜事吗？我当即答道："感谢公主能看得起我一个普通卫士，好，那我们现在就走！"我拉上三公主就向龙宫大门跑去，没想到那南海龙王的长子也带了卫士来，而且已在暗中监视着三公主，我拉上她这么一跑，他们即刻就扑上来扯住了我们，而且高喊起来。观众被惊，演出中断，东海龙王怒气冲冲地走了过来，上来不由分说就踹了我几脚，而且恨声叫道："没想到你是一个花心的龟儿子，竟敢动我的闺女！滚到人间去，永不准再回龙宫！

而且罚你此生永不能再动一下身子……"此事也连累了我的兄弟们，东海龙王说他从此不要再看见龟，于是我和我的所有兄弟当晚就被押送到此处，从此便一直待在这儿。事后我千百遍地回想着三公主拉住我手的样子，你说她一个如花似玉的公主，是真的爱上了我还是仅仅想利用我逃走？如果她是真爱我，我受这重罚也算值了！

我想得头都疼了！你能替我解说解说？

罢罢，不说这些往事了，你难得来一趟，不能全耽搁在我这儿听我嘟囔，你还是顺着这条小路走上去，看看我被罚苦坐之处的景致，看看这儿的亚热带植物，看看那些竹柏、水松和红豆杉；看看那些紫薇、桂花和栀子花；看看那些相思鸟和长尾雉；看看那些白云和水雾……

看完之后，我相信你的眉头是会舒展开的……

去吧，去吧，我的朋友！

我有一个茶庄

我有一个茶庄，在福建安溪。我的茶庄出产的铁观音茶属浓香型，茶汤香高韵长，颜色金黄，入口醇厚甘鲜，进腹通体舒泰。你们有谁想尝想买，给我来一个电话就行。

我的茶庄在安溪不算是大的，但茶庄的历史完全可以用"悠久"来形容。据我父亲在私下里"交代"，我们家的先祖虽然住在大山里，可与犹太人有点相似，天生有经商赚钱的头脑，能凭直觉发现什么东西可以挣钱养家。大概是在唐末宋初，一位住安溪驷马山的裴姓高僧种茶做茶的事传开之后，我们家就也开始悄悄学着栽茶做茶了。当然，最初采摘粗制的一点茶叶，主要用来以物易物，从邻居和邻村人那里换来一点日用品。到清朝乾隆年间，本县西坪仕人王士让经方苞之手，将安溪茶送与乾隆皇帝品尝，得赐"铁观音"之名以后，我们家就把种茶做茶卖茶当作主业了，因为家境逐渐富裕，遂成为我们所在村庄的庄主。最盛时，我们家有茶田几百亩，采茶制茶时节，要雇几十个人帮忙才行。做成的茶叶，先是用背篓背到镇街上卖，后来用毛驴驮到县城里卖，再后来用马车拉到泉州和厦门卖，最后开始派人装船到新加坡、马来西亚和泰国、印尼去卖。到这时节，我们就自称茶庄了。也因为卖茶，我们家族有不少人至今还住在新加坡和马来西亚，成了当地的华侨富商。新中国成立以后，我们家族的茶树被收归集体所有,种茶、做茶的事虽没有中断,但村里茶叶的产量并未增长,茶田也未见扩大。改革开放以后,茶田允许承包,我们的茶庄才又开始复兴起来。特别是茶田允许流转之后,我们种的茶田已增加到上千亩,制茶的厂房和储茶的库房有近百间,用工百余人。我们茶庄每年的产量都很可观,销售利润嘛,要不是需要保密,说出来肯定会吓你一跳!这样吧,我只告诉你一个指标,你就可以估摸到我们茶庄的收入了,我们茶庄产出的顶级的铁观音茶,法国外交部、英国皇室、德国总理府都来买过,世界上有些跨国企业的老总指名要喝我们的茶,有一个品牌,一斤也就是五百克都要卖一万多块人民币哩!仅这个品牌我们一年就要卖出——哈哈,不说了,这是商业机密!

  我的茶庄出产的铁观音茶之所以受人欢迎,远销国内各省和世界多地,主要是因为我们严把三个关口,始终注意确保茶叶的高端品质。第一个关口是确保茶树有一个好的生长环境。我们茶庄所在的位置,海拔高度八百五十米左右,年平均气温在15℃—18℃之间,年降雨量在1700—1900毫米,相对湿度在78%以上,茶田上经常有云雾缭绕,茶树可谓饱饮山岚之气,饱沐日月之精,饱得烟霞之爱,这是先天独有的自然条件;后天的条件就是注意土壤的成分,不断地给土地施各种有机肥以增加营养,始终保证土质为酸性,让pH值保持在4.5—5.6之间,使其适宜茶树的生长。我们茶田里的茶树属灌木,树势虽不大,但枝条披张斜生,长出的茶叶叶型椭圆,叶缘齿疏而钝,叶色深绿光润,叶面呈波浪状隆起,略向背面反卷,叶肉柔软肥厚,嫩芽壮而呈紫红色,饱含了苍天与大地所给予的各种养分,这就为制出顶级的铁观音茶打下了坚实的基础。第二个关口是确保鲜叶的采摘符合标准和规矩。我的茶庄规定,待茶树新梢长到三五叶快要成熟,而顶叶六七成开面时采下一芽二三叶，做到"开采适当早，中间刚刚好，后期不粗老"。在春夏暑秋四个茶季，都坚持在晴天、微有北风、下午的二至五时采摘，若天公实在不配合，也要在阴天的上午九至十二时采摘。采摘时根据茶树的生长情况，确定一定高度的采摘面，把纵面上的芽梢全部采摘，把纵面下的芽梢全部留养。鲜叶采摘后，为保持新鲜度，我们要求及时收青，将鲜叶置阴凉干净处，防止风吹日晒，叶温升高。第三个关口就是茶叶的制作必须按传统规程进行，不能偷减工序。凉青、晒青、摇青、炒青、揉捻、初烘、初包揉、复烘、复包揉、烘干等，每一道工序都不能少，而且我们在每道工序上都配备了大师傅，这些人都是做了几十年茶的老工匠，能凭目视、鼻闻、耳听、手触来判断是否达到了工序要求。正是因为我们严把了这三个关口，我们的出品才能使得国内外的茶商和茶客争相购买。

我们国家产茶的地方很多，茶叶的种类和品牌更是数不胜数，铁观音之所以能稳坐全国十大名茶之一的宝座，我的茶庄之所以能成为国内外知名的茶庄，归根结底是因为这种茶喝了对人好。怎么个好法？简单地说，就是三好：其一，是能让人的精神状态好。我们都知道，人有累、有烦、有困的时候，这个时候人提不起精神，神态萎靡，眼皮塌蒙，身不想动弹，心不想做事。倘若此时让你喝上一壶铁观音茶，那么，很快，你的精神头就来了，就提起神了，就有点兴奋起来，就踢腿伸腰地站起来了，就想动手去做点什么了。所以我们说铁观音茶是一种提神的东西，与西方人喝的咖啡很近似，当然，它比咖啡要温和，不会让你长时间地持续兴奋，不会让你睡不着觉从而伤神。其二，是能让人的身体状况好。我们都明白，人体是一台复杂的机器，其中的各个部件都需要不同的润滑油来滋润。铁观音这种茶，就是能提供多种润滑油的东西。人体需要的植物碱、蛋白质、氨基酸，铁观音茶里有；人体需要的维生素、果胶素、有机酸，铁观音茶里有；人体需要的脂多糖、糖类物、酶类物，铁观音茶里有；人体需要的钾、钙、镁、钴、铁、锰、铝、钠、锌、铜、氮等矿物质，铁观音茶里很多。你血压高了，长期喝它会使血压降低；你口臭了，喝它会使口臭消失；你消化不良，喝它会让你想大口吃饭；你得了糖尿病，喝它会使症状减轻；你身体太胖，喝它会使体重变轻；你喝醉了酒，喝它可以醒酒；你不幸得了癌症，常喝它能改善症状，减少痛苦。其三，是能让人的性情气质好。你到了我们安溪，不论是看到乡下的姑娘还是城里的少妇，你会发现她们身上有一种在别处女性身上难见的安静和优雅；你到了我们安溪，不论是在乡下还是在城里，你会很难见到男人们之间发生争执吵闹打架斗殴的情况，这其中的原因很多，也与他们天天喝铁观音茶有点关系。我们知道，茶是安溪人的常饮之物和待客之物，喝茶需要冲泡，需要人安静等待；客到时要烧水洗杯，冲泡时主人与来客嘘寒问暖，主人面带微笑，客人语露感激；茶泡好，主人亲斟，客人捧饮，双方边品茶边聊天，过程十分融洽亲和。这种程序化仪式化的冲泡品饮，久而久之，就会影响到人的性情和气质，会使女性变得安静优雅，会使男性变得礼貌儒雅起来。

我有一个茶庄，但那是不可能的！我在河南邓州出生长大，那里不产茶，十八岁之前没见过茶树；之后当兵，在山东肥城、泰安、济南和西安、郑州、北京游走，没有与茶业打过任何交道，更没攒下开茶庄的本钱。我根本没有去福建安溪开茶庄的本领和资本。我只配拥有一张书桌和一台电脑，借茶庄之名来写写我在福建安溪的见闻。

如此而已。

文化的积淀
——以汕头、揭阳为例

我们中华民族丰富而厚重的文化，分为无形和有形的两大部分。我常在闲暇时琢磨：中华文化中的有形部分，它们是怎样积淀、保留下来的？

近日到汕头、揭阳游走，观赏和触摸了很多有形的文化遗存，我发现中华文化中有形的部分，积淀的样式主要是三种。

其一，是因家族利益传承而积淀、保留下来的。像澄海区隆都镇前美村陈慈黉家族的宅邸，它是岭南潮汕建筑文化的一个标本，其"驷马拖车"的建筑格局，"四点金"的房间压角装饰，"下山虎"的建筑气势，"双背剑和单背剑"的建筑样式，都是中国建筑文化这部大书的重要章节。它们得以积淀保留，并不是因为这个家族的人有自觉的文化信念，而只是为了家族利益的传承。陈慈黉及其子孙们当初花六十八年建筑这座宅邸时，想的只是怎样把房子盖得气派美观实用，怎样让家里的每个孩子都住得舒心却又便于管理。他们根本没有想到，他们辛苦建起来的这座宅邸因为战争不能入住，最后成了南中国海岸上的一个建筑博物馆，为后人了解潮汕建筑文化写了一篇详尽的介绍，客观上为中国建筑文化的积淀做出了贡献。

其二，是因满足群体信仰而积淀、保留下来的。位于揭阳揭西县城河婆庙角村的三山国王庙，是我国乃至东南亚地区三山国王庙的祖庙。庙内祀奉的是明山、独山、巾山的大王,后封为国王,"三山神"非佛非道,是粤东本地神中最古老最有影响的一个,是当地人的福神。三山国王庙自隋朝建立至今,历经修缮,所以能保存下来,就是因为历代民众相信这位山神能够解灾救难,保境安民,有求必应。不论是何人当政,不管社会进入哪个时代,这座有正殿、左右偏殿和后殿的神庙虽无经文教义护持和僧侣住持照应,却都能得到保护,并享受春天的进香拜祭。这种山神庙的建筑和祭祀三山神的祭典:鸣炮、响号、击鼓、敲钟、奏乐、上香、鞠躬、献礼、颂祝、化帛,是典型的中国宗教文化的内容。它的得以保留对我们后人研究汉族人的信仰内容极有价值。

其三,是因个体爱好和兴趣而积淀、保留下来的。汕头宜华木业股份有限公司有一个木典馆,那里边收藏了中国和世界上几乎所有的名贵木材标本,最粗的单个原木腰围有十几米,最重的单个原木标本有几十吨;同时还收藏了各种经典的木制用品特别是木制家具,其中,单是各种红木的床、柜、椅、桌总有上千件,各种各样的木制家庭艺术摆件数不胜数。走进这个木典馆,你会对自然界孕育木头的历史生出无限的感慨;会对人与木头的奇妙关系生出无限的兴趣;会对人类利用木头为自己服务的悠久历史发出惊叹;会对人把木头雕琢打造成那么精美的家具生出无限的惊喜。这个木典馆不仅在汕头,就是在全中国、全世界,恐怕都是独一无二的。它当然具有重要的文化意义,但它的建立却不是政府行为,不是国家行为,它只是宜华公司董事长刘绍喜先生在几十年经营自己企业的过程中,因爱好和兴趣而收集建立起来的。他最初的用意,大概只是为了满足自己的收藏兴趣,为了向朋友们展示他在木材、木业、木器方面的见识和眼力,他根本没有意识到他是在为我们中华民族积淀和保留一种重要的文化。这个木典馆眼下虽然还是他个人和家族的，但实际上，它已经属于我们这个民族了。

中华民族文化中的有形部分，在汕头和揭阳的积淀、保留样式给我们留下了宝贵的启示，那就是当我们在平日的生活中，见到一个人、一个家族、一个群体在做一件具有文化气息的事情时，不要打断他们，不能挖苦他们，更不可打击他们，要容许他们把事情做下去，做出结果，做出效果来！因为说不定他或他们所做的，是关系我们民族文化的大事情、大事件，是可能传之久远的对我们民族功德无量的大事业！

我们一定要记住，世界上所有关于文化的大事件，最初的形态都很不起眼。当陈慈黉家族的人在宅地上埋下第一块砖石时，当河婆庙角村的村民们第一次讨论怎样建立三山国王庙时，当刘绍喜第一次把一块木头抱回家时，谁能知道他们做的是事关千秋万代的事情？！

发现乡间之美
——浙中浦江乡村行散记

5月末6月初得暇,去浙江中部的浦江县乡间走了一趟,所见所闻与自己原本对乡村的记忆和印象差别很大,心中一时被欣喜填满。令我欣喜的缘由,是在乡村建设和振兴过程中,随着城市里人员和资本向乡村的流动,人们开始发现乡间之美。

人们最先发现的,是乡间的自然风景之美。过去人们旅游,总是喜欢去城市里看街景和美丽的公园。可如今,大家发现,大城市里的街景和人工建成的那些公园固然值得一看,但浦江县乡间那种独有的自然风景也很美,看了同样能带给人心理上的愉悦和心灵上的安恬、舒适之感。浦江县境内峭拔的北山和南山上的诸多山峰、山谷、崖壁,蜿蜒的浦阳江、壶源江、大陈江和众多水库里的碧水,山坡上青翠的竹林,树上婉转的鸟鸣,四周澄澈的空气,天上变化万千的云朵,地上无数的野花绿草,由山中流出的众多条小溪,都能让人感受到一种自然之美。也因此,壶源江边的大畈乡上河村和前吴乡通济湖岸边的村民,在江边和湖畔建起了一排排的民宿和饭店,给来这里观看自然风景之美的人们提供方便,当然,村民们也同时赚了钱。常常是在一个旅游旺季里,一家的民宿就能赚几十万元。

田园之美,是城里人在浦江发现的又一种乡间美。前吴乡三江楼周围的层层梯田里,种满了油菜,在春天油菜花开的时节,漫山遍野的黄色油菜花朵会让人看了心旷神怡，吸引了一拨又一拨的远近游人。横山村的葡萄长廊，绵延了几里长，成千上万串的葡萄悬挂在长廊上方的架子上，给人一种硕果累累的美感，葡萄成熟的季节，能吸引无数的游人拍照留念。潘周家村附近壶源江岸边一长溜枝干盘曲、树冠相叠、葱茏劲秀的古树，村里村外结满了桃李和猕猴桃的果树，给村子添描上了一层神秘幽深、如梦如幻之美。上河村的大片向日葵田，花开时一片金黄，蝶飞蜂舞，其景之美常会令游人击掌称绝。在粉墙黛瓦的前明村山坡下，有垄直行齐的玉米地，有一畦一畦的青菜，和一片又一片的稻田，这都成了乡间吸引城里游人的景观，有的还成为城里中小学生学农和描画乡间田园景致的基地。

古屋老街的建筑之美，也是今天城里人们特别关注的乡间美景。过去，人们都愿意去看大城市里的现代化建筑，可如今，很多人觉得，浦江的一些古屋老街也有一种特别的美。在浦江县的许多村庄里，都还保存着不少的古屋老街。比如茜溪岸边的灵岩古庄园，十五六幢古屋规划气派，把花园、住宅、道路、排水、绿化、硬化、亮化和雕塑艺术完美结合了起来；庄园里的石子路、石板墙角、石板天井、石窗架、石门架、石门槛、石转角、石用具十分独特；四进的大厅堂和六幢六十六间厢房呈"井"字形排开；古屋上的全堂门和全堂窗，重檐上的"小狮鱼"木刻，诒穀堂上的艺术砖窗，看上去有一种厚重和灵秀交相辉映之美。再如嵩溪村口的古桥亭，打破传统建筑的对称习惯，按出方入圆的哲理设计，出村的门是方形门，寓示出门走四方，为人要方正；进村的门是圆拱形门，寓示进门家人团圆，与人圆融相处，有一种特别的情怀之美。这个村还有前后两条小溪，前溪为明溪，古屋沿两边溪岸建起；后溪为暗溪，古人用拱桥将溪水覆盖，再在拱桥上盖房起院，明暗两溪在村口交汇，整体设计极具匠心。村里还有许多古屋的山墙是用碎石块砌成的，一行行的碎石组合成的墙面，图案古怪，带有一种魔幻之美。出生在江苏苏州毕业于南京工商大学的刘美林女士，来了一趟嵩溪村，立刻被村里的古屋老街之美所迷住，来村里建了一家嵩溪山房文化发展公司，专门接待浙江一些大学美术学院的学生来写生。美林女士说，那些美院的学生一进嵩溪，没有不着迷的，都是马上拿起画笔摊开画夹就画了起来。

乡村音乐之美和村人自娱的习俗之美，也让城里人觉得大开眼界。在浦江县的很多乡村里，都有什锦班。这种什锦班，通常有十几个通晓乡间音乐的人组成，器乐方面有正吹、鼓板、副吹、二胡等三样、小锣、板胡；声乐方面有小生、花旦、大花、老旦和笑花等。主要演唱浦江乱弹、婺剧、越剧等剧种的唱词选段。什锦班的器乐奏响之后，其铿锵之声和热闹之状常令听众精神一振；声乐响起后，那高亢亮丽之音更是让人兴奋不已。茜溪朱宅的什锦班，每次演出时，来旅游的城里人都兴趣盎然地围着看，享受着这乡间音乐会的别样美。浦江诗画乡旅开发有限公司董事长陈青松看到了乡村音乐之美后，还特意将城市里的现代音乐引进浦江乡村，把城里的歌手和西式器乐引进朱家老宅，让乡村音乐与现代城市音乐交相影响相互交融，从而产生更好的美学效应。在浦江的乡村里，每逢春节和其他重要节日，村民们还都要舞板凳龙长灯以示庆祝和抒发欢乐之情，其玩法就是在板凳上扎制灯笼，然后相接成长龙，由多人舞动。这种创制于明朝后期、兴盛于清朝中后期的村民自娱习俗，看上去有一种虎虎生风的律动之美。在檀溪的潘周家村里，春节期间还会玩"走马灯"，就是用竹篾在底板上扎出真马大小的灯形，然后将其固定在有四个轮子的底架上，马肚前后伸出两根木杆。糊着白油纸的马身上贴满用纸剪成的一寸多长的马毛，有白马、花马，任人选择。晚上出灯时节，马肚和马颈上点有蜡烛，通常是三十二匹大马一同出行，马队若到邻村迎舞，但见夜色朦胧的乡道上马灯闪烁、马队驰奔，那种壮观之美能使得观看的人欢呼雀跃。

城市人在浦江发现的再一种乡间之美，就是乡间美味。在浦江县的乡间，有很多在别的地方见不到吃不到的传统食品。那些食品在色形味上，都有一种别处所没有的美。潘周家村的"一根面"，在经过了揉、割、搓、盘、发酵的工序之后，可以拉一千多米长都不会断，以长、细、韧、滑的独特风味给食客留下深刻印象，拉一次可供几十个人吃，寓意吃了可以长福长寿。茜溪火糕，是一种片状、松脆的时令零食，因食材不同，又有番薯糕、玉米糕、白米糕和混合糕之分。制时将糕粉置于大篾团中，加浓白糖水、芝麻、橘皮粉揉和，之后切片烘烤，吃着又香又脆。茜溪的擂头馃、杨梅馃、荞麦馃和藕粽，嵩溪的米筛爬、麦饼、苦菜汤，都是让游人吃了还想吃的美味。

家风族规之美，是人们在浦江乡间发现的另一种无形之美。浦江县境内许多村落里的大家族，为了保证家族兴旺发达，有一个好的家风，都制定有家规族约，这些家规族约中的许多条款，用今天的眼光去看，也仍然有一种刚正之美。郑宅镇上的江南第一家郑氏家族，其祖上传下来的一本《郑氏规范》，竟有一百六十八条之多。其中的第十八条写着：子孙赌博无赖及一应违于礼法之事，家长度其不可容，会众罚拜以愧之，又不悛，则陈于官而放绝之，于宗图上削去名。其第二十五条写着：择端严公明、可以服众者一人，监视诸事，年龄四十以上方可，然必二年一轮。其第五十九条写着：子孙以理财为务者，若沉迷酒色，妄肆费用以致亏陷，家长覆实罪之，与私置私积者同。前人留下的这些美好文字和传下来的美好家风，确实令我们今人觉得有一种自律之美。

在浦江短暂的行走经历使我相信，随着城乡之间人员更大规模的流动，随着乡村这个人类第一聚居地的富裕和振兴，我们曾经视而不见的更多的乡间之美会被发现、发掘出来，成为滋养我们心灵的一种美的资源。

美　说

一

　　美学，猛一听，好像是美学家的事，与我们一般人无关。其实仔细一想，它离我们普通人很近。我们去买衣服时，评价一件衣服穿在身上美不美，依据的就是我们的美学知识。我们装饰房子，评价装饰得好不好，依据的也是我们的美学知识。我们外出旅游，评价一个地方、一个景点值不值得看，凭借的还是我们的美学知识。我们参观画展、书展，判断一件绘画、书法作品有无价值，凭借的更是我们的美学知识。我们在生活中其实每天都在与美学打交道，只是我们没有意识到而已。

　　尽管我们过去没有有意识地学习美学知识，但我们每个人的脑子中，都或多或少地已经库存有美学知识，并且可以用来作审美判断。这些美学知识一部分是我们的父母或前辈无意识地传给我们的，比如家具怎么摆放好看；一部分是天生就具有的，比如一见到大的水面，就觉得它美，因为我们人类最初是从水里来的；还有一部分是我们零零碎碎从社会生活中得来的，比如头发梳成怎样的发型好看，等等。

　　作为生活在二十一世纪的现代人，在重视提高生活质量的今天，我觉得我们对美学知识不应停留在零碎了解的状态，应该有意识地相对系统地去学习一下，这对我们个人是有好处的。根据我的体会，相对系统地学点美学的好处有三点：

其一，会使我们更容易发现美，享受美。

美在哪里，我们每个人都会说出一个答案，但很难说得系统、完全。美学会告诉我们美在哪里，学点美学，对于我们随时随地发现美会有帮助。发现了美，才能享受到美，使我们短暂的生命活得更有质量。

其二，会方便我们在生活中做出美的选择，创造美。

我们在生活中，经常要在涉及美的问题上做出选择，比如自家的客厅，怎样布置才美？比如一个社区大院，怎样设计才算美？比如城市建设，怎样安排建筑物的空间才算美？比如产品外观包装和企业形象包装，怎样设计才美？学点美学能让我们的决定不再盲目，从而去创造出美。

其三，会让我们了解美的力量，保护美。

美自身其实是有力量的。

1. 一组美的照片，曾经阻止了一个女性的自杀。

一个想自杀的妇女，看了一批婴孩的照片，萌生了做母亲的念头，丢掉了自杀的想法。

2. 一个被告曾因其绝美的身体，扭转了案件的审理结果。

公元前4世纪，古希腊雕塑大师普拉克西特列斯请当时雅典最有名的美女芙丽涅当他的模特，创作了著名的雕塑作品《尼多斯的阿芙洛狄忒》，法庭因此而传讯芙丽涅。在法庭审讯时，辩护律师当着众人的面脱下了她的衣裳，展示她美丽的身体，在场的法官为她的人体美惊呆了，一致决定宣告她无罪。后来19世纪的法国画家热罗姆以此题材创作了油画《法庭上的芙丽涅》。

3. 一些城市因其建筑之美，曾使发生在该城的战争改变了打法。

日本京都因为美而免遭核打击。

二

美，人人都爱。老话说爱美之心，人皆有之。

不同性别的人都爱美。

哪个男人，不想娶个长得美的媳妇？

哪个女人，不想嫁个长得美的丈夫？

男人与女人对长得美的异性的关注度其实相同。

有人做了个测试，在同样的二十米的距离宽度上，一丑一美两个年轻女人走过二十名年轻男人面前，美女获得的注视时间总长度，与一丑一美两个年轻男人走过二十名年轻女人面前，美男获得的注视时间总长度，几乎是一样的。

不同经济条件的人，都爱美。

很有钱的人，为了美可以花好多钱去韩国做美容，可以去澳洲注射羊胎素。

富些的人可以去美体，我们国内有好多人去美体俱乐部洗肠、泡澡，去做中医理疗。

普通人，像我们这样的，可以去美发，把头发染黑。

乡下穷人家的女孩子，可以把指甲花包在手指头上，去美甲。

不同文化程度的人，都爱美。

大学教授，把自己的家布置得充满书香味，一种雅致美。

目不识丁的农民，把自己的家收拾得简洁清爽，一种简朴美。

不同职业的人，都爱美。

工厂主，会把自己工厂的厂区修整得和花园一样美。

农民，会把自己承包的农田田埂和地头的河沟修得笔直平整，看上去很美。

商人，会把商场布置得五彩缤纷，让顾客感觉到走进了很美的购物场所。

金融家，会把自己的银行大厅布置得富丽堂皇，有一种华贵美。

我们军人其实也非常爱美，我们穿的07式军服，在设计时曾专门请了韩美林等美术家参与，就是为了穿上后给人以美感。

世界上有会说假话不爱真的人，有爱做坏事不爱善的人，但没有不爱美的人。就是杀人如麻的希特勒，也爱美。希特勒上学时的最后一张成绩单——1905年9月16日上的记分是：德语、化学、物理、几何——"可"；地理、历史——"良"；自由绘画——"优"。他的理想，是做一个米开朗琪罗那样的画家。有一次，政府里的人正在处罚一个破产艺术家时，希特勒走了过来，在场所有的人都以为这个人肯定要倒大霉了，结果希特勒竟会替他开脱道：这个人是艺术家，我也是艺术家，艺术家不懂金融交易……

美，对于人类，就像空气一样不可缺少。

追求美，是人类文明的基础，是人类尊严之所系，是人类生命力的源泉。

心理学大师马斯洛说：从最严格的生物学意义上说，人类对于美的需要正像人类需要钙一样，美使得人类更为健康。

另一个心理学家布罗日克说：对于发达社会中的人来说，对美的需要就如同对饮食和睡眠的需要一样。

美既然对人类这样重要，自然就会有人专门来研究美，研究美的人，我们称为美学家；研究美的学问，我们称为美学。美学是关于美的科学。

美学是哲学的一个分支，最初提出美学学科名称的是十八世纪中期的德国哲学家鲍姆嘉通。但研究美学，不论在中国还是在西方，都是很早就开始了的。中国是从老子开始，他提出了道、气、象，提出了有、无、虚、实，提出了美、妙、味等概念；西方是从毕达哥拉斯学派开始，他们认为美就是和谐等等。

三

怎样感受美？是说我们要有审美心胸。

1. 用无功利性的态度去感受美。朱光潜先生谈到有三个人走到一棵大松树面前，其中一人是木材商人，一人是植物学家，一人是画家。三个人面对大松树想的问题完全不同，木材商人想的是这棵树可以做什么用，砍倒后怎么运出去；植物学家想的是它属于常绿植物，树龄多少；画家只管审美，只看到它是一棵苍翠劲拔的古树。

感受美必须抛弃实用的、功利的眼光，要无功利心。

无功利心也就是人们说的平常心、童心、闲心。清代文学家张潮说："春听鸟声，夏听蝉声，秋听虫声，冬听雪声，白昼听棋声，月下听箫声，山中听松声，水际听欸乃声，方不虚此生耳。"

2. 靠直觉去感受美。抛弃科学的、理性的眼光。不能使用逻辑思维方法去分析。

美感是一触即觉，不假思量计较的感觉。

3. 主要依赖眼睛和耳朵这两种器官去感受美。美感是一种高级的精神愉悦，与生理快感有所不同。它主要来自视、听两种感官。这两种感官，按黑格尔的说法，是认知性感官。但嗅觉、味觉、肤觉的快感也可转化为美感。比如欣赏自然风景时，清风给你皮肤的快感；走进玫瑰园时香味给你嗅觉的快感；情人拥吻时触觉的快感，参加宴会时味觉的快感，都可以转化为美感。

美在哪里？是说到哪里去审美。

1. 自然美。美在自然领域。

一是无机自然界的美，指光、热、空气、水、土的美。

二是有机自然界的美，如植物、动物的美。

自然美不是自然物本身客观存在的美，而是人心目中显现的自然物、自然风景的意象世界，自然美是在审美活动中生成的，是人与自然风景的契合。

2. 社会美。美在社会领域。

一是人物美。

我们的人体本身就很美：女体的线条和曲线美；男体的肌肉发达强健美。

人也因为风姿和风神而显得美，如戴安娜的美。

人还因为懂得爱而显出精神美，如毕加索的工人朋友。

二是日常生活美。

老百姓吃饭的场景，显出一种和谐美；农民在田里耕种的场景，显出一种劳动美；人们在一起娱乐下棋的场景，显出一种悠闲美。

三是民俗风情美，如荷兰人的穿、住、吃都给人一种美感。

四是节庆狂欢美，如中国人的闹元宵和踩高跷，放烟花与玩火把。

像罗马的狂欢节，人欢闹时呈现了一种美感。

3. 艺术美。美在艺术领域。

一是文学美。

二是绘画美。

三是雕塑美。

四是建筑美。

五是音乐美。

六是舞蹈美。

七是戏剧美。

八是书法美。

4. 科学美。美在科学领域。

数学美，立体图形中，球形最美；平面图形中，圆形最美。

行星轨道的椭圆之美。

原子的谱线之美，超导性现象之美。

对美怎么命名？是说有哪些审美范畴。也可以叫形容美的概念，对美进行命名的概念。

1. 优美。单纯、静穆、和谐的美，就是人们常说的优美。

如拉斐尔《美丽的女园丁》。

2. 崇高之美。追求对有限人生的精神超越，把信仰作为追求的目标。神是崇高最纯粹、最原始的形式。

哥特式教堂，成为崇高的最典型的"感性显现"。

如巴黎圣母院。

3. 阳刚之美。就是骏马秋风冀北式的美。

国庆阅兵，就是呈现一种阳刚之美。

4. 阴柔之美。就是杏花春雨江南式的美。

女性轻歌曼舞。

5. 悲剧之美。悲剧引起怜悯和恐惧而使人得到净化，使人的心灵处于紧张、激动和亢奋的状态。

袁崇焕的悲剧。

6. 喜剧之美。观众发现喜剧人物不如自己高明，因而会在瞬间产生一种优越感，由此发出愉快的笑。

7. 丑之美。丑到极处，便是美到极处。

如丑石。

8. 荒诞之美。荒诞感可以概括为含有痛感色彩的焦虑。

如达利的《内战的先兆》。

9. 沉郁之美。给人一种哀怨郁愤的人生体验，深沉厚重，达到醇美的境界。

如鲁迅的小说《孔乙己》。

10. 飘逸之美。给人一种雄浑阔大、意气风发、清新自然的美感。

如敦煌飞天。

11. 空灵之美。是一种静之美。

如马远的《寒江独钓图》。

四

（一）任何生活领域，在审美上，都呈现出三种状态：

1. 时尚美。喜欢从众的人群。

比如衣服样式，喇叭裤。

比如发型，男性大鬓角，女性幸子头，波浪发型。

比如眼镜，蛤蟆镜。

比如使用的茶杯，都用塑料线编成网套在罐头瓶外。

比如头上戴黄军帽。

比如随身用品大录音机。

比如西方妇女穿的撑裙。

比如雪糕鞋。

比如长指甲。

比如假睫毛。

诗歌，流行朦胧体。

小说，流行散文体。

话剧，流行荒诞剧。

2.前卫美。喜欢标新立异的青年人。

比如鼻饰。

比如彩发。

比如露脐装。

比如纹肩、纹背。

比如水床。

比如骷髅项链。

绘画上有超现实主义的。

书法上有似字似画的。

3.传统美。

比如中山装，布扣唐装，宽腿裤，大辫子，齐耳短发。

这三种状态是不停转换的。流行的会变成传统的；前卫的会变成流行的；传统的会被新的前卫所替代。

（二）任何生活领域，在审美趣味上，都有四种不同的追求，因文化程度、经济条件的不同，人们的审美趣味也不一样。

1.华贵美。

房子装修，追求豪华。西式的深红色的橡木护墙板。东方皇家明黄色的屏风。

购买家具，追求华贵感。红木家具。西方宫廷式样的家具，大而重。一件家具，标价两万六卖不出去，标价二十六万元，卖出去了。

2.艳丽美。

穿衣，色彩极其鲜艳。

窗帘，花色鲜亮。

被面，大红大绿。

化妆，喜欢浓妆。

使用的香水，香得特浓烈。

3. 朴拙美。

家具，用原木简单钉成。

餐具，用土窑烧成的粗瓷碗、杯、盘。

屋子装修，墙面抹成黄泥的，或用本色原木板作隔断，或用竹片隔断。

书法作品，使用童稚体。

4. 清雅美。

化妆是淡妆。

穿衣是素花素色。

家具简单。

使用的香水，是淡雅的。

（三）任何生活领域，在审美习惯上，都会有两个基本要求：

一是对称美。建筑、雕塑、客厅布置、床头柜的放置。

如天安门广场设计。

二是均衡美。大沙发、小茶几，不美；衣服上身长，下身短，不美。一张小画，装一个很大的框子，不美。

（四）任何生活领域，在审美上，都有两个特例存在：

一是缺陷美。不论是人还是物，完好了当然容易产生美感，但有缺陷了，也有另一种美存在，这就是缺陷美。

脸有痣，使面孔格外生动。

哑女，眼睛特别灵透，新的平衡。

二是距离美。距离产生美。有时对美视而不见，就是没有空间距离。漓江江边的农人，对来旅游的人说："这儿有啥值得看的？"民间有一句俗话，叫："老婆都是别人的好！"也是因为没有空间距离，导致美感的消失，有一句话叫审美疲劳，说的就是这种情况。现在有些年轻人，主张结婚后实行双城式生活，就是为了保持美感。

五

谁会夺走美——美学之外的思考。

1. 岁月。时间是美的最大敌人。人会因为岁月而变丑，建筑会因为岁月而变成废墟。

2. 战争。

"二战"时的德累斯顿大轰炸，导致了大量很美的古建筑被毁。

阿富汗大佛的被毁。

英法联军火烧圆明园。

3. 个人极度的贪欲。

《收藏家》，讲的是一个男人，看见美女就把她骗进自家的地下室关押起来。美其名曰：收藏美。

偷画，致使画受到了损害。

偷佛头，致使美的石雕被破坏。

4. 事故。

车祸，使美女瞬间变丑。

沉船，把美丽的泰坦尼克号毁掉。

车间爆炸，使很多女工毁容。

岁月我们无法抗争，修补旧画是我们没办法中的一种办法。但事故我们可以尽可能避免，战争我们可以尽可能推迟，贪欲我们可以努力控制。

　　人的一生很短暂,在短暂的一生中,你更多地发现了美并享受了美,你是有福的,后人会羡慕你。你做出了美的选择创造出了美,你是有功的,后人会纪念你。你认识到了美的重要并保护了美,你是有德的,后人会感激你。

乡村的未来
——揭阳的启示

因为在乡村出生长大，故心里对乡村始终保有一份深情，一直在关注着中国乡村的变化。这些年，乡村的最大变化是，她的青春好像忽然消失，丰润和美丽飞走，魅力不再，大批乡村中、青年人弃她而去，宁可到城镇当保洁工、护工和保安，宁可住在城里的地下室和城郊的小出租屋里，也不愿回到乡间。致使当下的很多村子里，只剩下了老人和孩子。凋敝，已成为乡村的现状和事实。

这就使我对中国乡村的未来生出了担心。

其实，不管城镇化率怎么提高，中国都不可能没有乡村。缘由之一，是因为十几亿国人都要吃饭，没有人在乡村从事农业劳动是不行的；缘由之二，是因为欧美发达国家的发展历史已经表明，乡村和城镇都是人类在聚居地方面的伟大发明，是人性的需要，乡村不会因为城镇的繁荣而被抛弃。那接下来的问题就是：我们怎样提升乡村生活对人们的吸引力，从而保持中国乡村的繁荣？

怎样才能不使中国的乡村变成一个弃妇？

前不久，我和一些朋友去了一趟广东揭阳，在那儿，我觉得我找到了一些答案。

揭阳蓝城区望天湖现代农业科技有限公司，地处偏僻的山丘之间，离城区很远，做的还是乡间过去常做的种植、养殖的事情。

照说，这里是留不住年轻人的，但奇怪的是不仅本地的年轻人很少外出打工，外省外地县的大学毕业生还拥到了这儿做事，每年，还要接待几十万的城市游客。他们之所以能做到这点，经验有两条，一条，是把种植、养殖系列化、专业化、规模化，引发市场效应，和商业直接对接，增加人们的收入。比如种铁皮石斛，不再由单个农户只搭一个大棚，在几十棵树上接种，而是将好多农户和林户的土地、山地有偿集中起来，搭建几十个大棚，在好多面山坡的树上接种，一次可收许多铁皮石斛，使产出的铁皮石斛成为中药材市场上的一个品牌，使公司成为一个大东家，让好多商人和用户争相在网上或实地来采购。再比如养殖娃娃鱼，不再是靠一家养几条、几十条来卖，而是在山洞和特别建起的房子里，创造出适宜娃娃鱼生长的环境，一下子养几百几千条的娃娃鱼，大大降低了养殖成本，让很多商家争相来买。另一条经验，是把种植和养殖劳动与乡村旅游活动结合起来，吸引城市里的人来乡间游玩。人类的旅游活动，是为了满足人们看新鲜寻快乐的天性而兴起的。生活在城市里的人，整天在城里转悠，看着熟悉的场景和什物，乏味感会慢慢生出，这时，如果乡间有可看的景致，就会把城里人吸引过来。望天湖现代农业科技有限公司在水库坝前的近百亩地里打造花的世界，不同季节有不同的花主题，使人能在四季都欣赏到花海景观。他们还在三千亩的农地里打造四季生态果园，种有焦柑、金橘、脐橙、红肉柚、三棱橄榄、甜脆桃、枇杷、葡萄、火龙果等二十多个品种，保证人们四季都有水果可摘。他们还建了农场探索园、森林动物园，开了养生餐厅，办了农耕文化馆，使往日的乡村变美变漂亮了，这就吸引了很多城里人来乡间旅游休闲。

　　地还是原来的地，山还是原来的山，沟还是原来的沟，水还是原来的水，天还是原来的天，但因为经营的观念和方式变了，人们的收入大大增加了，乡村的美被发掘出来了，乡村的活力被激发了，乡间对年轻人又重新有了诱惑力和吸引力。

揭东区锡场镇军埔村的年轻人，过去也愿意到深圳、广州打工，但从2013年起，他们中有人看到了做电商是一个有前途的事业，开始在自己家里开设网店和实体网批店，自己创业，销售服装、塑料家居用品、皮具、电器、五金、玩具等，效益不错。村里的其他年轻人见状跟着仿效，纷纷回村开起了网店，做起了电商生意，目前，四百九十户两千八百人的村子里，已有三百五十多户近两千人投入了网上销售活动，总共开设各类网店近四千家，实体网批店近四百家，最高月成交额达两亿元，2015年交易额达二十二亿元。如今，不仅村里在外打工的年轻人都回来了，而且还吸引了不少外地人来村里打工。其中有一个大学本科毕业的年轻人回村开网店，仅"双十一"这一天，就卖出了五万件衬衣，净赚五十万元。

军埔村还在原来的位置，村民还是原来的村民，变化如此之大的原因，就在于他们跟上了时代步伐，注意到了互联网带来的商机，在种地的同时开始了网上经商活动，把农业和现代商业紧密地结合了起来，从而使收入大增，使乡村有了建设新式民居和享受现代生活的财力。

望天湖公司和军埔村的发展实践告诉我们，乡村这种聚居方式并未到了该抛弃的时候，只是到了该改变的时候。只要我们改变了观念，改变了种植和养殖的传统模式，改变了农、林、渔、牧业的经营方式，让身在乡间的人也有一份不错的收入，使他们能有财力改变自己的居住条件和提高生活质量，乡村依然会保有诱人的魅力。说不定将来生活在城镇里的人，还会再回流到乡间来。

也许未来的某一天，很多年轻人会站在乡间田畴昂首高呼："乡村，我爱你！"

中国廉政文化一说

"廉"字的最初含义是指堂屋的侧边,出自《仪礼·乡饮酒礼》"设席于堂廉东上"。

用廉字表现政治行为,出自《周礼·天官冢宰》里所记载的"以听官府之六计,弊群吏之治:一曰廉善,二曰廉能,三曰廉敬,四曰廉正,五曰廉法,六曰廉辨"。

东汉王逸在注释屈原的诗时说:不受曰廉。

汉代以后,廉,才成了官吏具备的一种职业道德。

"政",在《释名》中的解释为"正也,下所取正也",要求官员有正直、正义的品德。

把廉与政合在一起成"廉政"一词,最早出现在《晏子春秋·问下四》里,在这部书中,景公问:廉政而长久,其行何也?其义为廉洁政治。

廉政的反义词为腐败。

廉政文化是以廉政为思想内涵的一种文化,是中华文化的一个重要分支。它是关于廉政的知识、信仰、规范、价值观和与之相适应的行为方式、社会评价的总和。

关于廉洁为官或廉洁从政之说,并不是今天才有的,而是有着悠久的历史。

廉政思想起源于公共权力的出现。

当社会上出现了不从事物质资料生产而专门从事社会管理的官员之后，人们开始担心他们滥用这份权力，便出现了关于廉政的呼吁。

原始社会末期私有制的出现，为贪腐行为的出现打下了物质基础。

贪腐行为出现后，廉洁政治就成了人们的诉求。廉政思想开始萌芽。

夏商周时，开始设立称为"方伯"的官员，他受命于王，对称臣纳贡的异姓诸侯和分封的同姓诸侯进行监察。

春秋战国时，孔子创立的儒家学派，提出了以民为本、清廉节俭、举贤任能、正己修身等思想，这为廉政文化的发展，注入了重要的思想资源。

秦朝时，设立了监御史和监察史，从中央到地方建立了严密的独立巡视系统。

之后，历朝都有廉政的措施和制度。这是因为皇帝需要任命众多的官员来帮其管理社会，这就必须有对官员廉洁的要求。不然，社会财富就会很快流入各级官员的手中，使皇室被掏空并引起民愤，最终引起朝代更替。

廉政文化便是因此而生。

廉政文化的创造者有三类人。

第一，是皇帝。他们从维护自己的利益出发，要求自己起用的官员要廉洁，从而参与了廉政文化的创造。

西晋晋武帝十分重视廉政监察，他在268年诏令说："郡国守相，三载一巡行属县，……录囚徒，理冤枉，详察政刑得失，知百姓所患难苦。……若长吏在官公廉，虑不及私，正色直节，不饰名誉者，及身行贪贿，陷默求容，公节不立，而私门日富者，并谨察之。"

明开国皇帝朱元璋曾对御史台的官员说："国家立三大府，中书总政事，都督掌军旅，御史掌纠察。朝廷纪纲尽系于此，而台察之任尤清要。卿等当正己以率下，忠勤以事上，勿委靡因循以纵奸，勿假公济私以害物。"

清代康熙皇帝在上谕中多次强调"官以清廉为本"，"治天下以惩贪奖廉为要。廉洁者，奖一以劝众；贪婪者，惩一以儆百"。

第二，是有见识的思想者。他们从维护社会正常运转的目的出发，要求皇帝不奢靡官员不贪占。

孔子说："不义而富且贵，于我如浮云。放于利而行，多怨。其身正，不令而行，其身不正，虽令不从。"

《孟子·离娄下》："可以取，可以无取，取伤廉。"

陈襄《州县提纲》："居官一陷贪墨，终身不可洗涤，故为官以廉为先。"

明薛瑄《薛文清公从政录》："世之廉者有三，有见理明而不取者，有尚名节而不苟取者，有畏法律保禄位而不敢取者，见理明而不妄取，无所为而然，上也；尚名节而不苟取，狷介之士，其次也；畏法律保禄位而不敢取，则勉强而然，斯又为次也。"

清人汪辉祖《学治臆说》："欲为清白吏，必自节用始。"

第三，是有远见的官员和普通百姓。他们用各种办法，来呼吁官员廉洁，以保护自己的利益不受侵犯。

一是创作戏剧歌颂廉吏《海瑞罢官》《老包下陈州》《廉吏于成龙》。

二是撰写对联警醒官员：

贤能兴家,廉可避祸。
水清沙自洁,官贤弊自绝。
一文虽微,能污清白人格;万金价昂,难收公道人心。
多植荷花塘自清,勤反腐败政自明。

三是创作廉诗。明朝杨继盛为官清正,写过一首《自说》诗:

饮酒读书四十年,
乌纱头上有青天。
男儿欲画凌烟阁,
第一功名不爱钱。

明宣德年间,贵州巡按吴讷在离任返京途中,贵州三司派人送来黄金百两,被吴讷拒收,吴还在礼盒上题诗一首:

萧萧行李向东还,
要过前途最险滩。
若有赃私并土物,
任他沉在碧波间。

明朝宗室朱载堉作过一首规劝诗:

逐日奔忙只为饥,
才得有食又思衣。
置下绫罗身上穿,

抬头又嫌房屋低。
盖下高楼并大厦,
床前却少美貌妻。
娇妻美妾都娶下,
又虑出门无马骑。
将钱买下高头马,
马前马后少跟随。
家人招下十数个,
有钱没势被人欺。
一铨铨到知县位,
又说官小势位卑。
一攀攀到阁老位,
每日思想要登基。
一日南面坐天下,
想与神仙下象棋。
洞宾与他把棋下,
又问哪是上天梯?
上天梯子未做下,
阎王发牌鬼来催。
若非此人大限到,
上到天梯还嫌低。

廉政文化的主要内容有五个方面。

其一,关于官员廉洁之益与害的论述。

宋人真德秀在《西山政训》中说:凡名士大夫者,万分清廉只是小善一点,贪污便为大恶不廉之吏。如蒙不洁,虽有他美,莫能自赎。

元代张养浩在《牧民忠告》中说:"况一身之微,所享能几?厥心溪壑,适以自贼,一或罪及,上孤国恩,中贻亲辱,下使乡邻朋友蒙诟包羞,虽任累千金,不足以偿一夕缧绁之苦。"

康熙《御定人臣儆心录》:"贪官罔利既久,丛怨必深,既众论之所难容,必王章之所不贷。即令偶逃国宪,坐拥家赀,而天道忌盈,多藏贾祸,讵得长享富贵哉?"

其二,廉洁有德的社会道德标准的确立。

礼义廉耻。这个成语的形成和使用,其实就是在中国古代确立社会道德标准。

出自春秋时齐国管仲的《管子·牧民》:"国有四维,一维绝则倾,二维绝则危,三维绝则覆,四维绝则灭……何为四维,一曰礼,二曰义,三曰廉,四曰耻,礼不愈节,义不自进,廉不蔽恶,耻不从枉。"

礼,就是不能越出应有的节度,尊敬适当的态度和行为;义,就是自己不推荐自己,公正无私;廉,就是廉洁不贪;耻,就是知羞耻,不与不正派的人在一起,对不当的行为有羞耻之心。

其三,各朝代所建立的保证官员廉洁的制度。

一是不定期开展清洗行动。

为惩罚违反廉政规定的官吏而发起。如明洪武年的空印案。明初规定,每年各布政使司、府、州、县均需派计吏至户部,呈报地方财政的收支项目及钱谷之数,若数字不相符,即被驳回重造账册,并需加盖原衙门官印。各布政使司因离户部较远,为免往返奔走,计吏便持盖有官印的空白账册,遇有部驳,随时填用。该空账册盖有骑缝印,不作他用,户部从不干预。1375年,也就是洪武八年,考校钱谷书册,明太祖得知空印事后大怒,下令严办。自户部尚书至各地守令主印者皆处死，佐贰以下杖一百，充军边地。被杀者达数百人。

如郭桓案。洪武十八年，户部侍郎郭桓，勾结北平承宣布政司官员侵吞各地上交国库的秋粮，偷盗库存金银和钱钞，被御史余敏等举告，后查证属实，国家损失2400石精粮。朱元璋大怒，将六部侍郎以下皆处死，各省官吏死于狱中达数万人。

二是设立专职监察机构。

秦汉时的御史大夫、御史中丞、侍御史。

明朝的都察院。

密报秘查。

三是高薪养廉。

清代设有养廉银，1723年创立，此钱来自各地的火耗和税赋，通常为薪俸的十到百倍。台湾巡抚刘铭传的年薪155两，养廉银则达10000两。

台湾总兵年薪67两，军事加给144两，养廉银多达1500两。

四是建立考核制度。

成书于战国时期的《尚书》中就有了三年考绩的说法。

唐代以"四善二十七最"作为对官吏的考核标准。四善是德义有闻、清慎明著、公平可称、始勤匪懈。

明代是以"考察法"来考核的。

其四，各朝代褒扬廉洁官员的手段和方法。

颁布特诏，褒扬勉励。

特许"奏事不名，入殿不趋"。

恩准丧事逾制破格，恤典格外从优。

画像立祠，宣示于众，以彰有德。

赐金银、赐宴、优先晋阶、赐爵。

其五，历代惩处不廉洁官员的措施。

历朝历代，贪官都很多。学者王亚南说过，中国古代官僚的生活就是贪污生活。

明末清初的文学家、史学家张岱曾在他的《夜航船》一书里扳着指头数了很久，才找出了四十位清官。故惩治贪官成了历代统治者都要做的一件事。

《秦简》中的惩贪律条是：官吏私自借用县库金钱的，与盗窃同样论罪。按秦律量刑标准，偷摘别人桑叶价值不到一钱的，罚服三十天徭役。五人以上偷盗，赃值一钱以上的，要斩左脚。

汉代法律规定，贪贿者，挪用官钱者，皆处"弃市"，即死刑。《唐律》规定，受贿罪，一尺杖一百，一匹加一等，十五匹绞。《大明律》规定，官吏贪六十两银者割其首级。官吏受财枉法，一贯以下杖七十，八十贯处绞刑。受财而不枉法，一贯以下杖六十，一百二十贯杖一百，流放三千里，永不再用。

明代的严嵩被抄家时，抄出黄金三万两，白银两百万两，查抄的清单就有六万字。

清代的和珅，抄出的家财达八亿八千万两白银，相当于国家十年财政收入的总和。

学者王亚南说：历史家倡言中国一部二十四史是一部相斫史，但从另一个视野去看，则又实是一部贪污史。

廉政文化在中国历史上起过三种作用。

一是延长皇帝的在位时间，使朝代更替不过于频繁，让老百姓少受战乱之苦。

二是减轻百姓的经济负担，使他们的生活状态得到一些改善。

三是鼓励人们以清廉修身，使社会始终有一股正气存在。

士子以清贫示人，以清高修身。

从皇帝被赶下台到民国建立，尤其是中华人民共和国成立以后，社会交由执政党也就是我们共产党内的一批精英人物来管理，这时，仍然有一个廉洁为官和廉洁从政的问题需要提出来。我们党的几代领导人对廉洁从政都有新的论述，党和政府提出和制定了一系列的廉政措施和制度，接续和丰富了中国历史上的廉政文化。这样做的意义是：

一是保证人民创造的财富能为人民自己所享受，不被贪官据为己有。

二是保证社会上有一清风正气流动，让国人对未来充满希望。

三是保证我们党的执政地位不受挑战，不丧失执政权力。

四是保证社会不出现动乱，不使国家陷入分裂和外敌入侵的危险。

我们个人今天重温中国廉政文化的好处：一则可以帮助我们明白廉生威贪必败的官场规律，从政时始终保持一种清醒状态。

贪伤名。贪伤身。贪伤心。廉政文化发展史告诉我们，因贪婪成贪官会使人生奋斗归零。当官是一种高危职业，因为你几乎每天都会遇到诱惑。你几乎每天都要做出选择，你也几乎每天都面临深渊。一旦因贪婪而被钉到耻辱柱上后，后人从不会给你平反。其他的人生悲剧会赢得同情，这种悲剧会遭到痛恨，这是一种最彻底的人生悲剧。

二则可以帮助我们正确认识人生得失，学会放下和寻找心理平衡。

职务不是越高越好。给了就要，把其看作一个做事的平台；

不给就算，就在现有的平台上做事。官阶是人为设计的一种东西，没有谁要求一个人必须爬完。前朝很多爬完所有官阶的人如今在哪里？两百年以后，没人在乎你当没当过什么官，倒可能在乎你做过什么事。

钱财不是越多越好。该给我的，不能少；不该要的，咱不要。钞票是人设计的一种纸，不能被其所迷。元朝、明朝、清朝的那些富人的财富如今放在哪里？

三则可以帮助我们学到修身方法，主动寻找精神追求。

要追求善。掌握了钱财为百姓着想，为他人考虑。要追求独立的人格，不同流合污。要追求留下一个好口碑，留下精神财富。

丙申年里说"贪婪"

岁月走进丙申年里,"贪婪"这个词的使用频率依然很高。官方在用,知识界在用,民间百姓也在用。

所有的使用者都在说"贪婪"不好,人"贪婪"了要遭唾弃,要坠入深渊。

这与基督教的看法基本一致。基督教把贪婪列为七宗罪之一,撒旦之一的玛门便代表贪婪。

贪婪真的就一无是处?

这就有了细说这个词语的必要。

我在古文里看到"贪婪"这个词,最早是在《楚辞·离骚》里。屈原说:"众皆竞进以贪婪兮,凭不厌乎求索。"王逸后来对贪婪这样注解:爱财曰贪,爱食曰婪。这就是说,贪婪的本义指爱财和食物。

这个词语在其后的使用中,人们逐渐赋予了它"多欲而不知满足"的含义。

目前,大家已公认:得了还想得,永远不知足,这就叫贪婪。

人为何会贪婪?我以为是人的本性使然。人性中有一项内容,叫"自利",这是人为保护自己的生命得以延续的一种本能,是很正常的。人自利的表现，就是一事当前，首先判断其对自己是否有利，有利的，便会积极参与，从中拿取应得的利益；无利的，常会袖手旁观，见别人获利时偶尔还会生出一点点妒忌。这种情况在每个人的人生中都会反复出现，是人生中的一种正常景观。自利之心一过度，就是贪婪了。

贪婪之心并不是只有坏人恶人才有，而是存在于每个人的胸中。人与人的贪婪之心只在两点上不同：其一，使用的地方不一样，有的人把贪婪之心用于物质财富和精神财富的创造上，有的人把其用于精神财富的享受上；有的人则把其用在物质财富的占有和享用上。其二，是对其实行控制的程度不一样，有的人只在创造物质财富和创造、享受精神财富时释放其贪婪之心，而在其他的时候将其关闭在心房一角；有的则专在占有和享用社会物质财富时释放它，并完全放纵不加限制。

其实，贪婪并不就是坏东西，它对于个人和人类社会的发展都能起到重要的推动作用，它是单个人和整个人类发展进步的重要心理动力。

一个科学家，如果他在发明创造上只是浅尝辄止，不是得了还想得，永不满足，贪婪不已，那他就不可能成为一个大科学家，就不可能为人类连续创造更多的福祉。比如爱迪生，如果他在发明了留声机后，不再贪婪地去继续探索，那他就不可能再去发明电灯，从而成为家喻户晓的人物了。

一个作曲家，如果他在创作时自我满足，不是得了还想得，贪婪不已，写一首好曲子后就不再写了，那我们听到的好乐曲就会大大减少。像贝多芬，要是他在创作时不是贪婪不已，而是在写完《英雄交响曲》之后就不再写了，那就不可能有他后来的巨作《第九交响曲》了。

一个农民，如果他在种地时不是得了还想得，不断地学习和变换耕作手段，贪婪地去提高产量，而是马马虎虎每年只种一季就不种了，那就没有足够的粮食让他和他的家人吃饱肚子，更不会有余粮卖给不种粮的人了。

这是贪婪对于个人的意义。就整个人类来说，人类若没有一种永不满足的贪婪的劲头来改变自己的生存处境，那人类的生活就不可能是今天的样子。大家都知道我们最早的祖先最初是住在天然山洞里的，后来大概是觉得那里边太潮太不方便，开始在平一些的地方挖地窝子住。再后来，为了使自己住得更舒服，人类开始贪婪地去不断地发现新的建筑材料和新的居住处，直到开始夯土筑墙搭棚子，开始脱土坯打草去盖草屋，开始烧砖烧瓦砌墙盖瓦房，开始用水泥浇筑钢筋盖楼房。如果人类的祖先不是贪婪地不断寻找新居处，那我们今天就可能还住在天然山洞里。

还有就是关于人类扩大自己的活动空间问题。我们知道人类最初的一切活动都靠步行，不论干什么，全靠自己的两条腿走，这样活动的空间就不大，就很受限制。为了解决这个问题，人类开始永不满足地贪婪地去寻找解决办法。最初是找到了牛，学会骑牛并造了牛车；但还是嫌其慢，于是又找到了马，学会骑马且造了马车；可还是嫌其慢，于是找到了发动机且造了汽车、火车和轮船；却还嫌其慢，于是又找到了新材料造出了飞机。如果我们的祖先不是贪婪地寻找扩大活动空间的办法，那我们今天怎么可能在一天之内赶去欧洲？

再有，就是关于人类寻找便捷的联系方式问题。我们晓得，人类在很长一段时间里，相互间联系靠传话捎口信，靠人的口头话语相传，这很不方便，于是便发明了邮局通信。可人类不满足，仍嫌太慢，于是电话和电报便被发明了。但人类贪婪地认为，电话和电报还不够快，于是又发明了互联网和智能手机，有了电子邮箱和微信，使即时联系成为可能……

这些都告诉我们，单个的人和整个人类在创造方面的贪婪不仅不是坏事，而且于己还有益。

那为何"贪婪"这个词在后来和今天会变得声名狼藉？

问题出在消费和享受人类的创造成果上。而且，主要不是指消费和享受人类创造的精神财富上。人类至今创造出的精神财富虽然有限，但不管你多么贪婪地去消费和享受，也不会遭到人们的轻看和贬低，即使你一年读三百六十五本书，看一百场电影，听五十场音乐会，参观一百次书画展览，都不会听到责难，相反，还可能会得到赞赏。问题出在消费和享受人类创造的物质财富上。

人类迄今为止，创造出来的物质财富都很有限，也就是说，远不能满足所有人的需要。而物质财富又是人赖以为生的基本东西，是每个人活下去的必需用品。在这种情况下，人们不希望出现想更多占有人类创造出的物质成果的人，把那些想多占和独占人类创造出的物质成果的人，称为贪婪之徒，并对其恨之入骨，随时都想把他们推入深渊。

"贪婪"一词因此而充满了贬义。

也因此，谁获得了贪婪的称号，谁就会变得声名狼藉，且永世不得翻身。历朝历代，都不会为贪婪之徒正名。

中国历史上，被称为贪婪之徒的人可不止一个两个。最典型的代表是三个，一个是唐朝的元载。他被惩治后，没收的宅舍足够分给数百户有品级的官员居住使用，抄家时抄出的物品中竟然有八百石胡椒，折合成今天的计量单位是六十四吨，这要吃到哪一年？另一个是明朝的严嵩。抄他的家时，抄出黄金三万余两，白银两百万余两，其他的珍宝和古玩几乎超过了皇室的珍藏。再一个就是清朝的和珅。抄出的家产竟值八亿余两白银，超过朝廷十年的总收入。

在当今的中国，想尽可能多地占有和享受社会创造的物质成果的贪婪之风也很兴盛。大家都明白人民币这种纸钞是物质财富的代表，所以现在贪占人民币的官员就很多，有的贪官家里一次竟抄出了一亿多人民币现金；还有的贪官家里被抄出的纸币现金，一辆大卡车都拉不完。广州民航局一个普通售票员，利用职务之便伪造机票进行贪污，在短短两年内，竟然伪造了三点七三万张机票，等于航空公司的一架波音737飞机在空中白白地飞行了一年。对于有用物品的贪婪侵占数量也非常惊人，云南一个官员，知道普洱茶好喝且有收藏价值后，她竟然利用权力贪占了几吨。几吨的茶叶，她哪一年哪一代才能喝完？总后的谷俊山，竟然在家里藏了一千五百余箱茅台酒，一箱酒有的六瓶，有的十二瓶，这要喝到哪一年？还有一个省医院的院长，竟然拥有一百套房子和一百个车位，他若巡视一遍所拥有的房屋和车位需要花去很长的时间呀！

占有社会物质财富的贪婪之风一旦刮起来，社会的整体溃败就会开始。想一想前几年，我们干什么事不需要送钱送礼？你不送什么事也干不成。一个社会不靠规矩和法律去维持运行，而依靠礼物和金钱去润滑着国家机器，那还会有公平公正？

这种占有物质财富的贪婪之风的生成，原因有两个，其一当然是人性中自利本能的惯性发展在起作用。我们每个人的心底里，都有想拥有更多物质财富的欲望，对这种欲望若本人不加抑止，它就会逐渐膨胀，膨胀的最后结果，就是出现贪婪之状。所以人必须接受现代文明的熏陶，懂得一事当前，应该考虑和顾及他人的利益；必须有信仰，不能把追求全放在物质财富上；必须有善心，学会拿出自己的财富去关爱他人。其二是社会管理者没有尽到管控人们物质欲望的职责。人的物质欲望是没有止境的，这一点所有的社会管理者都明白，也因此，各个国家各个时代的社会管理者，大都知道要用法律、规矩去管控人们的物质欲望，用贤者的举动去引导人们的追求，不会完全让物欲横流。但遗憾的是，我们前些年对这个问题没有给予足够的重视，或者重视了但未用霹雳手段去实行，结果使社会上物欲泛滥，让官员以贪污纳贿为寻常事情，让社会中上层以生活奢侈为荣耀，让普通百姓一心只为挣到金钱。谁一顿饭能吃掉几万元那是一种本领，谁穿戴的都是世界名牌那是英雄，谁能去澳门一赌那是活得潇洒，这样做的结果当然会引来贪婪盛行。

所幸，我们大多数人现在已意识到在享受和消费人类创造的物质财富上，必须力戒贪婪。所幸，社会已开始向这种贪婪宣战。也许要不了多久，目前的这种局面就会有所改变。

贝多芬是因为贪婪地进行音乐创造而被塑了纪念碑的！

和珅是因为贪婪地占有社会物质财富而落了千古骂名的！

一个人来世上走一趟，不管是做官还是当平民，对贪婪应取的态度该心中有数。

不然，在生命终结前的最后清醒时刻，是会生出悔意的。

那就晚了！

人与社会

人是一种群居动物，必须通过社交相会才能提高自己的文明水平，也因此，组成社会成为人类发展的一种必需。一个人若是一出生就将其完全隔绝于人群和社会之外，他就会蜕变成一个完全的动物。一个人若是成年之后远避人群和人类社会，他就会尝到孤独的全部之苦。大约是本能地意识到了这一点，故我在写作之初，就开始关注人与社会的关系。

我想写写人是以怎样的姿态进入社会的。在当今，人进入社会是被动的，是带有强迫性的。人类社会发展到今天，几乎不再存在完全孤立于社会之外的人了，也因此，每个人一出生就等于被父母带进了社会，他在对社会还一无所知的情况下，就以被动的姿态进入了社会，开始来适应社会的要求。把一个人适应社会要求的过程写出来会很有意思，在这个过程中，人身上的动物性会越来越少，文明程度会越来越高，但这个过程并不是呈直线上升的状态，它时常往复回还，既带有欢乐，还伴有痛苦，痛苦的重量有时还非常大。因为它有时是对人本性的改造。

我想写写进入社会的人，各自走进的社会层级是不一样的，也因此，他们的命运曲线也大不相同。自从人类组成社会之后，迄今为止，不管实行哪种制度，都对社会进行了分层。最基本的分法是三层：一是上层社会，也叫上流社会；二是中层社会，也叫中间等级社会；三是底层社会，也就是普通百姓组成的社会。一个人若生在上流社会家庭，他享受到的物质生活水平和接受教育的水平，会大大好于生于低层社会家庭的人。这是一种天然的不公平，是人在现阶段不得不接受的一种不公平。但作家对这种不公平应该给予展示。

我想写写人进入社会后，是怎样与社会已存制度打交道的。我们知道，人类社会的不同阶段，因社会形态不一样，实行的制度也不一样。一个人进入社会后，必须与已有的社会制度打交道。人们在与社会制度打交道的时候，通常会出现三种情况：一种是表示喜欢和接受；另一种是表示不满和妥协；再一种是表示反对和反抗。对这三种情况进行表现都有意义，它可以展示人类在社会制度的设计上曾经走过一条怎样曲折的路，展现人类在社会制度变革方面曾做过怎样的努力。

我想写写进入社会的人，因进入的时代不一样，其享受到的权益是有很大不同的。同一种社会制度下，时代不一样，人们所享有的东西也不一样。在中国的"文革"时代，人们所享受到的自由发展空间非常少；而在改革开放时代，人们生活的自由度就有很大扩展。在农业集体化时代，农民被死死地限制在乡村，即使去一趟县城，也必须拿上在生产大队开的证明；在工业和信息化时代，农民可以天南海北地外出打工，还可以用自己的手机随时与家里通电话。时代不一样，人们享受到的东西差别很大。作家对这种时代间的差别进行表现，能使人生出无限的感慨。

我还想写写人类社会中的战争，写写战争中的军人和百姓的生活。战争是在人类社会发展进程中反复出没的一种怪物。它以鲜血和尸体为食料，能够给人们带来彻骨的痛苦，但有时，它也可以将人类社会推向一个新的发展阶段。对战争中军人和百姓的生活进行表现，可以帮助我们认识战争的本质，也可以帮助我们认识人类自身。对战争的表现会让我们意识到人类身上还有太多的动物遗存，人在自我完善上还有很远的路要走。

在人与社会的关系上，我还有很多想写的东西，只是不知道上帝还能给我多少写作的时间，是不是还允许我写下去。

关于医院的随想

医学系人之生死，责任重大。古人说："医系人之安危死生，眷属之悲欢聚散，岂非天地间最重大事哉？"而医院，是医生用医术治疗人的疾病之处，在一定意义上说，是决定人生死存亡的地方。在这样的地方，若只有懂医学知识和技术的人，而没有人类文化精神的照耀，没有爱和仁慈、平等和不欺等人类基本文明认知的落实，也就是说，医护人员一点不懂哲学、历史、文学和艺术等人文知识，不具有人文精神，那很难设想他们会用医术去尽职地为病人服务，为病人解除痛苦。作为一个创新型医院，也是很难办好的。爱因斯坦说："只用专业知识教育人是不够的。通过专业教育，他可以成为一个有用的机器，但不能成为一个和谐发展的人，要使学生对价值有所理解并且产生热烈的情感，那是最基本的。他必须获得对美和道德的善，有鲜明的辨别力。否则，他——连同他的专业知识——就更像一只受到很好训练的狗，而不像一个和谐发展的人。"所以，人文教育和人文精神的确立，应该成为我们创新型医院领导必须重视的一个问题。

中国的传统医学中，就始终强调着人文精神对于医家的重要。

所谓人文精神，就是一种普遍的人类自我关怀，表现为对人的尊严、价值、命运的维护、追求和关切，对人类遗留下来的各种精神文化现象的高度珍视，对一种全面发展的理想人格的肯定和塑造。

仁，是儒家提出的文化概念，医家很快就把它作为医德的重要内容，提出医乃仁术。《古今医鉴》上说："今之明医，心存仁义。"

廉，也是儒家提出的，医家也马上把它作为医德的重要内容，杨泉说："夫医者，非廉洁淳良，不可信也。"

不欺，也是文化概念，但医家也把它作为自身修养的重要内容。医学家寇平说："上不欺乎天，下不欺乎地，中不欺乎人，依方修合，积德救人。"

中国现当代的医学大家，都是既医术精湛又具有很高人文素养的人物。

中国现代外科奠基人裘法祖，妇产科专家林巧稚，中国胸心外科学奠基人黄家驷，泌尿外科开拓者吴阶平都在这方面做出了榜样。

在西方医学发展史上，人文精神始终伴随着医学的发展。

西方医学之父希波克拉底的誓词："吾将竭尽吾之能力和智慧，以己之才帮助病患；戒用医术对任何人以毒害和妄为……吾将以纯洁和神圣为怀，终生不渝……无论何时登堂入室，吾都将以患者安危为念，远避不善之举……"

西方的早期医院就是收容病人、老人、穷人、流浪者，对他们进行医疗服务的场所。当时，人们认为这种新兴机构最能体现基督教的博爱精神。

19世纪的欧洲，兴起过"视病人为人"的运动。

维也纳医学教授诺瑟格尔指出："医学治疗的是有病的人，而不是病。"

20世纪，西方医学家主张医学的躯体健康关怀应与心理健康关怀并重。

西方医学家主张对患者生命的终极关怀，是医学关怀的最高层面。

医学敬畏生命而不是生命乞怜于医学，让生命的最后一缕晚霞庄重安详。

在医院进行人文教育，就是抓好哲学、历史、文学、艺术四门学科的学习。

学习哲学的目的，就是让医护人员明白：

要把人体看成一个有机整体，不能看成是由不同脏器构成的生命机器。

要用辩证思维思考医学发展，不能医技至上。要看到随着医疗技术的发展，又出现了很多新问题，比如，医源性疾病的出现，超级细菌的出现，就是滥用抗生素的结果。仪器检查滥用，导致医疗费用提高，医疗费用居高不下，医患关系物化、紧张，医疗的公正和廉洁受到质疑。

学习历史的目的，就是让医护人员明白：

人类经过漫长的进化才出现在地球上，人是世界上最珍贵的生物，医护人员作为人的生命的看护者，使命崇高。

医学史是人类历史的重要组成部分，医学的出现就是为人自身服务的，作为医学史的续写者，应该勤奋努力。

历史会把最优秀的医护工作人员写进史册，也会把重大的医疗事件和事故写进史册，我们医界的每个人都要对历史保持一份敬畏。

学习文学的目的，就是让医护人员明白：

爱是人间最珍贵的东西，医护人员应该充满爱心地对待病人，不能因为对方没有钱而见死不救。在这方面，特蕾莎修女是我们的榜样。

真诚是人际关系最好的润滑剂，医护人员应真诚对待病人，不欺不瞒，不能变着法子赚病人的钱。人类生命的价值不允许医学抛弃责任而以利润第一。

一旦出现医疗事故，理解和宽容应成为处理事故的准则。医护人员要坦承自己该负的责任，病人家属应充分理解医生的良好用心，并宽容其失误之处。

学习艺术的目的，就是让医护人员明白：

这个世界上处处有美，有音乐美、形体美、绘画美、书法美，也有仪表风度美等。医护人员应该成为美的追求者，应该做到着装美、用语美、风度美等。

人应该全面发展，成为美的创造者。医护人员也可以通过自己的双手创造美，比如，医学美容，可以把烧伤病人的脸部变得更美；比如，外科医生可以把腹部手术的疤痕留得尽可能地小；比如，让一个挂拐走路的姑娘扔下拐杖走路等。

医学和艺术其实也有融合的地方，接诊也有艺术。

○○辑二

认识他是一种幸运
——怀念李国文先生

因为错失了上大学的机会,故我当年在偏僻的军营开始写作时,凭的只是一腔对文学的热爱和对生活的熟悉,文学理论准备差不多就是个零。也是因此,我特别希望能找到老师请教。在1976至1978年间的多次投稿不中之后,我曾经给几位当时的名作家写信求教,可并无一人回信。也是在这个时候,我读到了李国文老师的作品,心想,啥时候能认识他,得到他的指教就好了。

机会拖拖延延地到底来了,此时的日历已翻到了1988年。记得是《小说选刊》评出1987—1988年度的中短篇小说奖时,我的短篇小说《小诊所》获了奖,我到北京领奖时见到了他。其时,他是《小说选刊》的主编,在招待我们这些获奖作者吃饭时,别人介绍我与他相识。他那时是全国的名作家,我只是一个初入文坛的年轻人,但他很热情地夸了我那篇作品,鼓励我继续写下去,让我觉得心里很温暖,也增添了一些写作的信心。其实,那个时候,我的家庭已经陷进了一场灾祸之中,我正忙于应对灾祸,写作处于时断时续的状态之中。

有一次,我由济南军区来京办事时,打电话说想去拜望他,他热情地答应:来吧,我在办公室里。那天,在他不大的办公室里,我们有了一次时间不短的聊天,聊创作,也聊我正在应对的灾祸。他了解了我家里发生的事情后,劝我想开些。给我讲人生不可能都是顺境的道理，讲遇到灾难时要相信事情早晚都会过去，不必绝望。还特别询问了我正在写什么。我告诉他我正在写一部长篇小说，表现一个丝织世家在20世纪的命运沉浮。他说：好，我等着你完工。我说我担心写不完我的身体就垮了，写成半部作品，这灾祸压得我实在受不了。他叹口气劝我：人心里都有抵抗灾难的潜力，就看你用不用了，你要用，你就能顶住。他的话让我对未来有了些信心。那个时候，我还不知道他也曾遇见过很大的灾难，不知道他被错划为"右派"后，遭遇的苦难比我遇到的还要严重。多年之后我才明白，他当时是在用他抵抗灾难的经验劝告我。

在他和其他朋友的鼓励下，我一边应对家里的灾祸，一边坚持写作长篇小说《第二十幕》和插写一些中短篇小说，直到1998年写完了《第二十幕》的上、中、下三卷。当这部书在人民文学出版社出版后召开研讨会时，国文老师参加了会议。在会场，听着那么多文学前辈和同行朋友的肯定之语，我百感交集，内心里充满了对国文老师的感激之情。

我调到北京工作后，家属的工作调动一时难以办成，有一段时间闲住家中。他听说后，也热心帮助我们联系了一个单位，虽然最终没能去成，但他的关心再次令我感动。他总是在你需要的时候伸手帮你，让你觉得个人生活虽苦乐相掺常有风雨，可人间到底充满暖意，值得我们栖居其中。

和国文老师在一起聊天，聊得最多的是创作。我记得他说过：年轻时要趁体力好抓紧写，一年写十万二十万字甚至更多都是应该的，否则年纪大了你想写也无力写了；不要忌妒别人，要善于向同代作家学习，看他们怎么表现你也熟悉的生活；别把精力用在社交上，不要追求一时的热闹，要能耐得住寂寞，作家最重要的是拿出作品；既要读中国古典文学和现当代作家的作品，更要读西方作家的作品，书读得越多越杂越好。他说这些话时并不是一脸严肃，跟他聊天总能不时听到他爽朗的笑声，他在笑声里说出了他的创作思考和对我的希冀。

他对我的创作并不一味说好，有时也有批评。有一年，我的一部中篇小说发表后，给他送去了杂志，他看后给我来电话说：这个题材你可以处理得更好，可以写得更有新意；是应该多写，每年的写作都应有一定的数量，但也不要一味求快求多，萝卜不洗净就扔进锅里不行。这话给我敲了警钟。

2005 年，我不顺的人生中又添了新的不幸：孩子患了重病。我忙着给孩子治病，很长一段时间没与国文老师联系。他后来知道了这件事，在电话里送来了慰问。最终，孩子远走。2008 年万念俱灰之后，只有埋头写作算是抵抗命运的一个途径。此后，我很少再去看国文老师了。我害怕他问起我家里的情况，更不愿让自己的负面情绪再传染给他，毕竟他已是老人了。甚至电话也很少打，因为打电话也不能保证自己不失态，不能再让老人也跟着伤心了……

疫情期间，我对他也暗暗担着心，这种损伤肺部伤及呼吸系统的疫病对高龄老人特别可怕，暗暗祈祷他能凭借自己的乐观和体力闯过这道难关。未料还是在疫情末期听到了噩耗。这位胸怀爱意的老人的离去，是这个世界的损失；这位目光犀利文字优美的作家的离去，是中国文坛的损失！

国文老师，每一想起过去在一起的岁月，脑子里就重现了你的音容笑貌，我们想念你！所幸在不太久的将来，我们还能在天国相遇相聚，那时，再听你的笑声和教诲！

癸卯年秋

关于《曲终人在》

当兵几十年，结识了很多政界的朋友，得以在很近的距离上观看政坛上的风景，但这个领域里的生活，我除了写过一个中篇外，还没有用长篇小说来表现过。这是我有意储存的一处写作资源，没有轻易去触动。这片文学土地迟迟没有耕种的原因，一是我自己没有想好种什么、怎么种；二是外部气候环境也不是很适宜。一直到近几年，我才想出了个眉目，才感到外部气候适宜播种了，于是，就有了这部作品的出现。

回眸政坛的演变过程，政界、政坛、官场上的人，其实说到底，就是社会上不从事具体的物质产品和精神产品生产而专事社会管理的人。这部分人并不是今天的社会才有的，而是人类在地球上一出现就有了。因为人是必须组成社会才能生活的，有社会就必须有管理者。人类社会最初的管理者是氏族、部族的长老，并没有庞大的机构，他们的管理权威是建立在血缘关系上的。后来，随着人类社会的扩展和管理范围的扩大，奴隶主、王开始靠强力从氏族、部族长老那里夺来了管理权，正式的管理机构开始出现。再后来，人们又认识到了这种靠单个的世袭的家族里的人来管理社会存在重大缺陷，就开始通过多种手段改为由社会推举一群精英人物来共同管理社会，目前，人类社会的管理基本上处于第三个阶段。这一种管理方式可能还会持续很长一段时间。在这一阶段，社会能不能管理好，责任就在社会推举出的专事管理的精英人群身上。

我们中国从事社会管理的精英人群的素质究竟怎么样？这是大家包括我自己都非常关心的问题。我们把管理国家和社会的权力委托给他们，我们当然有权知道他们的素质和管理状况。应该说，在这部分精英人群里，有相当一部分人是非常优秀的，要不然，我们的国家不会也不可能发展到今天的程度，我们的民族在世界上也不会有今天的地位。但从反腐败揭露出的问题来看，又确实有一批人虽然身为省、部、军级高官，却还是只想着自己、家庭和家族的利益，贪婪不已，根本没把国家、民族的利益和百姓的福祉及社会的安宁放在心上。这就令人非常痛心，全国的省、部、军级的在位高官，加在一起，也就几千名，这部分人是经过层层选拔和推荐出来的，如果连这部分人也不为国家和民族利益操心，那我们的国家和民族不是太可悲了吗？我们国家和民族的前途不是堪忧了吗？

最终促使我动笔写这部作品，是谷俊山案件的出现。此人身为中将，位居军队的中枢，对钱财和物资的占有欲望都是那样强烈，贪婪程度是那样惊人，行事方式是那样疯狂，在他的脑子里，压根儿就没有国家、民族、百姓这些概念，有的只是他的个人私利。他关注的只是他的儿女、兄弟、表亲、同伙、靠山，连过去乡间的开明乡绅都不如，一些开明乡绅还知道拿自己的钱去支持乡村教育、救贫解困，为他人和国家的未来着想。而他，整天就是琢磨着怎样把国家和军队的钱财物资据为己有，或只为自己服务，靠这样的人物来治理国家和军队，可怎么得了？这样的渣滓是怎样变成精英人物登上了高位的？他们的生成机制是怎样的？这让我生出了深深的忧虑。这个案件很强地刺激了我，让我有了写作的冲动。当然，他不是我这部书的主人公。他只是我写作的由头。

这部书的主人公叫欧阳万彤。在他的身上，寄托了我对政界的全部理想。我写他的经历，写他的作为，写他的命运的目的，是呈现目前官场的生态，让读者了解当下管理社会的官员队伍的景况，让人们看到在目前的社会现实下要做一个好官是如何艰难，从而呼唤有更多的高级官员能为我们国家和民族的利益着想，成为令人尊敬的政治家，成为合格的社会管理者。一个民族和国家的前途，固然不是全由高官来决定的，但高官们的素质和作为，的确可能对一个民族和国家命运产生重大的影响。我们的国家和民族现在正处在一个紧要时期，能不能使国力和国威继续上升成为全世界都敬重的对象，能不能使百姓的生活更富裕幸福指数更高，成为全人类羡慕的对象，既要看全民在物质和精神财富上的创造状况，也要看我们社会的高层管理人员也就是高官们的素质和管理状况。

这部书里也写了很多普通人，也就是非官员非社会管理者。写他们的目的是想对整个社会生活的境况做个概略展现，想打开一扇窥见人们当下精神世界景象的窗户。官员服务于百姓，官员的精神素质最终会影响到百姓的生活和百姓的追求；官员又来自民间，民间的精神取向其实也会影响到官员的追求。治理官场，当然要先从官场动手，在体制和制度上下功夫。但提高全民的精神素质也是一个重要任务，应该把当官发财的普遍认识彻底扭转过来，要不然，即使当下民间的好人做了官掌握了社会管理的权力，也有可能再钻制度的空子变为贪官。我们眼下身在民间的人，应该想想，假若有一天人们把管理社会的权力交给了你，你将成为一个什么样的官员？

一些忧虑
——再说《曲终人在》

因为从事写作这个行当，就常常会为一些与个人生活不很相干的事生出忧虑。

比如忧虑人与人之间的冷漠相对。一个孩子，被吸毒的父母关在家里，当孩子饿急拍窗时，有人听见却无人理会，最后竟活活饿死；一个老人突然发病倒在街上，其他的过路人绕开了走，最后使他失去了被抢救的机会；一个司机开车撞伤人之后，怕伤者活着要负担大量的医疗费，竟把车又倒回来再碾轧一回……

比如忧虑人与人之间的相互加害。一些种粮种菜的，为了增加产量，放胆使用剧毒农药，根本不管粮食蔬菜上的农药残留会让食用者得病。一些制造农业机械的工人，粗制滥造，农民花一大笔钱将农机买回去，用不了多久就坏了。一些商人把过了保质期的食品，换了标签再继续卖下去。一些房产商为了赚更多的钱，竟使用拉伸过的钢筋浇筑楼板……

比如忧虑在社会上办事全靠金钱和关系。孩子入托上学，得找关系得送钱；学生毕业就业，得找关系得送钱；老人去医院看病，得找关系得送钱；教师晋升职称，得找关系得送钱；官员提升调动，得找关系得送钱。没有钱和关系，你在社会上寸步难行……

这样持续下去，人们会活得舒心吗？

更让人忧虑的是官场，一个单位的官员编制，本来是有定数的，但只要找人活动活动，编制数就会增加；一个单位的级别，本来是明确的，但只要找人活动活动，级别就可能提升一档；一些经费，本来是有指定用途的，研究研究就可以改变用途；一些高级管理职位，竟然是可以买来的。

近年的反腐行动中，揭露出一些省部级和军级高官，竟然把人民给他们的职位变成了贪污受贿的平台，整天想的就是怎样占有更多的国家财富，怎样把交由他们管理的金钱变成自己的。全国的省部级和军级以上高官在位的也就几千名吧，如果连这部分精英人物也不为国家和民族的利益着想，那我们国家和民族的未来不是真的值得忧虑吗？

20世纪的上半叶，那么多的富家子弟抛家舍业为我们的民族命运操心；到了21世纪的今天，怎么会有这么多的精英人物只想着金钱而不想着国家和民族呢？

这不能不让人忧虑。

一个文人，你忧虑能有什么用呢？谁会在意你的忧虑呢？

我只能拿起笔，把我的忧虑写出来，于是有了这部长篇小说《曲终人在》。我想通过这部书，把我的忧虑写出来，把我的忧虑传达给读者，让他们也生出一点忧虑来，从而都来为我们国家和民族的未来操一点心。

国家和民族是我们生活和相聚的家园，我们自己不操心，难道指望别国别族的人替我们操心吗？

小说里有一个名叫欧阳万彤的省长，他是我虚构的文学人物，但我多么想他是一个真的省长，多么想现实生活中的很多省部级和军级高官都有他那份对于国家和民族的责任心。在他身上，寄托了我太多的理想。

愿读者朋友们能愿意读这本书。

在地炮团里吃饭

1970年，十八岁的我参军到山东陆军二〇〇师地面炮兵团当兵之后，最高兴的时刻是吃饭。

因为当兵前在老家经常吃不饱，肚子里没油水，所以那时候饿得快，总是不到吃饭时间肚子就空得咕咕叫，就盼着快点开饭。记得那时一进入饭堂，一见到饭，不管是什么饭食，就不由得吞咽口水，恨不得一下子就把肚子塞满。

那时陆军的伙食费是每个人每天四毛五分钱，不高，可我觉得这已是天堂的标准了。早餐，一般是馒头和大米稀饭，外加些咸菜。馒头通常是二两一个的大馒头，稀饭随便喝，我一般是吃三到四个馒头再加两碗稀饭，相当于吃八两到一斤的东西。吃这么多，参加一上午的训练，不到中午就又饿了。中午食堂里的饭通常会变换花样，不是蒸大米饭加一个炒菜一个汤，就是大包子，再不就是炸油条，比在老家里过年吃得还好。那阵子吃饭前大家先要列队唱一首歌，然后再进饭堂，唱歌的时候，肠胃们已经着急得上蹿下跳，待进到饭堂端起了饭碗，那个快活呀，完全可以用心花怒放来形容。吃大米饭配的炒菜里通常会有几块猪肉，嚼到猪肉块时，由肉香所引起的那份幸福感，真是浓得像糖浆一样！午饭若吃大包子，常常是一两一个的，我一般能吃十个。若吃油条，要限量，一个人只能分到半斤油条，倘是没吃饱，你可以喝豆浆，豆浆可以随便喝，喝多少都行。半斤油条对于我的肚子，至多是达到半饱，那时常在心里想，日后若是有了钱，一定要到一家卖油条的铺子，彻底吃饱一回，尝尝吃饱油条的滋味。可惜我那时的津贴费太少，一个月只有六块钱，除了自己买牙膏、肥皂、洗衣粉之外，还要给父母寄，根本积攒不下钞票。我记得我们那个排里有个老兵，是鲁西南乡下来的，他也爱吃油条，有一天中午他分到半斤油条后，发牢骚道："啥时候才能让我放开肚子吃一顿油条？"这牢骚刚好被司务长听见了，司务长很不高兴地反问他："你放开肚子能吃多少？"那大个子老兵说："三斤。"司务长认定他是吹牛，便问："给你三斤你吃不完了咋认罚？"那老兵大概是太想吃油条了，就答："若吃不完就头朝下走路！"司务长于是便让炊事班长拿来三斤重的油条朝他面前一放，说："我和炊事班的同志今天中午不吃油条了，都给你吃，吃吧！吃不完了就给我头朝下走路！"我们一群新兵都被这打赌的场面吸引住了，饶有兴味地站在那儿看。只见那位老兵喜出望外地吃了起来。一开始他狼吞虎咽地吃着，慢慢地变成细嚼慢咽了，到最后剩两根油条时，能明显看出他吃不动了，一点一点地向嘴里塞，不过最终，他竟然真的把那三斤油条全塞进了肚子。大家为他欢呼鼓掌，司务长被弄得讪讪走开。不想，那位老兵回到宿舍后因为口渴喝了点开水，来了麻烦，可能是这点开水让他胃里的那些油条膨胀了，膨胀的油条让他的胃锐疼起来，只听他哎哟哎哟地叫着，排长怕他出事，只好让两个新兵架着他的胳臂在营区里不停地走，直到他把肚里的油条消化掉……晚饭是我们一天最不喜欢的饭食，通常都是吃粗粮，小米饭或是大米和小米放在一起煮的二米饭。今天，人们都喜欢吃粗粮，说是吃粗粮健康，可是那年代，大家都喜欢吃细粮，认为细粮才有营养。晚饭我们通常吃得不是很享受,但也都吃得很饱,吃饱了才能睡着觉。

那年头最让人期盼的是吃饺子。吃饺子通常是在星期天的中午。平均一个月能吃上一回。这天中午炊事班只负责把饺子馅拌好,差不多都是用猪肉、白菜、大葱做成的馅,然后按每人一斤白面一斤馅的标准分到各班,由各班自己包好,再去炊事班里用大锅煮熟。炊事班把几口锅里的水早早烧开,哪个班先包好饺子哪个班先煮,煮好了就以班为单位吃起来。我就是在这时学会了包饺子。一个班七八个人在宿舍里一起包饺子,那场面很是壮观,上来先把两个人的铺盖搬到别人的床上,腾出两张铺板,在铺板上铺上报纸撒上白面,预备放包好的水饺,然后是两个人用干净些的脸盆和面,之后是两个人负责擀饺子皮,其余的人包。包好的饺子在铺板上成排地整齐摆好。待把面和馅都用光,方得大功告成,然后大家小心翼翼地抬着放满了饺子的两张铺板向炊事班里进发,每个人都兴高采烈。到炊事班把饺子一股脑儿地下到大锅里煮。饺子煮好捞到饭盆里,再端回班里的宿舍开吃。全班在一起吃饺子时,咀嚼和吞咽的响动类似刮大风,忽高忽低,忽强忽弱,若是用录音机把那种响动录下来到别处重放,一般人很难听明白那惊心动魄的响动来自什么地方……

几十年过去了,进入老境的我每一想起那时的吃饭情景,还能令我心旌摇动热血沸腾:人年轻真好!

豫剧舞台上的玫瑰
——汪荃珍印象

与河南豫剧三团团长、著名豫剧表演艺术家汪荃珍相识,是缘于根据我的小说改编的现代豫剧《香魂女》。我记得那是多年前的一个晚上,我应河南文化厅领导之邀,到郑州去看豫剧《香魂女》的彩排。彩排地点好像是在三团的排练厅。那晚我看得很兴奋也很满意,导演和演员对原作的理解和表现超过了我的预想,尤其是女一号——扮演二嫂的演员,在扮相、唱腔和对角色心理的把握上,非常出色。彩排结束后,我高兴地先走到那位演员面前向她表示祝贺,文化厅的同志在一旁向我介绍说,她叫汪荃珍……

那是我第一次认识她。

后来豫剧《香魂女》在中国第六届艺术节上演出获得巨大成功,一举获得艺术节大奖,一下子填补了河南省戏曲无全国性大奖的空白,作为主角的她功不可没,河南省人民政府对她通令嘉奖并记大功一次,社会上一时对她好评如潮,我当然为她高兴。再后来,她多次进京演出《香魂女》,我每次都是热情的看客,和她就逐渐熟悉了起来。

汪荃珍能在豫剧《香魂女》中有精彩的表演,成为众人交口称赞的表演艺术家,并不是偶然的,这来源于她在豫剧表演艺术道路上的不懈跋涉和追求。当年,十三岁的她怀抱着对戏曲艺术的热爱,考入河南省戏曲学校戏曲表演专业后,刻苦学习戏曲表演艺术的基本功。晚睡早起，听看记仿，学得如痴如醉；唱做念打，一招一式，习得认认真真。五年间，她把全部精力都投入到了学习中，不敢稍有松懈。功夫不负有心人，毕业时，十八岁的她不仅迎来了自己生命中最美丽的年华，而且在戏剧表演事业上也为自己打下了坚实的基础。之后，她成为河南省实验豫剧团的演员；再后来，她成为河南豫剧一团的演员，正式开始了自己的艺术生涯。在豫剧一团这个名震中原的集体里，她悉心向前辈和同行学习，在艺术上锐意进取，精益求精，先后在舞台和荧屏上成功塑造了一系列性格迥异、形象丰满的戏剧人物，为自己赢得了无数的观众，也为河南省的文艺事业做出了卓越的贡献。1986年，香港举办"首届中国地方戏曲展"，她领衔主演《香囊记》，饰演周凤莲取得很大成功，被誉为"亚洲最佳女旦角"。她在一团先后主演过《穆桂英下乡》《破陈州》《拷红》《八件衣》和《凤冠梦》等剧目，受到广大观众和前辈艺术家的一致好评，成为豫剧艺术大师常香玉的得意门生。1989 年她调入以演现代戏闻名全国的河南省豫剧三团后，又先后主演了《成龙梦》《儿大不由爹》《村官李天成》《女婿》和《刘青霞》等现代剧目，塑造了一批当代生活中的典型人物形象，受到了广大普通老百姓的真心喜爱和热烈称赞。

获得成功的汪荃珍并没有躺在业绩簿上，她之后又开始了新一轮的学习，决心把自己的艺术追求建立在宽厚的知识基础之上。她报考了戏剧表演专业的研究生，利用一切业余时间学习专业知识，并于 2005 年顺利毕业。毕业不久，她在三团出演大型现代豫剧《风雨故园》中的女主角朱安，成功塑造了鲁迅夫人的形象，并因此获了第十六届上海"白玉兰"戏剧表演主角奖。此后，她的影响溢出中国大陆，先后到澳大利亚、新加坡和中国台湾进行文化交流演出，把豫剧的影响扩展到了世界上更多的地域。经过多年来的学习和艺术实践，她的舞台演出经验日益丰富，无论是演青衣、闺门旦、花旦，还是演刀马旦和帅旦，她都能游刃有余；无论是演古装戏还是演现代戏，她都能演出彩来。她在表演上追求自然、质朴、大方、飘逸的艺术风格，善于准确把握人物心理和性格，并根据人物特征设计形体动作，表演分寸适度得当；她在唱腔上博采众家之长，结合自己的嗓音特点，科学地运用现代发声方法，吐字不死不飘，行腔声情并茂，逐步形成了自己特有的华丽明快、韵味浓郁、刚柔相济、细腻委婉的演唱风格。如今可以毫不夸张地说，她已成为名副其实的豫剧表演艺术大家，成为新时期豫剧现代戏的领军人物，成为振兴和发展河南戏曲事业的将帅之一。

作为她的一名观众和朋友，我为她在事业上取得的成就感到由衷的高兴。

收入本书的文章，既有记者对汪荃珍一系列演出的采访报道，也有戏曲专家对她表演艺术才华和演出剧目的评说评论，还有她的老师和学生对她的真诚介绍。读这本书，会使我们看清汪荃珍在艺术之路上辛苦走来的一个个脚印，会使我们了解她宽厚待人的优秀品质，会使我们知道她在表演艺术上已经达到了怎样的高度。我真切地希望有更多的戏迷、专家和领导能读到这本书，从而增加对这位表演艺术家的了解，给她更多的支持和鼓励。

在厚重的中原文化里，戏曲文化占有重要的地位，中原文化的复兴和发展，离不开戏曲文化的繁荣。愿汪荃珍能在今后的岁月里，用她艺术大家的影响和努力，更快地推动河南戏曲艺术取得更骄人的实绩。

我期盼着！

癸巳年春于北京

修身与正心

——读《当代大学生"修身"系列丛书》

读了这套丛书的书稿,感到由衷的高兴。

在书籍的海洋里有了一套专供军校地方大学生阅读的"修身"系列丛书,确实是一件令人高兴的事。

求学于军校的地方大学生,怎样在这个特殊的环境中度过丰富多彩的大学生活,如何在军校这个大熔炉中加钢淬火、早日成才,这是跨入军校的地方大学生面临的新课题。而《当代大学生"修身"系列丛书》,恰巧从理论和实践、历史与现实、思想和行为的有机结合上,解答了同学们最为关心的问题。应该说,这套丛书是应运而生应需而出的。

古人云:"古之欲明德于天下者,先治其国;欲治其国者,先齐其家;欲齐其家者,先修其身;欲修其身者,先正其心……"大意是说,古代那些要使美德彰明于天下的人,要先治理好他的国家;要治理好国家的人,就要先整顿好自己的家;要整顿好家的人,必须先进行自我修养;要进行自我修养的人,须先端正自己的思想……思想端正了,然后自我修养完善,进而去实现国兴民安、天下太平的理想。

这应该说是中国儒家思想传统中令人尊崇的信条。以自我完善为基础,通过治理家庭,直到平定天下,是几千年来无数知识者的最高理想。后来在此基础上又出现了"穷则独善其身,达则兼济天下"的思想。"正心、修身、齐家、治国、平天下"的人生理想与"穷则独善其身，达则兼济天下"的积极而达观的态度相互结合补充，几千年影响始终不衰。

我们在大学生中倡导"修身"，有着重要的意义。"修身"是以科学的人生观指导个体的人生实践，是人生自觉地自我规范、自我塑造、自我完善。"修身"不是脱离社会现象的修身养性，不是排斥教育的自我封闭，也不是对人的无端束缚，而是在社会实践中自觉地自我锻炼，是在推动社会发展的过程中不断地自我塑造和自我完善。"修身"应当说是一个人的立身之基。通过高标准的"修身"锤炼，以达到人生的高境界，从而为实现中华民族的伟大复兴而多做贡献。

这套丛书紧紧围绕当代大学生"修身"这一主题而展开，以六本书的形式、从六个方面深入浅出地论述了当代大学生如何"修身"的问题。《走向成功的彼岸》，着重论述了大学生应确立怎样的世界观、价值观、人生观的大问题；《扬起理想的风帆》，主要阐明了大学生应树立什么样的理想，怎样树立远大理想的问题；《锻造优良的品质》，紧密联系实际，论述了当代大学生应具备什么样的品质，如何"修炼"与时代相适应的高尚品质；《架起真情的桥梁》则从大学生的情感世界出发，阐述了友情、爱情、真情的真谛；《高擎爱国的旗帜》则站到一定的高度，论述了当代大学生应怎样爱国，如何把爱国的激情变为爱国行动的途径；《争当自律的楷模》，从个人与集体、民主与集中、自由与法纪的辩证关系的高度，论述了当代大学生遵纪守法与成才的必然联系。

人的一生究竟应当怎样度过，又究竟怎样才能铸造出辉煌的人生，这是每个人都要经常思考的问题。丛书的作者们在书中紧紧围绕这个问题，阐发了一系列催人奋进的思想。比如在《生命的呼唤》一篇中，作者把人的潜能、主观能动性和辉煌的人生联系起来，指出不论什么人，只要充分发挥主观能动性，把自身的潜能最大限度地挖掘出来，都可以创造出辉煌的业绩。在《价值的取向》一文中，作者将人的社会价值区分为四个层次，强调低层次的社会价值必须服从高层次的社会价值，否则就会出现负价值。在《奋斗的轨迹》一文中，作者认为在为实现目标而进行奋斗的过程中，既需要主观努力，又需要客观条件，但两相比较，在许多情况下，主观努力显得尤为重要，因为不少客观条件都是可以通过主观努力创造出来的，这就像龙需要云，而云又是龙吐出来的一样。在《成功的考验》一文中，作者用无可辩驳的事实告诫人们，成功既是对奋斗者的最高奖赏，同时又是对奋斗者的严峻考验。要想经受住成功的考验，就必须对成功有个正确的态度，要把成功当成奋斗的新起点，只要一息尚存，就要朝着伟大的目标奋斗，奋斗，再奋斗。

尤其值得一提的是，这套丛书的作者们不是板着面孔向人们抽象地谈论人生的道理，而是把理论性、知识性、趣味性巧妙地融合在一起。书中所阐发的道理是深刻的，而这些深刻的道理又寓于新鲜活泼的形式之中。因此，阅读这套书绝不像阅读一般理论书籍那样费力，而是一件非常轻松惬意的事情。读者每读一节，既可以明白一个深刻的道理，又可以获得一份新鲜的知识，并在此基础上不知不觉地校正人生的航向，从而更好地去铸造辉煌的人生。全套丛书互为补充，相得益彰，构成了一套完整的大学生"修身读物"，为大学生成才提供了行为指南。

由防空兵指挥学院的专家学者来编著这套丛书，也让人特别高兴。他们在地方大学生教育方面，应该说是投入较早的军队高校之一，至今已走过二十余年的办学历程。这些年，该院投入地方大学生教育的同志，辛勤工作，积累了丰富的经验，是这一领域的先行者。他们之所以能够培养出那么多合格的高素质复合型人才，取得骄人的成绩，正是因为他们在舍得投入物力、财力的同时，还注重总结地方大学生教育中带规律性的东西。从《当代大学生"修身"系列丛书》的每一个章节的字里行间，都能看出他们辛苦探索的足迹，也正是有了这些探索，才有了今天作为经验、作为教材的这套读物。

当今世界的竞争，无非是科技和人才的竞争，说到底最关键的还是人才的竞争。谁拥有了数量多、质量高的复合型人才，谁就能在日趋白热化的竞争中占得先机。中国的强大与繁荣，必须依靠科技发展和人才培养。中国是人口大国，但却不是教育强国，因而广开教育渠道，充分挖掘办学潜力，大力推进教育事业，无疑是正确的选择。利用军校的教育资源和优势为社会培养人才，这应该是个不错的设想和做法。

能够走进军校这个神奇的地方深造的青年学生，应该说是十分幸运的。因为军校不同于地方高校，这里除了有理想的教育资源之外，还有严格的管理、严格的制度、严格的纪律，它不仅可以赋予青年学生知识，同时也可以赋予青年学生刚毅的性格、坚韧的毅力、一往无前不怕困难的勇气和压倒一切所向披靡的精神，这些是无法用金钱去衡量的优势，如果青年学生能全身心地投入到这个具有得天独厚条件的学习场所，我想对于自己的一生都是有益处的。

这套丛书是军校地方大学生不错的"修身"参考书，但它仅仅为读者提供了一些具有普遍意义的经验和道理，真正的路还要靠自己走。我衷心地期望同学们树立远大理想，发奋读书，为自己的人生之路打下坚实基础，为报效祖国练出过硬的本领。

军医院里的风云
——读彭瑾的《花儿为谁红》

认识彭瑾已经很多年了,也读过她很多作品。近年来,她不论从事什么工作,一直坚持业余创作,每年都写出很多作品,可以说笔耕不辍。这难能可贵。这部长篇我在两年前就读到了其中的一部分,并在《后勤文艺》上选载了,如今又先睹它的全貌,不由得为彭瑾的不懈努力和丰硕成果而高兴。

彭瑾长期在军队医院工作,对医院环境非常熟悉,对医务人员非常了解,也有一定医学知识。因此,她的作品关注的主要是医院及与医学相关的人和事,这部长篇也是如此。正因为她写的是熟悉的领域,写起来就得心应手,写出来的作品也让人觉得真实可信。在这部作品中,她用大量的篇幅描写了医院的环境,比如:"院内一座别致的古式建筑,八角亭廊,诉说着医院的古老与百年积淀。图书馆后方八十米处,有一处安静的小湖湾,岸边的土地经过湖水长时间浸润,长出一株株垂柳……"不仅有医院的整体格局及景色,还有科室布局、工作流程,乃至人物活动轨迹,都描写得很具体很细致,让人有身临其境之感。

这部长篇讲述了一个军队医院改革发展、成长壮大的故事,其间充溢着亲情、爱情、友情等情感纠葛,情节曲折,也不乏生动感人的细节。长隆医院骨科主任凌宇林院士临终前向组织递交了一份申请,希望把独生女儿凌思慕从新疆调回长隆医院。凌思慕也是骨科专家，在驻新疆的某军队医院任副院长，她十岁时母亲自杀，原因是车祸后没得到及时救治致残。在车祸事故抢救中，她的父亲先去抢救其他病人，最后才去抢救她的母亲，导致她的母亲双下肢瘫痪。母亲自杀时，留下遗言不与丈夫合葬，也给凌思慕留下了一个心结——不想回到父亲身边。父亲去世后，凌思慕赶回长隆医院奔丧，看到父亲的灵堂，捧着父亲的遗书，听着人们讲父亲的故事，她决定遵从父亲的遗愿，来长隆医院骨科工作。她心甘情愿从当一名骨科主任起步，致力于在长隆医院下成立骨科专科医院，进而推动学科的发展，充分显示出了自己的管理能力和专业水平。

小说刻画了几个典型的人物形象，都比较成功。凌思慕与院长是大学同学，两人曾有过一段暗恋的美好回忆；她与韦铁锋是博士生同学，友情难忘。三人为了工作有争议，有疑问，甚至有怨气，但他们都有大局意识，能够真诚地沟通，共同想办法，最后在共同的事业、使命中一起走向美好未来。她的丈夫名叫方到，加上院长和韦铁锋，她和三个男人之间发生的一幕幕围绕情感、事业、使命产生的纠葛，使作品更引人入胜，回味悠长。

这部长篇写的是医院，是人民大众最关注的地方。在市场经济大潮影响下，军队医院也面临着诸多挑战，如何抵御灯红酒绿的诱惑，如何处理医患关系，如何提高医疗水平，都是摆在军队医院面前的现实问题。作品书写了军队医院工作人员的工作生活，涉及了医院改革和发展进程中的诸多细节问题，比如医务人员转业、入党入学、晋职聘用、生活困难、老干部工作、非现役人员和聘用人员管理、医患矛盾处理等问题，都展示得很具体很深入，也提出了解决的思路和办法，从多角度展示了人民军医为军报国、为民服务的高尚情怀。应该说，作者通过主人公的想法和做法，表达了自己的思想，对当前医院改革和发展有一定的启示。

文学用语言塑造艺术形象，因而语言被称为"文学的第一个要素"。在这部作品中，作者很重视语言的准确和生动，下了很大的功夫去精雕细琢。她运用了多种修辞手法，注意了语感、语境和特殊的句式结构，尽可能具体、细致地描绘对象的形态和神态，基本达到了形神兼备的程度。

读完彭瑾的这部新作，我觉得她的进步很大，尤其是语言能力有明显增强。期待彭瑾在以后的写作实践中再接再厉，写出更多更好的作品。

谁掌豫军帅印

——读赵富海的《南丁与文学豫军》

我喜欢这本书。

首先,我觉得富海先生为南丁老师写这么一本传记这件事儿做得非常有价值。现在想写传的富人很多,一些人为了钱给富人写传,那些一本一本印刷得很精美的传记有没有留存下去的价值,恐怕要打问号。但是为南丁这么一个作家、一个河南文学事业的组织者和领导者、一个有风骨的好人写一部传记,我觉得很有意义和价值,这样的传记应该会留存下去。

其次,我觉得富海先生为传记定的题目好,从南丁与文学豫军的关系这个角度切入进去,能把南丁这个人写好。因为如果不写文学豫军的发展壮大状况,就很难写出南丁的人生价值,写好了文学豫军的发展历史,也就把南丁这大半生的人生价值写出来了。我们知道,改革开放以后,南丁把自己的主要精力用在了经营文学豫军上,目前在河南各地活跃着的老、中、青作家,几乎都或多或少地受到过他的关照。我们河南各个地市的作家,从事各种体裁创作的作家,各种风格流派的作家,对南丁老师都是非常尊重的,我们没有听到有人对他说三道四。如果没有南丁,文学豫军可能不是今天这个阵容,也可能不会取得今天这样一番成就。

我自己长期生活在省外,但我也受到过南丁老师的恩泽。二十世纪八十年代末我家里遭了一场难,当时我也在四处求人,到省城就找到了他。那时候我和他交往不多，他把我让到家里，听我诉说，给我出主意，帮我找人，替我呼吁，这让我非常感动。

再者，这本书的写法也很别致。一般传统的传记都是从这个人出生开始写起，然后写他上学、就业、结婚、做事业，一路写下来。富海先生没走这个老套路，而是以他和南丁老师的交往为主线索，像说评书那样跌宕起伏地讲下去，其间不断地让笔旁逸，说人、讲事、评论作品，不断地介绍南丁与文学豫军各路将士的交往，写得非常轻松有趣，可读性很强。让人一旦开卷，就想读下去。我觉得这本书很有史料价值和文献价值，多少年以后，人们要了解河南文坛的全貌，要了解河南这几代作家，还会去找这本书看。

祝贺富海先生！

蒙古族小马驹
——读吴刚思汗作品集

拿到这本书的书稿时，回忆把我带向了几年前第一次见到吴刚思汗的情景。那还是在2010年总后勤部创作室于涟源组织的创作笔会上，一个挂着学员肩章的小伙子出现在我面前，精神满满，爱笑爱动，像一匹草原上的小马驹似的。细问之下，方知道他本就是蒙古族的。他的学员身份和身上的蓬勃朝气让我记住了他。

这之后在总后主办的《后勤文艺》上，总是能看到思汗的投稿，文章依旧是洋溢着基层特有的那种青春与朝气，一如我对他的了解。直到他从学校分回到基层之后，他也没受一点影响，总是时不时地把他的作品第一时间投过来，以便让我们看到他对文学创作的那股执着劲头。

话说至此，还是把目光拉回到这本文集上吧。这本集子收了他四篇军旅小说，每篇都写得很有意思。

首篇《白马巴图儿》，通过老兵爷爷对蒙古族战士巴图儿寻找抗联故事的叙述，反思了战争给人带来的伤害。这伤害逼得人不像人，使巴图儿做了几近灭绝人性的报复。作者在生动描绘完这些以后，又自我进行了否定："其实真假，我倒觉得并不重要了。很有可能巴图儿就是爷爷幻想出来的这么一个勇敢的蒙古族战士。"虚实手法运用得很是熟稔，颇见功底。在之前的《民族文学》上，就曾看见过这篇作品，它可以说是思汗短篇小说的扛鼎之作。

　　第二篇《绝境岗》，应该是思汗完全依靠想象力创作出来的。两个遇险绝壁又有很大矛盾的边防士兵，在生死关头所做出的选择，展现了人性的复杂。这篇小说选材很有特点，把现在很流行的冰山生存题材结合到了边防连队身上，让人读起来觉得很有味道。

　　第三篇《接走漂亮姑娘的军车》，在《后勤文艺》上曾发表过。这篇小说把一篇虚假新闻的制造过程呈现了出来，把努力还原真相的军人的无奈写了出来，普通读者读完后可能会发出一声苦笑，而身在党政军机关工作的读者，大约会陷入沉思吧。

　　第四篇《铁扣》，是我读到过的思汗创作的第一部军旅题材中篇小说。全文约六万字，洋溢着基层步兵连队浓郁的生活气息。主人公连长和他带到部队的兵，近乎父子、兄弟的那种炙热的战友情让人感动，基层官兵的家属所面对的各种困难令人难忘，作品真实地再现了广大基层官兵的日常生活。小说中写到的铁扣，就像每一个刚到部队的兵一样，要经历不断的锤炼才能成长。

　　希望思汗的这一部文集，是其以后更多更大作品的起点，他对文学一直保有着深切的爱意，我们有理由相信他能获得更大的成功。

处处是家

——读闫俊玲的《台湾村》

我的老家河南邓州，喜欢写作的人很多，创作成绩突出的人也有不少，闫俊玲就是他们中的一个。前年，我在北京参加过她的纪实文学作品研讨会，最近，她的散文集《台湾村》又要在河南文艺出版社出版，我为她在文学创作上的丰硕收获感到高兴。

闫俊玲是邓州市文联主席，兼任着河南省散文学会理事，有自己的一份本职工作，写作是在业余进行的。作为一个女性，工作之外回到家，还要洗衣做饭、相夫教子、侍奉老人，她生活得并不轻松。但沉重的生活并没有磨去她对文学的兴趣，她脚踏邓州这块厚实的土地，凭着对文学的痴迷和多年的坚守，先后创作出版了散文集《另一种痛》《赤脚行走的月光》《女人是一种植物》，纪实文学《台湾村纪事》等。作品还多次入选全国年度优秀散文选集并获得多种奖项。在文学的百花园里，她垦有一块自己的园地。

位于邓州的"台湾村"，迄今已有三百多年的历史。清康熙年间，随郑成功征战的阿里山高山族将士在此屯垦，其后裔至今有近两千人。由于种种历史原因，他们的高山族身份在历史长河中长时间湮没不闻。直到改革开放的1982年，其民族身份才浮出水面，两岸族人才恢复了来往。闫俊玲以一个作家的敏感，多年来一直关注着这个村子，关心着这部分高山族人的生活。她这部散文集《台湾村》，以乡民自述的方式，揭开了他们历经三百多年的身世之谜，呈现了他们在改革开放、新农村建设、两岸密切交往中所发生的各种变化，展示了他们复杂而丰富的内心世界。书中，一个个乡民借作者细腻而生动的文字，走到了我们读者面前，袒露着他们的物质生活和精神生活景况，读来极具感染力。读完这本书，你既会感受到大陆改革开放后"台湾村"发生的外在的变迁，也会感受到大陆高山族人在精神领域发生的内在变化。这是一本熔国事家情、民俗文化于一炉的好书，可称来自中原腹地和历史深处、沟通两岸的一部佳作。

台湾村是邓州的缩影，也是河南和中国的缩影。闫俊玲在展示台湾村的变化的同时，也从一个侧面展示了邓州、河南和中国的变化。在改革开放前的计划经济时期，台湾村和中国广大农村一样，流行的是自行车、缝纫机、手表和收音机这"三转一响"，这在当时是农村人的生活理想和追求目标。仅仅三十多年后，台湾村在物质层面上，电视机由黑白到彩色又到液晶；交通工具由自行车到摩托车又到轿车；信息传递，由寄信到固定电话又到移动手机；农机具，由个体的小型农机具到农机专业合作社的大中型拖拉机、起垄机、旋耕机、插秧机、收割机及施肥喷药机，使农民跳出单门独户、单打独斗的狭小天地，走向了二十余户合作共赢、规模效益的广阔天地。随着物质生活的改善、生活水平的提高，其精神生活也随之改善和提高。如生育观念的变化，用化肥好到用化肥坏的观念变化，由收购废旧塑料到深加工的观念变化以及由开始只注重经济收益到现今增强了环境保护观念的变化等等。由一个村子作为解剖对象，选一部分乡民作为讲述者，由生活细节来展示改革开放国策对于中国的重要意义，这是闫俊玲在散文创作上的新探索。

这部作品，有"口述史"的特点。语言是乡民常用的语言，简洁明白；内容是乡村常见的生活场景，丰富生动。读者能在人物质朴的讲述中获得一种审美享受。从将近五十个人物的口述实录中，我们可以看出闫俊玲深入台湾村采访的行迹和尊重台湾村生民的态度，看出她为写作这本书所付出的劳苦。

愿这本书获得更多读者的认同！

赋文优美抒挚情

——读志广的《南阳赋》

李志广先生是我的南阳老乡，当过兵，做过官，还酷爱摄影、书法和打篮球。他退休后又迷上了写赋，为我们南阳的十几个县、市、区和南水北调的渠首都各写了一篇赋，集成了本书。

赋是由楚辞衍化出来的一种文体，与诗、词、曲并列。赋与诗、词、曲的相同点是都有韵律；不同点是赋不能歌唱，只能朗诵，与散文近乎姐妹关系。赋萌生于战国，至汉唐时最盛，到宋元明清时写赋的人就逐渐少了，正是因赋这种文体在传承上有此断裂，故其在写作上颇有难度。志广先生知难而上，先研读历史上留下来的名赋，而后进入创作，决心用赋这种文体来表达他对南阳这块土地的挚爱，令我感动。

要用赋来表现一县一市一区的全貌，需要对这些县、市、区的历史和现状有全面而深刻的了解。读完志广先生写出的这些赋文，你能感觉到他在创作前做了很多功课，踏看了十几个县、市、区的很多地方，走访了许多人，阅读了大量的历史文献和地方史志资料，没有这些努力，这些读来朗朗上口的优美赋文，是写不出来的。

赋这种文体在历史上曾经历过多次变化，由骚赋而辞赋，由辞赋而骈赋，由骈赋而律赋，由律赋而文赋。志广先生在写作时，吸收多种赋体的长处，在所写的赋中特别讲究声律谐协，比如在

《南召赋》中写道："石人山高兮,气接中原;百尺潭渊兮,瀑飞白练;宝天曼秀兮,古木参天;暴瀑峡幽兮,音画如幻……"他还特别追求句子的对仗骈偶,比如在《邓州赋》中开篇即写:"华夏名邑,山少岗多平原广;楚风汉韵,人旺文盛民情淳。"他也特别善用典故,比如在《方城赋》中写道:"古曲烈肇始国君,陈胜王阳城故人,韩公至水排利民,诸葛亮博望炽焚。"可谓一句一典。他更特别注重借景抒情,比如在《桐柏赋》中写道:"桃洞铺霞,姹紫嫣红;水帘挂雪,银浪排空;玉井龙渊,灵泉淙淙……"借自然美景,抒发对大自然的亲近热爱之情,让人读来心动。

南阳从文者众多,有善写小说者,有工于散文者,有长于作诗者,有愿写报告、纪实文学者,每一条路上都有高手。志广先生特别喜欢写赋,这是他的第一本赋文集,祝愿他在这条路上继续走下去,不断有新作创造出来,最终成为这种文体的写作高手。

邓州黄酒也醉人
——读《邓人说邓酒》

欣闻家乡文化界同人编辑出版反映邓州酒文化发展传承的专辑《邓人说邓酒》（暂名），我很高兴，也很感动。高兴的是，这本书的编辑出版，是邓州文化生活中的一件盛事，是一件传承中华优秀传统文化，满足人们精神需求，扩大邓州影响和邓州好酒知名度的好事；感动的是家乡邓州有一群有责任感、肯担当的文化人，他们不计名利，勤于研究，努力创作，一直在为家乡的文化积累工作着。

酒，在中华文化的发展中起过重要作用；同时，酒文化自身也是中华文化的一个组成部分。中国的文化之所以甘醇馥郁，绵软悠长，回味无穷，主要的就是文化在美酒中长时间浸泡的缘故；中国的历史之所以波澜壮阔，千回百转，荡气回肠，是因为美酒不断给文化以滋润，为历史壮行色。

邓州是个好地方。有人称邓州为"中原之雄区，天府之亚选"，此言不虚。首先，邓州是酒的故乡。邓字的繁体写作"鄧"，左偏旁为"登"，有五谷丰登之意，右边原为"邑"，即地方。"登"还是古代祭祀用的大型盛酒容器，简化后的"软耳"还可看成一把倒置的从"登"中舀酒的酒提子。夏帝仲康封子相于"鄧"，表达了他对后人敬重天地自然期盼丰收希望家国绵延长存的期盼；此处始有邓国，继有邓姓。后少康中兴，还于帝丘，少康即杜康，是传说中造酒的始祖。其次,邓州是丰饶之地,秦置穰县,自隋至唐,无论称邓州还是南阳郡,治所均设在穰。"穰"即今天的邓州,意为收获丰盛,而有粮食是造酒的最基本条件。代代相传的造酒技术,不断发展改进,在范仲淹知邓时就已相当精湛。往后来,邓州的黄酒越造越精,到明清成为"国酒"。邓州与邓酒连成一条文化的长河,潺潺流淌几千年,顺着历史文化的河床流进了今天的生活。无论是探究邓酒文化的源头的文章,还是叙写邓州酒文化传承的作品,都能给人带来知识,带来美的享受。

有酒就有故事。从秦汉之交的"鸿门宴",到东汉末期的"青梅煮酒论英雄",酒是政治风云变幻的助推剂;酒还是文人心情的晴雨表:李白有诗"贤圣既已饮,何必求神仙。三杯通大道,一斗合自然",道出了对酒的崇尚;欧阳修自云"醉翁之意不在酒,在乎山水之间也",言有尽而意无穷;范仲淹咏叹"浊酒一杯家万里",苏轼"把酒问青天",李清照"常记溪亭日暮,沉醉不知归路",揭示了酒对不同境况下喝酒人情感心境的微妙作用。本书除了收入涉及酒的名人经典外,更多的是今天邓州的文人雅士谈古论今,激扬文字,诗歌、散文、故事、剧本体裁丰富。叙酒事,事事耐人寻味;抒酒情,个个文思泉涌。正如一首诗中所写:"一杯在手,笑傲五洲四海;三盏入喉,引领三教九流。"从古至今,那扑鼻的酒香,让人在历久弥新的记忆里,细细品味,品出生活的苦涩与甘甜。

黄酒与中医有很深的渊源,张仲景是将二者巧妙结合的鼻祖。河南中医名家、邓州人赵安业的文章,既不回避不当饮酒方式带来的危害,又从专业的角度阐释了黄酒的保健功能,介绍了正确的饮用方式。邓州著名老中医唐祖宣,介绍了用黄酒炮制中药的方法,论述了黄酒的药用功效,提出了以酒养生的"三戒""五诀"和"七忌",语重心长。这些文章连同辑录的药酒配方、饮酒禁忌和解酒方法,既能给人以知识、教益,又给读者提供了具体的操作方法,实用性很强。

喝酒见性情,邓州人的豪爽和智慧也在酒中。本书的第四部分收录了大量通行于邓州的酒礼仪、酒风俗、酒典故、酒成语、酒民谣、酒段子,雅俗共赏,轻松活泼,在博人一笑的同时,让人开眼界、长见识。

从书稿中我还欣喜地了解到邓州的酒业已从群雄并起走向强强联合,黄酒制作已从酒作坊走向产业园,从作坊式生产走向流水线,新品开发和质量提升进入了一个新阶段,实现了跨越式发展。本次由三省雄关酒业公司发起、邓州市黄酒工业协会跟进的企业与文化界联姻,为企业与文化双赢开了个好头。我想,邓州的酒企以质量求发展,以创新求效益,以宣传求市场,必将带来工业产值和经济的大发展;邓州文化界关注传统文化继承,为当地经济发展鼓与呼,必将带来文化的繁荣。

愿邓酒拥有更大的美誉度和更广大的市场!

愿家乡邓州的经济、文化和社会发展越来越好!

在南海看潮起潮落
——读何顺昌的《听涛集》

与顺昌熟悉是在三亚。其时，他已在海军南海舰队服役二十多个年头，与大海相伴许多日子了。生在中原长在中原的他，此时对于大海的脾性、海里的出产、舰艇上的生活、南海上的风云，已是行家了，他热情地向我和朋友们做着介绍，令我们很开心也很开眼界。也是在那次见面时，他拿出了他打印装订好的诗集《听涛集》让我看，我这才知道他还钟情于诗歌创作，是一个收获颇丰的军旅诗人。

顺昌的诗作，有相当一部分是抒发军人情怀的，用诗热情讴歌海军官兵戍守南国海疆的一片丹心。在《西沙值班》这首诗里，他写道："丙戌仲夏赴西沙，驾艇巡逻保国家。风口浪尖驱贼船，捍卫南海决心大。"直抒胸臆，坦露军人保卫海疆的心迹。在《致守礁官兵》一诗中，他写道："天作被子海作床，头枕波涛数太阳。渴了捧口银河水，摘朵浪花当干粮。"用优美的诗句形象地展示了守礁官兵艰苦而孤独的生活情景，抒发了水兵们的浪漫情怀。在《江城子·紧急出航》一词中写道："警报骤响舰起航，人奔忙，急离港。风雨交加，利剑破巨浪。英雄水兵勇无敌，驱贼寇，卫海疆。"用诗句把水兵们在战斗警报声中紧急出海的场景生动描绘了出来，一种勇气和豪气洋溢在诗行里。

抒发乡愁的作品在顺昌的这本诗集中占有相当的分量。每个年轻人从军之后，因远离故土，故对家乡都存着一腔思念之情。顺昌由中原来到南国，离家几千里，家乡亲人的安康，家乡土地的收成，家乡村落的建设，更时时萦绕在他的心头。他于是便用诗歌来抒发这种乡愁。他曾写过一首《游子吟》，在这首诗中感慨："高飞风筝一线牵，远方游子心相连。戎马生涯数十载，回首往昔如昨天。"在《回乡感怀》一诗中长叹："离乡从军数十载，两鬓青丝已生白。不是岁月催人老，常有乡愁伴君来。"他身在军旅，可还时刻牵挂着家乡的旱情："甲午豫西遭大旱，焦金流石沙河干。田地龟裂粮绝收，人畜饮水亦困难。"家乡的一切，都还保存在他的记忆里，尽管有新屋建起，但他在《难忘老屋》一诗里还在回想："青山环抱屋几间，曲径尽头别样天。"

人到中年，官至正团，顺昌对人生和社会的认识也渐抵深处，他的不少诗作，写出了自己的人生感悟，想必读者们读了，也会获得启迪。他在谈到幸福时说："幸福其实很简单，根本不在吃和穿。粗茶淡饭有滋味，端正心态不比攀。"他对官场的看法是："官场本是一座山，上山下山皆很难。吾愿轻松履平地，常在高山不胜寒。"他对人际关系的认识是："彼此信任不猜疑，相互宽容少怨气。牵手同行军旅路，五湖四海皆兄弟。"诗句很平实，但认识是颇深刻的。

在这部诗集中，还有很多作品是他在游历祖国大好河山时写下的，对景抒情；也有作品是他在读书时，面对他人之文字以谈感怀；也有作品是他在会见宾朋诗友时，借以表达欢愉之情的。诗，成为他与这个世界联系和对话的一种方式。从当兵的那年起，他就开始写诗了。读诗与写诗，已成为他个人生活的一项重要内容。差不多可以说，他过的是一种与诗紧密相连的生活，是一种充满诗意的生活。

诗，是文字的争奇斗艳，是字与韵的艺术。顺昌的诗作显示了他的才华，但在诗歌的国度里，他也还有很远的路要走。我祝愿他继续努力，不断更新自己的观念，奋力向更高的境界迈进，争取创作出更多更美的诗篇来。

抒戍边豪情　展阳刚之美
——读贾随刚的诗歌集《放歌昆仑》

在中国诗歌漫长的发展过程中，边塞诗一直占有着一定的地位。汉魏南北朝时期，曹丕的《燕歌行》，蔡琰的《胡笳十八拍》，徐陵的《关山月》，使边塞诗正式进入人们的视界。到了隋代，边塞诗有了更大的发展，出现了多位诗人同题唱和边塞诗的盛况，卢思道的《从军行》，薛道衡的《出塞》等，成了名篇。到了盛唐，边塞诗进入鼎盛时期，出现了著名的边塞诗派，高适、岑参、王昌龄等成了这一诗派的代表诗人。唐以后，优秀的边塞诗作还在不断出现。到了中华人民共和国成立之后，许多军中诗人继承了中国诗歌界的传统，关注边塞生活，写出了不少优美的边塞诗歌。这本《放歌昆仑》的作者贾随刚将军，就是他们中的一位。

贾随刚将军收进《放歌昆仑》里的诗歌，大都是他在西北边陲的营地和巡视路上写成的。他自2008年到南疆部队任职以后，几年间多次穿沙漠越戈壁过冰河翻达坂，抵达海拔四五千米的边境线，在风雪中巡视和慰问戍守在界碑前、国门旁及哨所里的官兵，是边关官兵热爱国家忠于人民的无私奉献精神感动了他，才使得他诗兴勃发，充满激情地写下了这些作品。翻读这些作品，你会感受到一股浓烈的爱国豪情。在《喀喇昆仑精神》一诗中，他写道："在祖国的西北边陲，我们把戍守边关的重任担当，用对祖国的无限忠诚，铸就喀喇昆仑精神。高寒缺氧随影相伴，'热爱边防'我们无比坚强。孤独寂寞与日同在,'艰苦奋斗'我们百炼成钢。宁让生命透支,不让使命欠账……"读着这样的诗句,会强烈感受到国家在边关将士们心中的分量。在另一首《镇守西陲之歌》里,作者写道:"虽说这里天上无飞鸟,我坚守着可触天际的哨位,让祖国莺歌燕舞分外妖娆。虽说这里地上不长草,我脚踏大漠戈壁控守边境,让祖国繁花似锦绿色拥抱。虽说这里风吹石头跑,我岿然屹立扼守山口要道,让祖国和平安宁没有喧嚣。虽说这里氧气吃不饱,我百倍警惕戍守国门界碑,让祖国蓝天澄净白云缭绕……"读这些诗句,会体会到国家在戍边将士心中的崇高地位。爱国情怀,是诗歌史上边塞诗的主要思情指向。王昌龄在《从军行》里就写过:"青海长云暗雪山,孤城遥望玉门关。黄沙百战穿金甲,不破楼兰终不还。"贾随刚继承了边塞诗的这一传统,在他的诗作里尽情抒发着爱国豪情,诗句里有一种雄浑和阳刚之美。他与前辈诗人的不同之处在于他的诗里少了一些伤感和哀怨。

《放歌昆仑》里的作品中,有不少是对边地风情、景物的描绘和歌咏,这些诗作因为拟人精巧设喻得当,染上了一种浪漫和瑰丽之色,读来令人兴致盎然。比如那首写昆仑山的《昆仑礼赞》,诗里写道:"冷月繁星,映照着你的雄浑博大。风雪云雾,难挡你的峻奇伟岸。孤独寂寞,磨炼了你的坚强意志。朔风凛冽,锻造了你的坚毅勇敢……"又如那首《胡杨颂》里写道:"千年不死,那是生命的坚韧;千年不倒,那是精神的抗争;千年不朽,那里有永不失去的灵魂。你用三个千年的故事,倾诉着生命的伟大与艰辛……"再如那首《绿色追梦》里写道:"对于高原军人,绿色却是那么遥远,他们要见到一点绿色,竟是一种奢望。这才有了,从高原下山的战士,见到绿叶怀抱大树的哭泣,手抚小草久蹲不起的泪淌……"诗歌史上的边塞诗，也一向有这个歌咏边地风情景物的传统。岑参就曾在《碛中作》里写道："走马西来欲到天，辞家见月两回圆。今夜不知何处宿，平沙万里绝人烟。"读贾随刚的诗歌，会让我们对西北边地的景物有身临其境之感。

《放歌昆仑》这部作品集还有两个值得一说的特点，一个是把不少诗谱成曲使其变成了真正的歌，可以让读者在读的同时去歌唱。在诗歌发展史上，很长一个时期里诗和歌唱原本是连在一起的。贾随刚在西北边地这个特殊的地域创作时恢复了这个传统，自有其魅力。再一个特点是配了很多摄影照片，可以让没到过边地的读者边读边看，通过逼真的照片去理解诗句里的情思含蕴，这也显出了作者在编辑集子时的匠心独具。

贾随刚将军能在西北边陲任职工作之间隙，为读者写出这么多的诗歌作品，值得祝贺。作为朋友，我为他高兴。

奇妙的脸谱

——读钟法权的小说新作

我认识钟法权二十多年了，为他第一本小说集《行走的声音》写序也有十多年了，那时钟法权还在总后一个油料仓库当政治处主任。那之后，不管职务怎么变化，他在文学创作上一直没有停步，坚持着业余创作，写出了很多优秀作品，获得了很多奖项，其中《陈独秀江津晚歌》在文坛引起过很大反响。这部名曰《脸谱》的中短篇小说选，是他近三年的创作集锦。

钟法权一直牢记着"生活是创作源泉"的箴言，让自己的身心沉浸在当下军营五彩缤纷的生活里。他这些年工作单位和岗位不断变化，每到一个新单位，每换一个新岗位，他都贪婪地从新生活里吸取新营养，并不断地对具象的生活进行思考，进而获得了艺术上的新发现。本书里他所写的医生与患者的系列作品，就是他对生活的新发现和在此基础上的新创造。书中的中篇小说《脸谱》《生命羔》《解剖楼》和《上帝的眼睛》等篇什，就像一幅幅怒放的生命图腾，所写的不再是简简单单的医患矛盾和纠纷，而是医者仁心背后的极致求索，是患者对命运抗争的心路历程。这些作品与他十多年前的小说相比，艺术质地已有了非常大的变化，内里不仅有着精彩的故事、跌宕的情节和鲜明生动的人物，而且有着浓烈的军营文化氛围，有着独特的精神发现。

这部中短篇小说集里的作品，都特别注重去写人的命运。中篇小说《脸谱》中的换脸者黎明珠，因熊抓脸毁容而遭厄运，命运绝处遇医术高超的整形专家郭兴而渐脱命运不幸的苦海，但他最终因自己的任性而将自己的命运推向了生命的终结，正可谓祸兮福兮相转换。《生命恙》中的患者老马和李标的父亲这两个人物，其命运也令人叹息。李标的父亲入院前，病情严重，起死回生后因一口痰而溘然长逝；老马肠癌切除看似一切顺利，未料一波三折，又重新入院，在生死边缘再走了一趟，最后因祸得福，远离官场恶性竞争，在赢得生命回归的同时，也迎来了事业的第二个春天。《解剖楼》中的邹锋，在鬼门关幸运地被解剖专家捡了回来，成为解剖专家的养子，命运由此改变，后"子承父业"，事业有成，却因对尸体解剖过度痴迷，又将自己的人生命运推向另一个极致。《上帝的眼睛》中的王丽，出生时就因面部缺陷而遭遗弃，被好心的王二愣捡回家里，不幸命运起起伏伏，最终遇好心的医生群体而出现人生逆转。在这部书的其他作品中，也大都写到了命运的无常和多舛，让人读后对人的命运顿生感叹。小说家写人物，只写人物的离奇故事，是一个层级；能写人物的日常生活，是又一个层级；会写人物的命运流转，则又是一个层级了。钟法权已进入这个层级，为他高兴。

　　小说的叙述方式是考验小说家艺术创造能力的重要方面。钟法权在这个问题上很清醒，他明白要使自己立于不败之地，得到读者的喜爱，既要依赖故事本身所谓的新意，还要有新颖的叙述方式，既要想好"写什么"，还要在"怎么写"上下功夫。在本书收录的作品中，他不愿照搬别人用过的叙述法子，努力去进行有难度的创新。在叙述视角上，他不断变换；在结构样态上，他力求不同；在语言韵味上，他多样尝试。从而使作品的内在张力增加，可读性增强，陌生感强化，令读者读后能获得更多的阅读快感。

一切成功都是阶段性的、暂时的。钟法权要想使自己在文学创作的道路上行远致精，还需要不断求新求变，像川剧中演员变脸那样，不断变出新的具有艺术魅力的"脸谱"。我想，凭借钟法权的韧劲和对文学的挚爱，他的梦想会有实现的那一天。我知道他虽居官场，却从不因身有官职而自乐满足，总是挤出一切有限的时间去读书创作，他是用别人打牌娱乐的时间挑灯熬夜写出了一部部好作品。他在文学道路上最终能获得多大的成功我无法预言，但我深信播下的种子终会有收获，幸运会不负有恒心之人，他日后会写出更好的作品。

旺盛的生命力和创造力
——读谷源涌的散文

谷源涌先生是我的老首长。1976年年底，我由炮兵团上调到师部宣传科当干事，不久就认识了在师里当副政委的谷源涌先生。那时，野战军的师职干部，大多数给人的感觉是强悍和直硬，独有他给人一种优雅和温蔼的印象，身上有一股知识分子的书卷气，这给了我好感。直觉告诉我，从这个首长的身上，可以学到东西。可惜，我在师里没待多久，1978年5月，我就又奉调去了济南军区宣传部，与谷副政委分开了。没有想到这一别就是十几年。直到二十世纪九十年代中期，我调到北京工作后，才又在一列傍晚的地铁上，重又与他相逢。

谷源涌先生是老八路，十五岁参军，参加过抗日战争和解放战争。解放后先后在军事院校、新疆生产建设兵团和野战军工作过。退休后又苦练书法和诗文创作，成为很有造诣的书法家。经历可谓十分丰富，这为他晚年进行散文创作打下了基础。他收在这部集子里的作品，从内容上大致分为三类：一类是关于亲人、战友、故乡和往日军营生活的回忆，另一类是关于游走四方的感受和记忆，再有一类是学习书法艺术的体会和杂记。由于与他有过近距离的亲密接触，所以读他的这些作品，就感到格外亲切有味。

回忆人与事的美文，在历代的散文创作中都占有一定的位置。这一类文章能持续征服读者的原因，就在于它记叙真事抒发真情。

谷源涌先生写的关于父母、邓龙翔将军、赛时礼、吴韵生、孙龙珍和故乡威海及新疆生产建设兵团营区生活的回忆，篇篇都充满了真挚爱意。在《我的父亲》一文里，他把父亲与叔叔们分家后辛苦养育一家六口的情景写得十分感人，尤其是把父亲用八年时间备石料和木料，终于为家人盖起五间草房的经过写得细致生动，让读者看到了中国乡间农民顽强的生命力，也从中感受到了父爱的珍贵。他在文中还特地写了父亲支持他继续读书的经过，一方面，父亲太需要他来当农活上的帮手，家里太穷了；另一方面，他的学习成绩一直很好，又非常想继续读下去，父亲经过艰难的权衡，最后咬牙说："再苦再累，我一人担了，儿子继续上学。"他在这些朴实的叙述文字里，浸满了对父亲的爱意，让我们强烈感受到了他的感恩之心。他在《笑对人生浩气长存》一文中，深情叙说与他同在新疆屯垦戍边八年的战友吴韵生的事迹，把吴韵生戴着"内定反革命"的帽子，安心在新疆生产建设兵团扎实工作，先后两次出面平息不安定事件的情景生动地写了出来。在这篇文章里，他还特别用充满敬意的文字，把吴韵生晚年与淋巴癌、肺癌作斗争的经过写了出来，让我们感受到了他对战友的深切同情和满腔真挚爱意。

游记，是各代散文大家的作品集里差不多都有的内容，这类作品的魅力在于能引领读者去看和感受自己尚未看过和感受过的东西。谷源涌先生收在这部书中的游记，形象生动地记录了他在国内外游走的感受，用灵动有味的文字把我们带到了我们没有去过看过的很多地方。这些年，他到过戈壁沙漠，也到过草原绿洲；去过乡镇小城，也看过名城都市；游过北部边陲，也饱览过南国森林的美景；还到过很多国家。每到一地，他都尽可能留下文字记录。这些游记，或描摹现场，引领读者参观；或回眸历史，发思古之幽情；或畅想未来，由一地一景想到长远。在《老风口遇险记》一文里，他把他带领几位农垦七师战友勇闯老风口的经过极其传神地写了出来。他最初下达命令让司机迎风冒雪猛冲，在汽车熄火水箱被冻拖拉不成之后，又下令弃车顶着飓风冒着大雪步行，直走了一夜半天，才到了托里办事处。整个过程写得绘声绘色且又惊心动魄。我们通过他那灵动的文字，仿佛也走了一趟老风口，感受了一次茫茫雪原上十二级大风的威力。在《巴依木扎随笔》一文里，他向我们介绍了美丽的"十里花坡"："再仔细一看，何止是野玫瑰，什么金银花、兔儿条、山楂、枸杞子、蔷薇、白梭梭、红柳、刺铃铛、灰毛柳等灌木和其他野生草本植物，片连片，坡连坡，交错杂生。金叶青兰则是青兰中最漂亮的一种，一簇簇紫色珍珠般的花朵在草丛中含羞绽放，像星星似的眼睛注视着周围的一切……"这灵动的文字把十里花坡变成了一幅幅彩色照片呈现在我们眼前，让我们读后立刻有了身临十里花坡的感觉。在《欧洲纪游》一文中，他写道："……来到巴黎圣母院，我看到整个建筑用石头筑成，美妙而和谐，不愧为雨果赞誉的'石头的交响乐'。其屋顶、塔楼、扶壁顶端都用尖塔做装饰，凹进去的拱形门的四周布满了雕像，一层连着一层，石像越往里层越小。所有的柱子都挺拔如竹，与上层尖尖的拱券连成一气，直贯全身……"这些文字精细地描写了自己的眼睛所见，读者仿佛被这些文字带领着去游览了一遍巴黎圣母院。

  谷源涌先生退休后开始苦练书法，多年潜心学书终使他成为了书法名家。在长久的学书过程中，他对中国书法艺术有许多深刻的体悟和理解，他把这些写下来，以便与书友交流，与文友切磋，这便是他收在本书的第三部分的主要内容。在这部分文章中，有的是写对整个书法艺术的认识，比如他在《略论中国书法艺术的继承和创新》一文中写道："古人从生活的观察中受到启发，创造了最初的文字，只具有实用性，随着时代的发展，发展了文字艺术，从实用渐入艺术领域，直至现今的篆籀、汉隶、草书、行书、楷书出现；中国书法是一种斯文、高洁、风雅、郑重的艺术，是崇高、神圣的，从事这门艺术的学习研究，必须持一种严肃、审慎、自爱的态度；汉字和汉字书法艺术具有一种特别强大的民族凝聚力，它是汉文化圈建立精神维系的载体……"他对书法艺术品性的这种论说深刻而独到，相信会对所有学书的人都有启示。这部分文章中，也有的是对中国历史上某一书体或某一书法大家作品的品评，比如在《捧经不作寻常度　奋挺高峰拜大宗》一文中，他谈对颜体楷书的感受："但觉颜字结体雄强茂密，如孙膑用兵，疏漏无遗，战无不胜，其点画相向之势，则成其宽博雍容、刚正威严之象。其用笔斩截处，则如昆山崩壁，吴刃削铁，而点画之易方为圆，则深得篆籀之意趣……"这种感受是他在学颜数载、一笔一画的摹写中获得的，真切而独特，想必对其他的学书者也会有启发。这部分文章中，还有一些是抒发自己学习书法艺术的快乐心情，比如在《畅想生命的第二个春天》里写道："哦，书法艺术——这中国特有的线的艺术，多少人如醉如痴地为她而倾倒，为她而追求！为她，我忘记了自己的年龄；为她，我坚忍不拔，虔诚笃信。因为我找到了书法——这抒发自己情怀与祖先心灵沟通的艺术圣地……书法，我心中的美神！"通过这些充满浪漫趣味的文字，我们能感受到他心中确因亲近书法艺术而满溢着欢喜。这部分文章中，再有一些是他以书家的眼光来对其他朋友的艺术作品进行评介，比如在《壮志凌云堪自持　劲节虚心真我师》一文里，他评介王昭伟画竹的作品："他通过竹子的表象去探索竹子的内在本质，画竹不唯画其形，更着意表现其高风亮节，宁折不弯，并赋予时代精神，表现作者心声。寓情于竹，借竹抒情，可以说是昭伟同志画竹的突出特点和根本追求……"各个艺术门类之间原本就是相通的，他以书法家的眼光来看画家的作品，做出的评价是异常准确而到位的。

这部书是谷源涌先生多年在散文领域耕耘而结出的果实，而且其中的不少篇章是在他八十岁过后创作出来的，这特别令我为他高兴。这再一次证明他的生命力和创造力是何等的旺盛，证明他是一个多么顽强的奋斗者，作为他的部属和后学，我为有他这样一个前辈而感到自豪！

祝愿他顺利跨过百岁之坎并笔力更雄健！

由词语之门入窥思想之厦

——读胡松涛《毛泽东影响中国的 88 个关键词》

对毛泽东这个人物，政治、军事、历史学者大都有研究他的兴趣。因为所有研究中国现当代政治、军事、历史的学者都知道，他在中国是一个巨大的存在，研究中国的现当代问题想绕开他是不可能的。于是我们看到无数的学者，手拿着各种各样的研究工具，从四面八方向他走近，翻看他留下的东西，企图看清他的精神世界，理清他的思想脉络，弄懂他的理论主张，从而给他下一个属于自己的评价和判断。

在这众多走近毛泽东的学者中，有一个热爱毛泽东的名叫胡松涛的军官，手中拿着的研究工具很奇特，那工具不是从西方借来的，也不是从东方找来的，还不是从老祖宗那里索来的，不过是几张白纸，上边记些他从毛泽东的书中和文章、谈话中摘抄的一些词语，他说他就凭这些想来研究一下毛泽东。

我先上来不免有些怀疑："这样行吗？"待细看了他的研究专著《毛泽东影响中国的 88 个关键词》后，才吃了一惊，才认真地打量着胡松涛："嘀！还果真是郑重的研究，还真的是研有所获呀！"

胡松涛选择的毛泽东使用的这些极富个性的词语，都曾对中国人的生活发生过重大影响。他在他的专著中，仔细地考证其中每一个词语的使用时间、背景及演变过程，对新造词语的含义进行详细解读，对挪用词语的原出处和原意以及毛泽东赋予其的新意进行寻踪和阐发，对每一个词语在中国社会上产生的影响进行追索，对毛泽东创造和使用某一词语的心理动因进行探查。在胡松涛做了这样一番工作之后，我们开始明白，这些词语其实就是毛泽东思想的索引，仅由这些词语，我们就可以窥见毛泽东思想大厦内部的概略景观。

胡松涛通过他的研究告诉我们，从一个时间段毛泽东创造和化用的关键性词语中，可以发现他在那个时期所思考的主要问题。词语是思想的载体，新的思考成果常常需要新的词语来承载和呈现，对于毛泽东这样一个创造欲望特别强烈的人来说更是这样。胡松涛从毛泽东在1936—1949年这十三年间的用词中，选出了二十四个关键性词语，让我们看到了毛泽东这时思考最多的是如何把自己的队伍建设好，从而保有一股好的士气去夺取最后胜利。"艰苦奋斗""毫不利己，专门利人""实事求是""整风""批评与自我批评""脱裤子、割尾巴、洗脸、洗澡""孺子牛""为人民服务""勤务员""鱼水关系"等等，这每一个新创造和化用的词语都涉及自己队伍的建设问题，我们由这些词语的出现能感受到毛泽东在那个阶段的思想律动。

胡松涛也通过他的研究告诉我们，毛泽东创造的一些新词语，不仅来自他对当时社会生活现实的思考，也来自他对中国历史发展过程的深刻认识。比如在对"枪杆子、笔杆子"这两个词语的考究中，他发现，毛泽东使用的这两个词语，首先来源于毛泽东对1927年国民党残酷镇压共产党这种现实政治的思考，他在思考中发现一个党若只会使用笔杆子不行，政权是从枪杆子中取得的。其次，也来源于毛泽东对中国历代皇权更迭经验教训的分析和思考。毛泽东很早就开始阅读《资治通鉴》，他在一代又一代王朝更迭的历史过程中发现，每一次更迭都免不了要经受一场腥风血雨，想把一个皇帝赶出宫殿手中就必须有刀枪剑戟。毛泽东创造的新词语，看是随口说出来的，却都不是信口开河就出口的，其背后都有着深刻的思考背景，是久思而至的一种自然结果。

胡松涛还通过他的研究告诉我们，毛泽东在词语的使用上之所以求新求变，强调原创和化用，至少有三个原因：其一，早年受过师范教育，他对国语的教与学本就有自己的看法，对词语的使用和创新原本就有思考；其二，他既是政治家同时又是诗人和书法家，诗人和书法家的天性使他比一般的政治家对词语的美感更重视更敏感；其三，作为政治家，他把文风和话风的好坏及话语魅力的大小，与施政的效率高低联系了起来，他认为人云亦云、温吞俗套、言不及义会妨害革命和祸国殃民。这就使他在词语的使用上一直有着自己独特的追求。

胡松涛的这部书虽是理论研究成果，但叙述的语言却是散文化的，很是生动有味，其中不乏他创新的一些词语和词语之间的新搭配，这大概是他向毛泽东学习的结果吧。如今的一些理论研究性文章写得枯燥乏味，词俗文瘪，可读性很差。胡松涛的这种努力在今天显得特别可贵，我很喜欢！

老来作诗情更浓
——读郑振江的诗作

我在西安政治学院的同学郑振江先生,长期在军校当教授从事教学和管理工作,是全军第一批优秀教员。他在政治理论教学和研究方面很有成就,出过不少研究成果,五十岁以后,忽然又对诗歌创作产生了浓厚兴趣,并一发而不可收,写出了一批优秀叙事抒情诗。《岁月流淌的河》这部诗集,就是他这些年创作的诗歌的总汇。看到厚厚的诗集书稿,作为老同学,我为他感到由衷的高兴,为他奋勇冲入艺术领域表示诚挚的祝贺。

《岁月流淌的河》这部诗集收录的诗中,从内容上说,有不少篇章是回眸历史的。其中,有回眸一百二十年前历史的《大河之殇》,也有回眸七十年前历史的《九·九的回望》。诗人仿佛骑着骏马昂首站立在高山顶上,回首来处,放歌天外。诗人用优美的诗句,或纵论自己上山下乡的青春岁月,或高歌我军建设史上重要的古田会议,或痛说带给中华民族耻辱的甲午之战。他的这些回眸历史的作品,给我们带来了深刻的启示,提醒我们别忘了过去,别忘了民族的屈辱和苦难,别忘了那些为新中国奉献青春,甚至牺牲生命的革命前辈。诗言志是中国诗歌的传统,作者是借这些回眸历史的诗歌在表达他的心情和志向,从那些滚烫和炽热的诗句里,我们能感受到诗人对国家、民族和人民的挚爱之心。

振江先生的诗作,就类别上说,属于政论诗。他站在时代的潮头，以一种富有召唤感的政论性诗歌形式，呼唤人们积极投身到深化改革和实现中国梦、强军梦的伟大实践中去。如《人民的梦想》《永远的焦书记》《强军梦语》《四季如歌》等组诗，均是一种"主旋律诗歌模式"，仿佛是郭小川政论性诗歌的再现。当下，人们追求一种真实、自由、和谐的兼容文化，愿意寻找个人情感欲望的最佳表达方式和释放途径，表现在诗歌创作上，就是不少诗歌爱好者愿把情感寄托在这种政论性新诗的写作上，振江先生是他们中的一个。他的诗读者很多，在网上的点击率很高，这说明他的选择是正确的。

振江先生的诗作，就形式上来说，多以新式长诗、组诗成篇。他的诗讲究押韵，读来朗朗上口；且叙事和抒情交融，意象丰富。读他的诗，你看不出他的刻意雕琢，却能感受到他挟带着生活给他的冲动，让诗句如奔腾之水一泻千里。他是地道的河南人，参军前一直生活在南阳那个小盆地里，由楚文化、秦文化交互而成的盆地文化，一直对他产生着潜移默化的影响，加上他丰富的军旅和知青生活，使得他的诗既柔美又充满阳刚之气，呈现出与别的诗人不一样的风格。

振江先生写诗，并不求成名成家，只是把写诗当作一种滋养自己心灵的爱好，当作调剂生活丰富人生的一种乐趣。正因为他淡泊名利，所以创作时就气定神闲，而恰恰是这种心态，才使他写出了一篇又一篇好诗。放下得失就是雅士，宠辱不惊才是高人。在这浮躁的社会里，他这种创作状态才是最好的。

振江先生出诗集在即，谨以同学之名对一个军队老兵默默奉献的精神，对一个老知青对诗歌艺术的执着追求，表示由衷的敬意。

上将的文学情怀

——怀念周克玉政委

新中国军队的将帅亲近文学,是有传统的。

当年,朱德、陈毅、叶剑英写了许多诗歌和散文;而聂荣臻,则为我们军队保留了一批作家。

随着军队整体文化素养的逐渐提高,后来的数代将领中,亲近文学的人越来越多。已故的周克玉上将,就是他们中最典型的一个。

周克玉上将在战争年代就开始亲近文学。他每天用散文笔法写日记,把当日的所见所闻所思所想记下来。广义的散文原就包括日记在内,加上他使用的是文学笔法,这就使他的日记既有史料价值也有文学价值。几家出版社在他晚年曾出版了他的《天方行草——克玉出访日记》《军政委日记》和抗美援朝时期的日记《战地雪泥》,读过的读者都觉得耳目一新。他对诗歌还情有独钟,十六岁时就开始写诗,无论是战争年代,还是和平时期;无论是在军旅,还是退休后到全国人大法律工作委员会任职,他对诗歌的热爱和创作一直没有停止,到他离世时,已有几百首诗作问世,先后出版过《京淮梦痕》和《足茧千山》等诗集。他的诗是格律诗和自由诗糅合后的一种变体诗,有民谣的直白,也有古风的旷达,呈现出新颖、独特的风格。一个将军走近文学,与文学相亲,会使他的气质、精神乃至行事风格都发生变化。我们平时与周克玉将军接触，会感到他在威严之外还很儒雅，会觉得他行事低调很容易接近，会发现他很乐意帮助普通人，会留意到他特别体谅他人，这应该都是文学强调的善与美长期对他心灵浸润滋养的结果。

周克玉上将与文学的亲密关系，还表现在他很愿与作家交朋友上。在中国的历史上，有很长一个时期官员和作家的身份是统一的，官员就是作家，作家都有官职。但后来，随着社会分工的变细，二者逐渐分开了，官员只做官，作家只写作。这种分工的好处是官员专心于社会管理，作家专心于创作，都可以在本领域里走得更远，创造出更大的成绩；坏处是二者容易产生矛盾以致失和。这是因为官员在管理社会时总希望稳定，希望管理行为不遭到非议，而作家则总是要去发现社会管理上的问题，对社会现实表现出不满足且要进行抨击，希望社会更快变好，更适宜人生活。这种职业性希望的错位，很容易导致官员和作家相互不满生出嫌隙和矛盾。毋庸讳言，在新中国的历史上，有很长一段时间尤其是"文革"期间，作家受到了打击和压制，有的作家甚至被整死，一些官员根本不把手无权力的作家放在眼里，在他们面前颐指气使。但周克玉将军从来不是这样，在他眼里，作家是我们军队和民族的宝贵财富，作家的逆耳之言是军队和社会管理上的警醒之语，他把作家看成他的朋友，对他们平等相待。他常邀作家到他家做客，让作家畅所欲言，倾听他们对世事和对社会、军队管理的看法；有的作家生活上遇到了困难，他知道后都会倾力相帮；他只要有空闲，就会参加作家的作品讨论会和新书首发式，给他们以朋友式的支持。有一年，他得知青藏兵站部一位业余作家患了癌症，多次打电话慰问，在多种场合呼吁改善那位业余作家的生活条件，后来，又让部队把他送进北京的医院里进行治疗，还帮助那位作家出版了他的作品。

按照文学创作规律来指导文学创作，尊重作家的创造性劳动，是他对中国军事文学事业的重要贡献。周克玉将军在总政任副主任时，主管全军的文化工作和文学创作。在那一阶段里，他非常注意按照文学创作规律来管理作家队伍，来做好他分管的文学工作。他在当时主张要给作家充足的时间来从事创作，少让他们参加一般性的会议和机关干部的政治学习，让他们和科学家一样，把时间多用在创作上。他认为，作家要想写出好作品，他必得成为思想者，必然会主动阅读和学习各种文史哲包括政治理论著作，管理者没必要去催他们学，没必要去告诉他们怎么学习。他的这种开明为当时的作家们赢得了很多自由和时间。他还主张不要给作家规定完成作品的时限，不要去催他们尽快完成任务。他说，好作品不是赶出来的，而是磨出来的。他说，真正的作家一旦进入创作状态，都是拼命的，都是恨不得不吃不喝的，哪用你来催？而当作家没有想好没有进入创作状态时，你再催也没用，他写不出来就是写不出来，催出来的只会是应景之作。也因此，他对作家的要求是很松弛的，恰恰是这种松弛让作家的内心轻松没有压力，反而会写出好作品。

在他主政的那段时间里，军队作家创作出了一大批优秀作品。他更主张不要去干涉作家写什么，作家写什么由他们自己去决定，管理者只需告诉杂志社、出版社发表、出版什么样的作品就行。他认为创作是一种很复杂的精神劳动，一个作家能写好什么，根本不是外界能够决定得了的，得靠作家自己的经历阅历和思考，加上灵感、冲动和激情才行，你告诉他应该写什么，他没有那种生活积累，没有创作的激情不还是白搭？作家写出的作品只要能对人们的心灵世界发生正面影响，鼓励人去追求善和美的东西就行，就是好作品，不要限制这限制那的。正是因为他持这种观点，部队作家的创作题材才空前广泛，出现了许多优秀感人的文学作品。他还主张不要去鼓励创作作品的数量。他认为作家和科学家的劳动有点近似，就是其价值不是看他创造的数量，数量再多，质量不行，就没有意义。我们不要速死的快餐作品，我们要能对人类精神世界持续发生影响、具有恒久艺术价值的作品。他的这种理念鼓励作家潜心创作，有的作家甚至一潜十年写一部作品。周克玉将军用他的理念来领导文学工作，受到了军队作家的广泛称赞。

文学没有世俗意义上的实用价值，不能当吃，不能当穿，不能用来建房子。文学对于军队建设也没有立竿见影的作用，不像军纪、不像装备、不像技术能立马对部队战斗力的提升发挥作用，所以很多人质疑部队要作家干什么？养创作人员干什么？但周克玉政委那一代将领明白，文学会对军队干部战士的心灵发生潜移默化的影响，会影响他们追求的目标和心灵的质地，会让他们懂得如何无愧于民族、国家和人类。也因此，周克玉政委始终重视抓好军队的文学创作，重视军队作家队伍的建设，到最后，他本人也不知不觉成了一个作家。

如今，他走了，作为他的一个部属和军队的一个作家，我很怀念他！

税文化园地的耕耘者
——读王素平作品集

与王素平女士的相识，缘于她约我为她供职的《中国税务》杂志写稿子。记得当时因为忙，答应后并没有很快动笔，她不断地打电话以问候的方式催稿，反复说明《名人谈税》这个栏目的重要，弄得我不好意思再拖，只好动笔。稿子写完后她又亲自来取。我当时就觉得这是一个非常敬业的编辑。

后来读她陆续寄来的《中国税务》杂志，才知道她把这个杂志看成税文化建设的一块重要园地，自1989年经公务员考试合格分配到杂志社后，就一直在这块园地里努力耕耘，为税文化的发展做着贡献。

读她收在这本集子里的作品，你就会发现她对中国税文化的建设，有着怎样一份热情。

这部书的第一辑，收录的都是作者对名家关于税务问题的访谈。这些名人中，既有书画家启功、靳尚谊、吴冠中，也有出版家聂震宁、张胜友，还有企业家柳传志、王健林、张大中，表演艺术家冯巩、蔡国庆等等。这些人物，平日都是难得一见的大名人，要对他们进行访谈，而且是有关税务的话题，没有反复的联系和恳求，怕是难以做到的。仅仅由这份访谈对象的名单，就可想象出她的工作量和工作难度。读这些访谈，不仅可以了解名人们对税务问题的看法，还可以感受到王素平设计问话的那份匠心。

这部书的第二辑，收录的是她这些年关于税务工作的思考和国家税情的记录。有关于税务工作的论文，有税务会议的综述和纪要，有关于税务工作的新闻报道，读这些文章，能感觉到她始终在关注着我们国家税务工作的进展，关注着税文化的形成和建设，是一个工作特别认真和负责的同志。

本书的第三辑，是她辛苦约写的文学家们谈税的文章。其中，有莫言的《我与税》，有梁晓声的《税——人类公平的砝码》，有丛维熙的《税史·税官与税人》，有高洪波的《纳税有感》等。读这些文章，我们既可以领略文学大家们的文采，也可以看出王素平组稿时的独到眼光。

这本书，是一个普通编辑工作成果的集成，也是一个有志于税文化建设的税务工作者的成绩展示，作为一个作家和军人，写下这篇阅读感受，是为了向她表示敬意。

女性视角下的战争
——王毅《红装》读后

王毅把新出版的作品《水玉小集》六卷送我，书中一篇《红装》让我眼睛一亮，问："红装是何意思？"答曰："不爱红装爱武装。红，代表女性；装，代表武装。"听罢觉得军事学术论文这样命名，有点意思。

战争让女人走开，这句流传甚广的老话，被王毅在这篇《红装》里推翻了。在她看来，在战争面前，女人从未走开过，也不可能走开。她从冷兵器时代的木兰替父从军、少女荀灌助父救城；讲到热兵器时代的毛泽东动员妇女参加革命，让女红军西征；再到新时期出现的女军事专家、女飞行员、女伞兵、女陆战队员、女舰员、女师长等等巾帼英豪，驳斥了"战争让女人走开"的老观念。接着，从美国陆军妇女队的雅典娜女战神标志和世界名画《自由引导人民》入手，进一步论述女军人身上蕴藏的精神力量和她们参战后在男人身上激发出的能量，并从中得出结论：当一个民族的女人走上了战场，那这个民族将不可战胜。这种看法我很认同，战争起时，若女性们都上战场奋勇杀敌了，男性将士再不浴血奋战，那有何颜面去面对社会？

王毅在文中认为，女性走上战场的过程，其实也是不断自我解放的过程。女性挥刀提枪去战场上搏斗，既是为国尽忠，也是在显示自己的力量，从而挣脱男女不平等的束缚，把压在身上的皇权、族权、神权、夫权等都摆脱掉，真正使自己获得解放。我觉得这种看法也有道理，当男人们看到女性在战场上不怕牺牲英勇杀敌的身影时，还有谁敢去轻视女人？不由自主地，尊敬和爱意会从男性心中生出来。

《红装》在对未来战争的样态进行分析后指出，未来的信息化战争会更需要女军人，那里会留给女军人一片更大的施展天地。王毅认为，未来战争与以往历史上的战争相比，不论是在作战的空间上还是在作战的装备和方式上，都发生了根本性的变化，这种新变化为女性参与战争提供了全新的机遇。尤其是武器装备发生了质的变化，智能因素成为战斗力生成的主要构件，对战斗人员体力的依赖性减少，对性别的要求越来越低，这就为女性参与战争提供了更大的可能性。我觉得这种分析很有见地，目前世界上的很多国家都在增加军队中女性成员的比例，这应该是为王毅的这种分析添加了佐证。

在这篇文章的最后，王毅从思想观念再解放、环境再解放、人才制度再解放、女军人自身再解放四个方面论述未来战争中女军人成长发展的路径。企望军队从战略高度来重视对女性人才的吸收、培养和使用，用相同的标准一视同仁地对待女干部，匡正选人用人风气，构建有利于女性人才成长的制度体系，努力推动军队人才队伍建设整体水平的跃升。我感到这些想法都非常好，是一个女军人对国家大事慎重思考后得来的成果。如今，社会上有一种看法，认为时下的年轻女性想得最多的是美容美发美体事宜，思考得最多的是拥有何种手袋、衣饰和化妆品。王毅的这篇文章在一定程度上颠覆了这种看法，让我们知道，还有许多如王毅这样的女军人，自尊，自强，不甘男军人之后，她们既爱红装，也在思考一些有关军队建设和国家、民族未来的大事。

王毅在军事文学领域,已经展现过她的才华,如今又在军事学术研究领域里努力,写出了这篇有见地有思考深度的文章,让人为她高兴。《红装》在写作上用了一些文学语言,使其与一般的学术文章有了区别,读起来分外生动,让人一拿起就忍不住要读完。这说明搞文学创作的人去搞学术研究,也自有优势。

晚霞与朝霞一样绚丽

——读长篇小说《有一天你也会老》

张教立先生是我尊敬的军旅作家，对文学十分痴情，多年来一直坚持业余创作，已先后出版过多部作品。《有一天你也会老》是他最新出版的长篇小说，这部作品的主人公是军队的退休干部，是我国第一部以军队移交地方政府管理的退休干部为主要表现对象的长篇小说，对军人的老年生活有精彩生动的描述和展现。

人是都会变老的，生龙活虎的军人也有变老的一天。几乎每年，我军都有退休的干部移交地方政府管理，目前全军共有多少退休干部移交地方，我不掌握准确数字，只知道北京市的一个区就接收了一万九千多人。这些移交的干部大都是师团级干部，他们戎马一生，转战南北，为军队建设付出了大半生的心血，如今要到地方上去度晚年，不仅是脱掉军装，还要离开部队，这是一次重大的人生转变。如何面对这个转变，《有一天你也会老》中，杨传福交出了自己的答卷。作者塑造的杨传福这个人物，退休前是解放军某总部的局长，他与我军很多领导干部一样，在生活上，常在河边走就是不湿鞋，万花丛中过，片叶不沾身，表现出了一个军人的清正本色。在部队退休和成为北京市市民后，他在生活上也曾有过失落、彷徨，但他能够适时调整心态，适应变化，看天上风轻云淡，望地上万事随缘，用顺其自然的态度，过随遇而安的日子，在人生征途上，重新扬起风帆。历经沧桑，方知"平凡"是真；洗尽铅华，才晓"普通"可贵，在退休生活中找到了新的乐趣。作者通过自己灵动的笔，写活了这个人物，从而为中国文学贡献了一个新的老人形象。

人老了通常不适应过快的变化，多愿意生活保持现状。而现代社会则处在不断的创新变革之中，变革，可能使我们失去一些自认为好的东西，也可能让我们得到一些更好的东西，不能希望一成不变，也不能墨守成规，如果将过去抱得太紧，就腾不出手来拥抱现在。在《有一天你也会老》这部书中，作者对老人的心态有精妙的描述和呈现，让我们看到并不是所有进入老境的人都清楚自己一生想要得到什么，并不是所有的老人都明白自己在步入老年后应当丢掉什么。书中的人物杨传福与他的一帮老朋友，在生活中逐渐懂得了"丢掉"才是人生的常态，不再为已经失去的东西难过，只为曾经的拥有而欣慰，努力在晚年生活中寻找幸福的源泉。作者在书中没有拔高杨传福这个人物，没有让他退休后去"发挥余热"，只是让他和众多军队退休干部一样，在平淡中享受生活。作者通过这个人物告诉我们，人老了之后，昨天越来越多，明天越来越少，可手里始终有一个今天，谁能够牢牢把握住今天，欣慰过去、满意现在、乐观未来，谁就是一个幸福的老人。

人老了，生活上自然需要有照顾者和服务者，一部写老年生活的作品，不能不写到那些为老年人提供各种服务和关怀的人。在这部书里，作者用浓墨写了农村干部赵连明和柱子这两个人物，写他们身上吃苦耐劳的精神和对老年人的那份爱意。柱子由一个乡村医生，到"中华人民共和国最低领导人"村民小组组长，再到村委会主任，始终把乡亲们的疾苦放在心上，在人生道路上留下了一段闪光的轨迹。赵连明是个职务中带"长"，算不上"领导"，比芝麻还小几级的"官"，但是他能以"清如秋菊何妨瘦，廉如冬梅不畏寒"激励自己，倾心为老年人服务。小说中还写了一个在大城市发展的当代大学生崔大林。崔大林与众多的年轻人一样，肩负着工作和生活两副重担，在如何处理家庭与事业的矛盾上，特别是在如何照顾好老人上，他是一个典范。他既知道"好儿女志在四方"是一种时代风尚，也明白"父母在，不远游"是一种传统美德，从而在生活中很好地处理了各种矛盾。

在这部书里，作者对老年人如何处理好与年轻人的关系，有着深刻的思考。作者通过他的文字让我们感受到老年人和年轻人虽有着不同的生活圈子，但这两个圈子时有交叉、重叠，有时还会有碰撞；年轻人是听着老年人的故事长大的，老年人是看着年轻人的成长变老的；老年人是年轻人生命的根基，年轻人是老年人生命的延续……老年人与年轻人有时候是对立的，但多数时候是统一的，老年人对年轻人应多一些理解和支持，年轻人对老年人应多一些尊重和体谅，这样，二者就能优长互补、和谐相处。树木把累累硕果奉献给人们的时候，伴随的是叶枯枝黄，幼苗青翠欲滴，生机勃勃，但也要像成年树木一样走向衰老，被更年轻的生命所替代，自然规律谁都无法抗拒。老年人和年轻人都不可能十全十美，想要在世界上找到完美的人是找不到的，要学会用完美的眼光去欣赏不完美的人，如果你相信石头会开花，那么，开花的就不仅仅是石头……

《有一天你也会老》这部作品，在语言上也有新的追求。作者注意吸收民间新创造和新流行的词汇，使文字更鲜活；注意状语的运用，使语句更生动更有可读性；注意增添一股幽默之味，使读者看时常常忍俊不禁发出笑声。

张教立先生从部队领导机关退休以后，被军内一家出版社聘为杂志主编，十多年来，在较好完成出版社交给任务的同时，出版、发表了大量作品。而且据我所知，他的书稿和文章，多是利用每天早上四五点钟到上午上班前这段时间完成的，这更让人钦佩不已。

呈现人间之妙
——读《一毫米的高度》

陈奕纯先生善用线条和色彩去呈现世间之美，他创作的工笔花鸟画和写意山水画广受赞誉，多幅作品悬挂在人民大会堂、中南海和天安门的重要位置。但很多人可能不知道奕纯先生还有另一种身份——作家。他写过不少小说和散文，《一毫米的高度》是他最新出版的散文集，在这部书里，他用画家的眼睛去观察世界，使用文字去呈现人间的美丽，让人读后依然获得了关于美的享受。

发现和呈现人性之美是这部书中很多篇章让人心动的原因。在《大地的皱纹》这篇作品里，作者讲述了一个撼人心魄的故事：很多年前，他随父母下放到广东一个偏僻的小镇，母亲在镇卫生所当药房管理员，与母亲一个科室的小周阿姨在一天中午下班时，很负责任地把药房上午收上来的公款装进裤兜回家吃饭，下午来交公款时，发现少了整整三块钱，这在当时是一个很大的数字，找不到就会落一个贪污犯的骂名。小周阿姨最终没找到那三块钱，为了自证清白也为了赌气，她一下子喝了一瓶"敌敌畏"农药，命悬一线。接下来卫生所里的人包括作者的母亲赶紧拉上平板车送小周阿姨去县医院抢救，作者也跟着去了。作者写了众人怎样不顾危险地在夜幕四合的山间小路上急急推着车子，把人性中的关爱和同情写得很是让人感动。但这不是作者要写的重点，重点是在文章的末尾：很多年过去之后，作者随母亲故地重游，又回到了那个小镇,又见到了母亲当年唯一在世的同事,遗憾的是那位阿姨已因病不会说话了。和那位病中的阿姨告别时,那位阿姨的儿子突然向作者的母亲跪下说,当年小周阿姨要找的那三块钱,卡在抽屉的夹缝里,我妈妈发现后偷偷藏在了自己的裤兜里,我妈妈有罪呀……这个出人意料的结局让读者震惊,但这同时,也让我们窥见人性中善最终战胜恶的那种美丽之光。那位偷偷拿走三块钱的阿姨完全可以让这件事成为一桩永远的秘密,让死亡将这不光彩的一页彻底带走,可她选择了反省,将其告诉自己的儿子,使儿子替她做了忏悔……

发现和呈现大自然之美是这部书的主旨之一。大约是因了作者拥有一双画家眼睛的缘故,他对大自然的美特别敏感,能在别人无感的地方发现美。他在《我吻天使的羽毛》一文中,先写了水杉之美:切割天空的,是一排密密匝匝的水杉树,水杉仿佛是水做的,玉立,如柔美可人的江北女子。接着,写了水乡之美:林中有水,水下有鱼,而天空,是水做的,碎草色的水做的,六万多只天堂鸟来了,朝朝暮暮,万鸟争鸣,一如天籁。跟着写白鹭鸟之美,写一根白鹭的羽毛飘飘摇摇地落在他的耳朵上,那羽毛长长的,白白的,一丝丝,一毫毫,排列整齐,有些体温,还有些羞涩……读这些文字,让我们的心一直沉浸在美之中。他还在《五台山的白杨》一文中,向我们呈现了五台山的白杨之美;在《天使一滴泪》中,向我们呈现了张家界的水雾之美;在《泼墨绵山》中,向我们呈现了山西绵山的雄浑之美;在《无声》中,向我们呈现了大巴山南麓的竹海之美。

发现和呈现人对乡村故土的思念之美是这部书的一大成就。乡村是人类最早发现的聚居地,但随着中国城市化的进程加快,人们对城市的关注和热爱早超过了乡村,很多人都嫌恶乡村并渴望逃离那儿。作者自幼在南方山区的乡村长大,对乡村的偏僻落后,对农民的劳作之苦,知道得很清楚,但当他在城市生活之后,却止不住地频频回望乡村故土,在浓烈的乡愁中用文字去呈现这种思念之美。他在《遥远的椿树》一文中,回忆自己童年时为了长高身子,按母亲的要求在大年初一天未明时大着胆子去转椿树的经过,之后写道:转椿树的日子,已经过去相当久远了,可那情那景,那时那刻,却又分外鲜明地留在记忆里。它时不时地就突然跃在眼前,有的时候,走在异乡的街市,或偏远的乡间,看到一棵陌生的树,会突然想到它;有的时候,在沉沉的夜里,燃起一支烟站在窗前,外边的一棵模糊的树,让我仿佛看到那棵椿树,看得哆哆嗦嗦、战战兢兢的我,不由得跑到那大树下……在我苦恼的时候,忧烦的时刻,我会想到它;也有的时候,在我思绪飞扬的时刻,也会忽然看到它。想到椿树,一些人、一些事、一些物,就如画一样,哗地铺展在眼前……这种思念的绵长和细密,犹如一匹长长展开的纯白绸缎,让我们读了有一种如窥白练在风中飘舞之美。

发现和呈现艺术创造过程之美也是这部书的重要内容。在这部集子中,有很多篇章写的是作者绘画创作的体会,这类文章,主观上是一种画家的内心倾吐,客观上,却是呈现了艺术创造过程之美。作者在《风骨牡丹》一文中,讲了自己画牡丹的经历:少时画牡丹,心中溢着万般豪气,一夜之间,能画出十幅八幅牡丹,然待清晨爬起身一看,却觉是满纸涂鸦,笔下的牡丹并不美,随即将画收起;之后,亲去洛阳王城公园看海洋般姹紫嫣红的各色牡丹,观察牡丹的枝叶、花瓣状态及各种明暗关系和变化,感受花叶之上流动着的气韵,看雨中牡丹的烟雨朦胧之美;接下来读研、留学,一直在心中感受牡丹的风骨,体会其美之所在;这之后再画牡丹时，不管是画工笔或画写意，知道画出牡丹花的魂灵和风骨，知道一幅牡丹画的思想寓意所在，知道在一枝一叶中融入真情；也因此，在为中南海创作《和谐之春》这幅画时，做到了先以色彩夺人，继以气势夺人，再显牡丹在春风浩荡中的雍容大度和铮铮风骨，画得行云流水、得心应手。书中，作者还讲了自己画《盛世春光》时把十多种盛开于不同时令、不同地域的花卉画在一幅画中的经过，说在动笔之初，闭目静坐于沙发上，似看见百花在眼前次第掠过，或流光溢彩清晰可辨，或朦朦胧胧灿若云霞，倏忽间又变成一条条流动的线条，而后幻化成飞舞旋转的音符，接下来如天籁在耳边回响，清音袅袅，不绝如缕，分明是一种音乐的律动。之后在创作时，他力求顺应内心的召唤，笔随心走，眼随心转，使心中流出的自然影像跃然纸上。待画创作成功后，懂音乐的朋友说这幅画就像气势恢宏的大型交响乐团在无边无际的原野上演奏一场新春音乐会。这种对创造过程之美的呈现令我们读了心醉不已。

一个人进入艺术创造领域，能在一个方面获得成功都很不容易，因为那实在需要人付出太多的精力。而奕纯先生却在绘画和文学两个方面都取得了不俗的成绩，这真让人为他高兴。不用细问就可以明白，他一定是比常人做出了更大的努力，向艺术之神奉献了更多的虔诚和心血。在艺术界，他的年龄使他仍被划入年轻人群，辉煌的创造成果还在等待他去摘取。

为科学家立传
——读《顾诵芬：把理想写在祖国蓝天》

《顾诵芬：把理想写在祖国蓝天》，是由纪实文学作家罗元生撰写，刚刚由华文出版社和航空工业出版社联合推出的一部非虚构新书，是一部有关科学家的传记。

要写好、写活备受人们关注的顾诵芬院士，不是件容易的事。顾院士是新中国享有盛誉的飞机设计大师，是新中国航空科技事业的奠基人之一。2021年3月3日晚，感动中国年度人物名单揭晓，他榜上有名。2021年11月3日上午，时年九十一岁的顾诵芬坐在轮椅上，从国家领导人手中接过国家最高科学技术奖的奖章和证书。此前，写他的文章很多，也有不少传记作者写过他，而且他还写有自传。要在这部非虚构作品中写出新意和可读性，让读者爱读，确有不小的难度，这对作者是个挑战。罗元生为了写活这样一位"大家"，多次多地采访，掌握有关顾老的大量人生故事，然后以时间为线，将一个个生动的故事串联起来，把顾诵芬波澜壮阔的一生生动地展现了出来。书从顾老七岁的梦想讲起，讲到他的求学生涯，讲到他最初的设计团队，讲到他设计的"歼8"腾空，讲到他的爱情，讲到他参与认证我国的支线客机和大飞机立项，一长串的故事让人读来兴味无穷。

罗元生在写这部作品时，始终注意展示顾诵芬先生所具有的科学家精神。顾诵芬先生把自己的人生，与祖国的命运紧紧地捆绑在一起。他常说，"不管是干什么事，首先要想到国家"。他坚守在航空战线工作七十余载，鲐背之年仍然奋斗在工作岗位，他用实际行动诠释了"航空报国"的责任与担当。作者在讲述顾诵芬先生的人生故事和人生经历时，始终围绕着这条主线。少年时期，顾诵芬亲历了日寇入侵、山河破碎的动荡年代，由此立下航空志，一定要设计出中国人自己的飞机。这是科学家精神在他心中诞生的源头。大学毕业之际，中国人民志愿军正赴朝鲜参战，顾诵芬听从祖国的召唤，投身新中国的航空事业，由此在这条路上走了一辈子。他在用自己的一言一行、一举一动，践行着科学家精神。顾诵芬用他的人生实践，告诉了我们科学家精神的全部内容，那就是：胸怀祖国、服务人民的爱国精神；勇攀高峰、敢为人先的创新精神；追求真理、严谨治学的求实精神；淡泊名利、潜心研究的奉献精神；集智攻关、团结协作的协同精神；甘为人梯、奖掖后学的育人精神。顾诵芬学航空、干航空，他平实而不平凡的人生经历，与新中国伟大发展同步，与新中国航空工业同频。他身上闪耀着的科学家精神令人敬佩。

为科学家写传记，难点是怎样处理专业性与文学性的关系。既不能写成学术性很浓的东西，那会失去可读性，失去不太懂科学的读者；也不能完全离开学术去随便发挥，那会失去真实性，让懂科学的人失去阅读的兴趣。这部书的作者在学术性与文学性的结合上，是下了一番功夫的。顾诵芬从事的航空领域，专业性学术性强、政治性敏感度也高，如何把握好这些尺度，的确很难。从全书的文字表达来看，作者写航空又不全写航空，不写航空是为了更好地写航空。在三十多万字的文字中，涉及学术的部分，都尽可能写得浅显易懂，行外的读者也能读明白。作者把主要的笔墨用在写人物上，写人的外在表现和内心世界，写他面对各种人生问题时所做的选择，写他做选择时的真实心境，把科学家还原成一个我们都熟悉的正常人，写他的喜怒哀乐。这样，书的可读性就强了，就适合各种文化层次的人读了，懂科学的和不懂科学的，都能从这本传记里读有所得。

科学家精神是我们中华民族精神财富的重要组成部分。读这部书，对于我们向科学家学习、学习科学家精神，让科学家精神薪火相传，鼓舞和激励广大科技工作者以及年轻一代不断攀登科学高峰，从而实现中华民族伟大复兴，有很强的现实意义。

且将雄心蕴诗中
——序《半农堂集之二》

山西这片土地，历史上诞生过很多著名诗人。初唐时二十几岁的王勃，就写出了"海内存知己，天涯若比邻。无为在歧路，儿女共沾巾""落霞与孤鹜齐飞，秋水共长天一色"这样的千古名句。盛唐时期的王之涣，只用一首《登鹳雀楼》"白日依山尽，黄河入海流。欲穷千里目，更上一层楼"，便让世人刮目相看。后来的王维又用"明月松间照，清泉石上流""劝君更尽一杯酒，西出阳关无故人""大漠孤烟直，长河落日圆"的优美诗句，让我们见识了山西籍诗人的惊天才华。这块滋养过王勃、王之涣和王维的土地，内里蕴藏着厚厚的诗歌文化因子，多年之后仍对后人产生着重要影响。二十世纪五十年代出生在山西太谷县的刘书英，能在几十年间不停地学习、研究、创作诗词，和这块土地里文化因子潜移默化的影响不无关系。

刘书英原本是军人，按照中央军委的命令随所在部队整体转业后，先后做了中国航空港建设总公司和中国中铁航空港集团的领导。他的职务给了他在业余时间休闲娱乐的方便，但他却怀着对中国诗词的一腔挚爱，把余暇大都投入到了诗词创作之中，面对着稿纸和电脑屏幕，辛苦地寻字觅句创造美好的音韵效果和营造美丽的意象，给人们送去美的享受。几十年来，他的收获喜人，先是在2008年出版了《半农堂集》，收录了1980年至2008年间创作的诗词三百五十八首；现在又即将出版《半农堂集之二》，收录新作四百首。作为一个从事创作的同行，我知道这个创作量来之不易，不付出大量的汗水和心血是不可能得来的。在此，我为他的勤奋和毅力点赞，为他所获的丰硕创作成果感到由衷的高兴，对他的新书就要付梓出版表示祝贺！

  收在这部诗集里的作品，就形式上看，全部是按古典诗词的格律和要求来写的。我国的诗歌发展，在《诗经》《楚辞》和"乐府诗"之后，到魏晋时声韵学得到了重视，诗歌创作开始追求声律，作诗讲究平仄和韵律。到了唐代，近体诗也就是格律诗的创作开始兴盛，五言和七言的律诗和绝句创作量最大。诗歌发展到宋代，由诗派生出来的"诗余"——"长短句"，也就是"词"，成为诗歌创作的正宗，最为发达。元明两代，词的另一体——散曲开始出现，这是诗歌的新演化。但回视诗歌的发展史可以看到，对中国人影响最大的是唐诗宋词，对后世诗歌创作者最有诱惑力的，就是五言、七言律诗和排律及绝句，还有宋词的一些主要词牌的写作。书英先生和我都是二十世纪五十年代出生的人，我们这代人年轻时读这类诗作最多，受到的影响较大，故很多人写诗时喜欢写古体诗。书英先生收在这部集子里的诗作大都是七律、五律、七绝和按满江红、念奴娇、西江月、浪淘沙等词牌要求填的词，对此我完全理解并欣赏他的选择。其实，在新诗成为诗歌创作主流的今天，仍有很多人喜欢用古典诗词的审美标准来写诗和读诗，这是中国诗歌发展进程中的一种正常现象。书英先生的这部新诗集，某种意义上可视为对我国诗歌传统的一种致敬。

  收录在这部新诗集里的作品，有很大一部分是写疫情期间心境的。新冠疫情的出现，是我们每个人都未预料到的一场人生灾难，面对这场灾难，书英用诗句先写了居家抗疫的焦灼："夜幕沉沉渐西偏，抗疫居家别有天。擎杯对影邀明月，润墨织篱问南山。"又写了疫情期间难以回乡祭母的惆怅："惆怅独思乡，望断斜阳，烟尘起处见忧伤。祭母当得随梦去，乌马河旁。"再写了去《黄帝内经》里寻觅抗疫良方的殷切："宏篇问世两千年，正道岐黄上圣坛。术数深究和道义，阴阳辩证法天然。"还写了面对疫情的无奈和自寻乐趣："居家抗疫下厨房，学艺求精细考量。静气沉心勤料理，调方选器蕴鲜香。"更写了对抗疫胜利的希冀："家国运作流年利，意念追求运势遒。静待瘟君消遁后，高歌起处颂金瓯。"在听说有人竟借抗疫谋利时，他激愤地写出："诘几许奸商，做假阴阳，当真个泯灭天良。治乱象须施重典，百姓安康。"当抗疫解控之后，他充满欣喜地写道："解控传来慰寂寥，相期沽酒乐陶陶。盈杯尽许飞花令，妙语频如云水谣。"他用诗句道出了抗疫三年自己的心境变换，也在客观上呈现了国人这三年来的艰难经历。诗虽为诗人一时兴起时所作，却在无意间为这段历史留下了形象的见证。

收在这部诗集里的不少作品，是写作者读书静思后在精神上的升华和收获。比如，在七律《读史兼论西楚霸王》的诗里写道："盖世英雄品性狂，难为子弟下咸阳。扪心何苦坑秦卒，信义岂能弃汉王。"重新对项羽的是非功过做出自己的评说。又如，在七律《通宵读史》的诗里写道："封疆守业皇权盛，固本清源氏族盈。运势遗传三帝训，功德造化万民情。"对汉代皇权与氏族力量的博弈发表自己的看法。还如，在七律《晨思》的诗里写道："曾隐皇城观虎啸，还临故里忆鹏威。身名淡定多随少，世态因循去可回。"在回想自己的人生得失中，内心获得了一种平静。再如，在《武陵春·秋夜听雨》的词里写道："自古兴衰随运势，克己便分忧。当把初心再进修，从此后，是清流。"表达了诗人决心克己当清流为国分忧的愿望。在《满江红·静思》这首词里写道："少壮梦，还须做；苍颜愿，当承诺。幸逢临盛世，岂为闲客。启运筹谋封故里，豪情敬事开新陌。问名声，过往是云烟，求欢乐。"述说了暮年不愿为闲客，要为改变故里面貌尽心尽力。从这些诗词里，我们感受到了诗人是一个喜欢阅读和安静思考的人，既思考历史，也思考现实；既思考社会，也思考自己的人生，从而对人生过程和世事发展拥有了独特的看法，有了充满哲理性的思想发现。

收在这部诗集里的作品，还有一部分是游览时的对景抒怀。在游金海湖小镇时，他写道："悦目苍山思归隐，铭心旷野爱余辉。"发出了珍惜暮年时光的感叹。在游黄崖关村时，他写道："草径柴屋传燕语，浓茶美酒伴蔬瓜。"说出了对安怡平淡生活的向往。在游南山龙泉寺时，他写道："凄凉败叶楼前舞，伤感昏鸦殿外鸣。"感叹着世事的盛衰变换。在登临太行第一峰时，他写道："放眼峰峦寻紫塞，开怀唱和颂黄河。"唱出了登高望远后对祖国大好河山的喜爱。游太谷南山时，他写道："沧桑变，功名淡""若问余生计，捋鬓越从头"。在淡薄功名之后，还企望像当年那样奋力做一份事业。我读他这些游兴得尽时写就的诗作，还特别欣赏他写景物抒宏愿时所觅得的佳句，比如他在醉游天坛时写道："花愿清欢，草愿留连""心满求宽，意满随缘""树影斑斓，人影缠绵"，让人读后真的享受到了一种音韵美和意境美，那一刻确实是心旷神怡。还有他在游京西灵岳寺时写道："云轻秋雁远，气爽老僧闲"，短短两句，就描出了一幅山间古寺老僧闲坐秋雁远飞的美景，着实让人读后心旌摇动，不由得脸露笑容。

这部诗集所收录的作品，还有写友朋相聚把酒谈天时的欢乐，写四季变换听雨赏雪时的感慨，写节庆、观剧、种菜、画兰时的思绪，内容丰富，字蘸深情，诗句美丽，哲思深邃，确实值得一读。愿读者朋友们都能静心读下去,并读有所获怡乐心神。

我写小说,与诗人书英身属两个行当,以上读后感多乃外行人之语,权为序。

癸卯中秋于北京寓所

美妙的阅读

读了几十年书,觉得阅读是这个世界上十分美妙的一项活动。

它首先是一种精神享受活动。将一本好书拿到手里,享受写书者的创造成果,吃进别人种出的精神食粮,会使自己有一种进食美餐的快乐感。我每每读到一本精彩的小说,就会立刻换到一个安静的地方,宁可推迟吃饭和睡觉,也要争取读完,那份享受感实在美好。

它同时又是一种精神操练活动。我常在阅读中不断地质疑书中的内容,与作者进行无声的对话,这种思考和质疑的过程,其实也是一种精神操练过程。我自己觉得操练的结果会让我在精神上逐渐成熟和强大起来。每当我读到一些思辨性特别强的书籍时,常会在某一页上停下来,与作者进行无声的争论,与自己以往的认识辩论,直到获得一点新的认知。

它还是一种精神健美活动。我在和我的读者们交流中发现,阅读会增加我们自己的知识库存,而知识的丰富充盈会使人在精神上变得更加美好,能让女士变得气质优雅,会使男士变得大度从容。

阅读会因所读内容的不同,收获不同的东西。

读哲学书籍,我觉着会让我们尽可能正确地认识我们所在的这个世界,活着时少些糊涂和茫然。糊糊涂涂、茫茫然然地活一辈子，当然可以；可相对清醒地过完人生，概略地知道自己是从哪里来，活着为什么，最后会到哪里去，岂不是更好些？

读史学书籍，我觉着会让我们吸取前人的经验教训，避免重走前人走过的错路，不盲从。我们脚下的路，很多是由前人脚下延伸过来的，看看前人的走法，看看他们的步态，看看他们走错路之后所付出的代价，会让我们变得更聪明些。

读文学书籍，我觉着会让我们看到更多的人生风景，体会到更多的人生况味，等于多活几世。我们每个人只能活一世，见到的人和经历的事都有限，而文学书籍则把更多的人生景致向我们打开，送给我们一双俯视众生的眼睛，读这类书岂不等于让我们多活了几世？

读其他社会科学书籍，我觉着会让我们站在前人肩上向上攀登，走很多捷径。在政治学、经济学、军事学、法学等等社会科学门类里，前人已经进行了很多研究和实践，这些研究和实践的成果，都以书的形式存在着，读它们，对于我们后人就是走捷径。人生很短，要走的路又很长，节约一程是一程。

读自然科学书籍，我觉着会让我们感受到大自然的神奇，不断地发现自然界的奥秘，从而创造出更多于人类生活有益的东西。大自然孕育了我们人类，我们人类又特别想全面地去认识大自然，为此，一代又一代的自然科学家不懈地进行着努力，他们所获得的成果都记录在书里，读这类书，对于我们更进一步认识自然界当然会有帮助。

我们每个人都生活在某一地域或某一领域，但阅读能让我们的视域变宽，能让我们看到更多的人、事、物。

我们每个人平日关注的事情都很有限，但阅读能让我们思考的疆域变广，去想更多有关人生、社会和自然界的事情。

我们每个人都有自己的喜怒哀乐，但阅读能让我们从个人的喜怒哀乐中超脱出来，心胸变得更加阔大。

阅读，是我这一生最喜欢做的事情之一，也是我坚持做得最好的一件事情，更是给我回报最多的一桩事情。活这么大年纪，我最不后悔做过的事，就是阅读。感谢上天给了我一双可以阅读的眼睛，感谢从小学到大学一直叮嘱我要认真读书的老师，感谢世界上的写书人写了那么多可供我阅读的书，感谢世界上的出版人为我们这个世界编印出版了那么多的好书！

○○辑三

血缘宗亲关系是一种黏合剂
——答张延文先生问

2014年11月底,由当代文学研究会、中国现代文学馆、郑州师范学院联合举办的首届"中原论坛"成功举办,作为本次论坛的开坛大戏,举办了周大新文学创作学术研讨会。来自全国各地的知名专家、学者、作家三十多人,以著名豫籍军旅作家、茅盾文学奖获得者周大新的创作与中国当代文学、与民族性的关系等为切入点,以文学创作为人民服务的新路径和内驱力为主要话题,深入研讨,畅所欲言。对于周大新的创作,大家都不吝美辞,给予了高度评价。为了进一步加深作者和读者、研究者之间的交流、互动,请听周大新先生如是说。

张: 周大新先生,您好。很荣幸有机会和您进行如此近距离的交流。有一首歌唱道:"十八岁十八岁,我参军到部队,红红的领章印着我开花的年岁。虽然没有戴上呀大学校徽,我为我的选择高呼万岁。生命里有了当兵的历史,一辈子也不会感到懊悔。"您也是十八岁参军的吧?能不能谈谈当时的具体情况?

周: 是,我是十八岁参军的。1970年10—11月间,山东的一支部队来我们公社招兵。当时,我在读高中,但学校上课主要是学农学工,跟镇上拖拉机站的人学开拖拉机,到各村犁地。文化课上上停停,而且那时大学已停止招生,我看不到上学的前途。

最重要的是当时吃不饱肚子，在学校没钱买饭票，回到家也是顿顿吃红薯，只有在给人家用拖拉机犁地时，方能吃顿白面条。为了寻找前途，也为了吃饱肚子，我决定去当兵，遂在大队报了名。刚好，接兵的李连长爱打篮球，他到我们学校的球场上打球，看到我们几个同学篮球打得不错，问我们愿不愿当兵，我们自然说愿意，并告诉他我们已经报了名，于是，他和其他接兵的人对我和我的几个同学就格外重视。我们顺利通过了体检和政审关，拿到了入伍通知书。12月份，我们坐上了开往山东的闷罐子军列，向着山东的部队出发了。到了山东肥城的部队驻地才知道，我们当的是地面炮兵，我们这个炮兵团隶属六十七野战军。我当时根本没想到，这一当竟然当了四十多年兵。

张：1983年您考入解放军西安政治学院学习，那一年您应该已经过了而立之年，俗话说"人过三十不学艺"，这一段学习历程对您的创作生活影响大吗？

周：没上大学一直是自己心里的一个遗憾，军校恢复招生后，自己的心动了，想再回到学校去读书。刚好，那时社会开始强调文凭，我们这些没有大学文凭的机关干部也容易遭人轻看，于是就下定决心去报考。所幸，自己当年在中学学的东西还没有全忘掉，经过一段时间的复习，再听听老师的辅导，就上了考场。还不错，我在我们济南军区报考的干部中，考试的成绩算是很不错的，被西安政治学院录取了。可惜，只能拿到大专文凭，但对当时的我已很满足了。那两年学习，重要的是给了自己读书的时间，也给了自己写作的时间。在西安政治学院，我从图书馆里借了不少书看，而且利用课余时间写出了一些中短篇小说，其中的《黄埔五期》还被其他刊物转载，让我对写作有了更大的信心，也有了一点名声。

张：作为一名军人，您有没有打过仗？能不能谈谈您的战争经历和对战争的认识。

周：我上过战场，但是是以作家的身份去做战地采访，并未真的参战。那是二十世纪八十年代中期，南部边境战争尚在老山地区持续，我所在的济南军区有一个野战军去轮战，正是我原来所在的六十七军。刚进创作室不久的我，奉命去战场采访。我和军区《前卫报》的一位社长还有几位记者一起，起程去云南麻栗坡前线的军部和师、团指挥所及参战部队采访。那是我第一次走上战场见识战争的残酷，经历了特别紧张的时刻，看到了伤残和死亡，体验了人初次上战场都会生出的恐惧情绪，感受到了我军官兵为国家安宁而英勇牺牲的精神。这一经历让我写出了《汉家女》《小诊所》和《走廊》，这次战场之行对我的写作至关重要，对我的人生也产生了重要影响，让我切身体会到和平生活对人类的重要。

张：青年女作家、评论家梁鸿在2009年写过一篇关于您的评论《那荒凉而温馨的"圆形盆地"——周大新论》，你们都是河南邓州人，她对您作品当中的故乡情结做了全面的论述；同时，她描写故乡的文学作品《中国在梁庄》《出梁庄记》在国内引起了一定的反响。在当代文学中，邓州还有包括姚雪垠、张鲜明等著名的作家、诗人，令人刮目相看，这其中的奥妙何在呢？

周：我们家乡喜欢写东西的人比较多，这可能与前辈人的影响有关。张仲景当年写过《伤寒论》，范仲淹虽不是邓州人，但他在邓州当知州时写了《岳阳楼记》，姚雪垠写了《李自成》，我们

165

读小学、中学时就知道了他们,他们对后人是有影响的。再就是我们那个地方比较穷,穷地方的人也会把写作当作一种谋生手段,起码可以挣点稿费。我最初写作就有这方面的考虑。还有一点,就是我们那里的老百姓一向对会写书的人怀一种崇敬心理,过去每年过春节,家家户户都要在墙上贴一张写有"敬惜字纸"的红色纸条提醒家人。人们见到写有字的纸片,都会谦恭地捡起来放在家里。大概是这种传统也在鼓励着人们去学习和从事写作吧。

张:您著作颇丰,创作题材广泛,著名评论家白烨在研讨会上指出,您的五部长篇小说正好包括了工农商学兵五个题材,实属难得。回过来看,为您带来广泛声誉的恰恰都和故乡有关:由《香魂塘畔的香油坊》改编的电影《香魂女》获1993年度柏林国际电影节大奖——"金熊奖",获得茅盾文学奖的《湖光山色》以及被誉为中国的《百年孤独》的史诗性长篇小说《第二十幕》均以"南阳盆地"为故事发生的中心。这算不算是巧合,还是故乡对热爱她的孩子的一种回馈?

周:故乡,是一个人生命的起点,是其父母的栖居之处,是他最亲近的地方,一个游子不管他跑多远,都不能不经常回望它。故乡,也是一个人睁眼看世界的第一个地点,大量的人物、事件、场景甚至声响都会在他的脑海里留下新鲜深刻的印象与记忆,而这些,正是一个从事写作的人日后的重要写作资源。作家只要回眸故乡,总会生出感慨和激动,从而有灵感出现。我自己虽然是十八岁离家,但故乡的一切都一直保存在我的记忆里,水塘、小路、田地、河渠、青草、野菜、树林、鸟鸣、狗吠、羊叫,干旱之情景,暴涨之河水,漫天之飞雪,老人们的抱怨,年轻人的欢笑,女人们的笑骂,都清晰如昨地装在脑子里。当我开始写作时,它们会不知不觉地出现在我的笔下。我不仅感谢故乡养育了我，也感谢故乡不断地给我创作的素材和灵感。

张：南阳盛产黄牛，是国家小麦生产基地，粮仓。作为一个农业为主的地方，乡村和乡土自然容易成为聚焦点。您的《第二十幕》等关于故乡的小说，主题也往往是和工商业等题材相结合的，这和传统的乡土叙事有着一定的差异，您是如何理解乡村生活面临的新问题？

周：我的故乡的确如你所说，是一个粮食主产区，种植，是老百姓的主要营生和任务，但乡村和城镇从来都有着紧密的联系，农业和工商业不可能完全分开。尤其是我的家乡位于豫鄂两省的交界处，处于中原和两湖两广的交通要道上，粮农和工坊的工人及商人的来往，一向是很密切的，而且他们之间的身份转换也在经常进行着。这可能也是我的写作和别人的乡土写作不太一样的原因所在。

今天的乡村，面临的主要问题有两个，一个是如何富起来，让农民的生活质量有进一步的提高。农村要想富起来，就不能不与工业和商业联姻。要对粮食和其他农产品进行深加工，争取卖出的不是原粮，而是各种制成食品；要借助商人把自己经过深加工的产品变成商品卖出去，不仅在本县省卖，要争取卖到外省外国去；还要办好乡间旅游，为城市人提供新的旅游服务项目：踏赏田园美景，体验种植之乐，夜听乡间之静，品尝农家饭食等等。另一个问题是如何搞好乡间的环境保护，不让空气、水体、土地遭受污染。这是我们在富的过程中要特别注意的问题。

张：您的第一部长篇小说《走出盆地》，使用了平行叙事的方法，将神话和现实互为照应，为南阳盆地的三条河流赋予了三个异形同构的美好的神话故事，带有鲜明的理想主义色彩。而另外一位著名的豫籍作家李佩甫的代表作《羊的门》，则将他家乡的平原上生存的各色人等比喻成了在乡间生长的不同类型的野草，现实主义的味道更为浓厚。您关于盆地的描写其中是否包含着个人情感与社会现实之间的冲突？

周：我在《走出盆地》这部作品里，是想写人改变命运的不易，当然包含着个人情感与社会现实间的冲突。一个人要超越自然地理和社会环境的限制太不容易，超越精神观念的限制更不容易。但每个人都在努力地寻找此生的幸福，都在试图超越上天给自己设置的各种樊篱。我期望读者从这本书里能读出一种坚韧来，看到坚韧在人的命运形成过程中所能起的作用；同时对幸福在哪里也能生出一点新的感悟。人们都认为幸福在别处，从一个地方找到另一个地方，从今年找到明年，从明年找到后年，它真的在别处和以后吗？

张：2011年4月央视科教频道《子午书简》栏目对您的访谈当中，您谈到童年最深刻的记忆是饥饿。在您的作品当中，也多次描写了大饥荒对于故乡人民造成的苦难。心理学上把这些称为创伤性记忆。您是如何将不同类型的记忆进行艺术处理的？选择性的遗忘会不会减弱叙事的力量？

周：童年和少年时期的记忆对一个作家的创作至关重要。这些记忆以怎样的艺术面目出现，得看作家的艺术处理能力。我作为一个写小说的，总是把这些记忆塞进我所写的人物的脑子里，嵌进我写的故事中，画到故事发生的背景里，汇进我对人生、社会和自然界的思考里。写一种记忆时，另外的记忆可能暂时被搁置起来，也就是你说的"选择性的遗忘"了。写完这一种记忆，另一种记忆又会浮现出来。记忆，对于作家的写作太重要了。

张：您的短篇小说《哼个小曲你听听》，讲到家乡人喜欢哼小曲，这些小曲既带有地方戏曲色彩又有山歌的野味，这种现象在北方平原地区的乡村并不多见，这是否因为邓州受楚地文化的影响更多一些呢？

周：我们邓州古属楚地，人们爱唱歌爱听曲。我们村里我有一个堂哥，在世时特爱哼小曲，俗称拉"肉弦子"，他双手一边干活儿，嘴里一边拉弦子哼曲，我们在一旁听着，非常好听。那些曲子似曲剧、似豫剧、似越调，但又都不像，完全是他自己的随心创作，听上去悠扬婉转。他并不识谱，不知他的创作之源在哪里，也许就是天生的？在国家搞民间歌曲普查时，我们南阳各县都收集有成本的歌曲，那都是人们在干农活儿时常哼唱的。

张：在《哼个小曲你听听》当中，有大量的民歌民谣，活泼动人，蕴含着丰富的文化信息。这些小曲大都是您自己编的吧？豫籍作家李洱在他的长篇小说《石榴树上结樱桃》当中穿插了很多"颠倒话"，这些颠倒话作为豫北的一种民间小调，带有反讽的意味；而豫南的这些小曲大多直抒胸臆，但两者都有点冷幽默的味道。您平常喜欢音乐或者歌唱吗？

周：那些小曲，有的是在乡间流传的，有的是经过我改造的。我自己非常喜欢音乐，主要是喜欢民族音乐。年轻时，我爱拉二胡，爱吹笛子，特别爱听二胡独奏曲，对《二泉映月》和《良宵》非常着迷；也爱听民族歌手唱的歌曲，在连队当战士、班长、副指导员时，我是连队演唱队的主要成员，那时主要是唱一些民族歌曲。后来进了大城市,年龄大了,事情多了,自己不拉了,不唱了,只听,通过音响去听。直到今天,我只要一听到二胡独奏曲和唢呐曲,还有箫独奏,就特别高兴,感到心旷神怡。

张:《哼个小曲你听听》里的主人公五爷,早年就成了孤儿,后来又丧妻,好不容易把儿子养大成才,作为教师的儿子又在武斗当中为了救学生被红卫兵乱枪打死。风烛残年的五爷含辛茹苦地将孙子拉扯大,孙子清华大学毕业后成为高级知识分子,而五爷却仍然是孤身一人,从放羊娃成了放羊的老头儿。这个故事让人想起余华的长篇小说《活着》当中的主人公徐福贵,比较起来,五爷的形象显然更为正面,他在面对命运的轮回时是一个胜利者。《哼个小曲你听听》里塑造了一个坚强的"父亲"形象。这其中是否也有着您自己家族人物的影子?

周:乡间有些人物,当然也包括我们家族的一些人物,人生很不顺,命运很凄惨,但他们最终都能平静面对,达观地看待人生过程,尽力把失去的东西"忘掉",去应付新的人生问题,去活完自己的人生。我们村里有个瞎爷,他只是瞎了一只眼睛,但我们这些孩子都叫他瞎爷,他并不生气,他终生未娶,一个人过日子,家里的财产少得可怜,可他很少有忧愁的时候,整天乐呵呵的。五爷就是这些人的代表。我塑造这个人物,就是想向这类人表达我的敬意。其实,人怎么活不是个活?不就几十年时间?人最好的待遇,是不来人世。

张:您的作品很少出现第一人称叙事的,这其中的原因何在?
周:作家写人,其实说到底都是在写自己。用哪个人称写作品,主要是由作品所采用的视角决定的。我下一部作品就是用第一人称写的。

张：《安魂》是一部带有您的自叙色彩的长篇小说，其中采用了对话的方式来进行叙事，对话者都是用第一人称来叙述的。这种叙事方式在当代文学里应该算是在文体方面的创新。您是如何想到采用这种叙述方式的？

周：只有用这种叙述方式才能把想说的话都写出来，从而达到安慰儿子，安慰我自己，也安慰那些和我遭遇相同的人的目的。这是一部特殊的小说，叙述方式也会特殊一些。写什么和怎么写一直是折磨作家的两个问题，尤其是怎么写，折磨我更多些。

张：在关于您的研究当中，文学主题方面的研究比较多，而且研究者的着眼点也往往都是宏大叙事方面的，涉及的话题主要是关于政治、性别、经济等公共领域的内容。这样的解读难免会对作品的理解带有一定的时代文化方面的局限性。事实上，我在您的作品当中看到了很多关于人的普遍性命运的主题，比如时刻要对命运保持警惕。《安魂》里的"爸爸"对"儿子"歉疚的原因之一，也在于父亲忽视了命运的偶然性带来的猝不及防的杀伤力。在文学叙事里，您是如何平衡事物的偶然性和必然性之间的关系的？

周：我很早就从生活里感受到了偶然性事件的厉害，所谓命运的起伏，其实就是偶然性事件对正常生活的破坏。我们每个人都要过完一生，这是生命的必然性。但这一生的长度、宽度和厚度却是由偶然性事件决定的。作家的写作，如果只展示人生的必然性，关注的人不可能很多；只有把偶然性事件对人生的影响展示出来，才能引起读者的兴趣，才能写出一种命运感。

张：在《安魂》当中，有着大量的关于哲学、宗教、自然科学、艺术问题等方面的讨论，并在生死这个终极问题上相遇，小说的结尾"儿子"对即将见面的天国之神想要问的最后一个问题是："我的父母他们何时能来天国和我相聚？"这将作品的主题最终归结到了家庭伦理上，特别是对于亲情的重视，带有强烈的以血缘和宗亲关系为代表的东方文化的精神特质。这是否也体现了您个人的价值观呢？

周：血缘纽带是人类凝聚在一起的一种重要黏合剂。中国十几亿人，之所以能共同生活在华夏大地上，需要很多种黏合剂，血缘宗亲关系是其中一种，其他的还有友情关系、乡情关系、部族情关系、民族情关系、同文同种情关系等等。血缘宗亲关系是最基本的一种黏合剂，它把人变成团；再有其他关系的黏合，团与团联系起来变成群；再加上其他黏合剂的作用，群与群相联系变成民族和国家。没有血缘关系的黏合，人群会变成散沙，人会更加孤独。这是我的价值观的内容之一。

张：在您笔下创造了一系列的女性人物形象，这些女性大都带有温暖的色调，基本上正面的居多；在描写男性时，主人公则往往负面因素更多。到了近期创作的《安魂》当中，出现了一个叫小韵的女性，作为周宁的第二个女朋友，其人虽然外貌尚可，但看到自己的男朋友患上重病，就马上退却了。这是否也意味着您在叙事当中对于女性观念由理想化向着客观理性方面的转变？

周：我原来的女性观念是有些理想化了，由于在童年和少年的记忆中，女性一直给我一种温暖的感觉，我也因此把女性看作善和美的化身。故我过去在写到女性时，愿意把赞美和歌颂给予她们。随着年龄和阅历的增加,我看见了女性人群中一些不美、不善甚至丑陋的东西,这让我很难受,也让我原来的女性观念发生了变化。这样一来,我再写到女性形象时,就会理性一些了。

张:在《安魂》里的父子关系充满了温情,但父亲对儿子的爱情婚姻到职业选择都全面干涉,这就属于传统的父子关系类型。在《第二十幕》里,尚家历代父子之间的关系均是生冷和坚硬的,尚家人为了家族利益不惜牺牲父子之间的亲情。这两种父子关系的伦理基础是什么?您认为理想的父子关系应该是怎么样的?

周:在我的内心里,一直认为对儿子最大的爱,就是把他培养成一个事业有成、能为家族争光的人。《安魂》和《第二十幕》里的父子关系虽有不同,但都是建立在这种认识基础上的。这中间,根本没有考虑儿子的感受,没有考虑他作为一个独立的个体的兴趣、爱好、志向、愿望,没有考虑他的感情。这其中潜藏着一种伦理认识:你的生命是我给的,你应该照我给你设计的路走,去延续我的生命。理想的父子关系应该是像朋友那样,平等相待,相互理解尊重,彼此体贴宽容。

张:2013年8月,您和夫人一起在家乡邓州捐资100万元设立了周宁助学基金,用于奖励和帮助邓州市每年升入大学的贫困学生。世界文豪列夫·尼古拉耶维奇·托尔斯泰虽然身为贵族,却力主废除农奴制和土地私有制,强调个人道德和自我修养,反对暴力革命和战争,宣扬博爱和自我修身,试图从宗教、伦理中寻求解决社会矛盾的方案。正是因为托尔斯泰的仁慈与悲悯,使得他的作品充满了人性的光辉。您的作品在审美追求上是否与托尔斯泰存在着一致性的方面?

周：列夫·托尔斯泰在思想上和创作上都给过我很大影响。我十八九岁时开始读他的书，他的《复活》《安娜·卡列尼娜》和《战争与和平》给青年时期的我留下了极其深刻的印象。他关于爱一切人的主张和他作品里蕴含着的悲悯情怀让我深深感动。我们每个人活在世上都不容易，应该互相伸手相助。

张：您的长篇小说《湖光山色》当中塑造了一个美丽大方，充满了自由独立精神的农村新女性形象——楚暖暖。在楚暖暖和丈夫旷开田通过经营旅游产业带动乡亲摆脱了农耕的困扰后，她感到了一种摆脱了土地牵累的轻松以及由于商业带来的财富积累的自豪感。但是，随之而来的是更多的困扰，失去了土地的农民在市场经济带来的物欲泛滥里感受到了土地作为牵绊的重要性。农民与土地的关系，传统与现代的冲突，在暖暖眼里有着非常明确的价值判断，她是不妥协的。您觉得暖暖这样的价值伦理当中，是否缺乏了一种折中的可能性？或者说，对于更多的矛盾性的事物，作家应该采用什么样的方式来处理事物自身所具有的更为广阔的含混地带？

周：楚暖暖只是一个在北京打过工的乡村女性，只上过高中，她的阅历和学识水平，使她的眼光和行为不可能不受到传统农耕文化的限制，尤其是在面对颠覆性的社会变化时，她不可能应对得从容裕如。也许，待她的女儿长大以后，对于更多矛盾性的事物，会处理得更好一些。可我担心，我已很难看见并描摹她女儿一代的风采了。

张：应该说，您大部分的人生时光是在军旅当中度过的，军事题材的小说创作自然也是不可或缺的。在长篇军事题材小说

《预警》当中，您描述了一个惊心动魄的反恐故事，身居要职的大校孔德武可谓文武全才，在紧张忙碌的工作之外，还在写一部名为《现代战争的预警》的书，最终将他卷入旋涡的恐怖分子，其反社会的动机在于受到了社会的不公正待遇，地方政治上的一些弊端导致了军方人员遭受到恐怖分子的威胁。这部小说从侧面反映了在党政军的体制下，三方协调一致的重要性，任何一个方面出现问题，都会为国家安全带来隐患。能不能谈谈您创作这部小说的出发点？

周：进入21世纪以后，人类社会出现的最大一个变化，是恐怖事件频发。也就是把手无寸铁毫无过错的平民，尤其是老人和孩子作为袭击对象，这是对人类文明发展进程的反动。俄罗斯别斯兰一所学校遭恐怖主义分子袭击导致很多孩子的丧生，给了我很强的刺激。不管袭击者有多少理由，这种行为都应该遭到谴责和反对。这类恐怖袭击事件逐渐由中东、车臣向世界的其他地区弥漫，我们国家也未能幸免。我写这本书，一是想提醒人们尤其是军人们，在精神上做好应对恐怖袭击的准备，去捍卫人类文明的成果，这是一场新的战争。二是想提醒人们注意恐怖主义分子的滋生土壤——腐败。腐败也会诱发恐怖主义分子的产生；腐败，也是繁育恐怖主义的温床。

张：军旅生活跟地方之间会有根本区别，军人的身份是特殊的。马克思指出：国家是一个阶级统治另外一个阶级的工具，军队、警察、法庭、监狱等专政机关都是国家机器的重要组成部分。而其中军队的职能更为特殊，除了对内的专政职能之外，还担负着维护国家领土和主权完整的对外职能。大多数军旅题材的文学作品只是反映了其中的一个方面，您的长篇小说《战争传说》就对这两个方面都进行了充分的表述。《战争传说》还描写了不可预测的神秘的偶然因素，对战争进程带来的影响。您是怎么理解军人的特殊身份的？您认为中国当代军事题材的创作当中存在哪些问题和不足？

周：军人这个身份，要求其必须具有牺牲精神，就是说，一个人参军之后，就必须做好为国家做出牺牲的精神准备。平时，是牺牲与家人团聚的时间、与爱人在一起的幸福；战时，你上了战场，肉体随时都可能伤亡消失，对此，你不能有任何怨言。这是你选择从军这份职业的前提。一支军队，通常都是一个民族中最富牺牲精神的人组成的。《战争传说》这部书，主要不是在写军人，而是写战争对普通人生活造成的巨大影响，写普通人对待战争的态度变化。很多历史小说写到战争时，多是写战争中的统帅和将领的故事，我写的却是普通参与者的故事。

当代军事题材的创作存在的主要问题，我认为有三个：一是在写历史上的战争时，没有新的思想发现，没有给人提供新的思想启迪；二是在写现实军营生活时，自划禁区，不敢去表现应该表现的东西，批判性不强；三是缺乏对未来战争的想象性描绘，想象力不足，美国早就出现了对太空战的想象，我们却少有这样的作品。

张：在《第二十幕》和《安魂》当中，都出现了人物故意对事件的真相进行隐瞒的情节，而且这些隐瞒均有可能带来相应的严重后果。这是否也和您作为一名职业军人长期养成的保密的职业习惯有关系？作为一名军旅作家，长期的军营生活对其性格的塑造是否会影响他的创作呢？比如来说，军营当中下级对上级命令的绝对服从会否带来思维的单一性？您是如何处理这方面的问题的?

周：军人养成的保密习惯，与小说中人物隐瞒事情真相的情节设计，完全是两回事。那两部小说中出现的隐瞒真相的情节，是我从生活逻辑和艺术要求出发设计的，与军人的职业习惯没关系。军人的服从是一种纪律使然，根本不会造成思维的单一性，其实，恰恰是军人这种身份，要求其思维必须全面而严谨，战争在某种意义上，就是交战双方在智力和思维能力上的大比拼。我不会让军人的职业习惯来影响我的创作设计。

张：作为中原作家群的代表性作家之一，您觉得当前的中原作家创作状况如何？

周：我觉得中原作家群的作家们，像咱中原种庄稼的老百姓一样，都在一季一季辛勤劳作着，没有谁在偷懒。大家都希望自己能写出好作品。应该说，与其他地域的作家相比，中原作家群的收成很不错。二十世纪四五十年代出生的作家，自动停笔退出创作的还没有；六七十年代出生的作家，正处在喷发期，几乎每年都有好作品发表；八九十年代出生的年轻作家也已渐成阵营，有的在全国已崭露头角引起注意。我对中原作家群的未来充满信心。

张：您有四部作品被改编为电影，五部作品被改编为电视剧，四部作品被改编为戏曲和广播剧，并且引起了相当大的反响，对当代社会大众文化的发展起到了一定的影响作用。在严肃文学处境艰难的情况下，您的作品传播范围广泛，能和大众文化结合起来，这其中是否和您的创作观念有某种关联呢？

周：严肃文学作家不要拒绝影视、戏剧改编者，因为借助影视戏剧作品，可以让严肃文学作品为一般人所知道。如今，生活节奏加快，人们读书的时间明显减少，可人们一旦知道某部影视作品是由哪部书改编的，他们就又会去找来原著阅读。实际上，影视戏剧作品成了严肃文学作品的广告。我们不必担心影视戏剧作品抢了严肃文学作品的风头，其实，改编者从严肃文学作品里拿走的，不过是一点故事和几个人物形象，其他的，他们拿不走。

张：您心目中是否有一个理想读者的形象呢？

周：我心目中的理想读者就是我自己。我通常写完一篇作品后，会放一段时间再去看一遍，如果我读时它不能令我感动给我美感，我就会再修改。我的作品是按我自己的口味写的。我没想到去适应哪类读者。

张：在今天，文学研究和创作之间的联动存在一些不足。您是否关注文学评论？您在创作上会受到文学评论的影响吗？

周：我很爱读文学评论。我认为文学评论家是专业读者，也是层次最高的读者，他们的阅读反应——文学评论文章——对作家是有启示意义的。评论家的文章一般分三类，一类是对一个时期或一种文学现象进行评说的；一类是对一个作家的创作进行专论的；再一类就是对一部作品发表看法的。这三类文章中，我爱看的是第一类和第三类。我自己的每一部新作品写出来后，开笔前的自信会在漫长的写作过程中消失殆尽，心里会很忐忑：这样写行吗？当最早的读者——编辑的回馈到来后，自己会稍松一口气；此后，就特别想听到评论家的阅读感觉，看到他们的评论文章，得到他们的肯定，我才会放下心来。

张：您对自己目前的创作满意吗？2014年您的《安魂》的阿

拉伯语版正式向阿拉伯国家输出,《湖光山色》《21大厦》等率先签署了阿拉伯语版权协议,您最希望阿拉伯国家的读者从您的作品里获得些什么?

周: 我在创作上与同年龄段的作家相比,还有很大差距。我会继续努力,争取能写出好作品。但上天给我的时间可能不多了,尤其是写长篇小说的时间会更少,我得抓紧时间了。

我希望阿拉伯国家的读者能从我的作品中了解当今中国人的生活境况,感受中国人的爱与忧,看到人性的奇妙和复杂。阿语读者虽和我生活在不同的地域里,使用着不同的语言,但我相信他们能读懂我的文字,能理解我笔下的中国人在追求幸福和美好生活过程中所经历的一切。

战争是一种最血腥的动物
——再答张延文先生

张：俄罗斯作家托尔斯泰描写战争的文学巨著《战争与和平》，以1812年俄罗斯卫国战争为中心，描写了自1805年到1820年间，俄罗斯社会的全景，其中人物多达五百五十九个，自上层社会到底层民众，以史诗般的笔触详细刻画了在大的社会事件当中人物的命运，并通过战争的描写，来揭示人类社会进程当中存在的大的利益集团之间的权力斗争。托尔斯泰出生于1828年，《战争与和平》创作于1859—1869年之间，他是如何做到对于历史事件的还原，特别是细节上，如何才能做到客观真实？

周：我没有考察过托尔斯泰创作《战争与和平》的经过，但我偶然从一些资料上看到，他为了创作这部作品，曾去过当年俄军抗击拿破仑大军的战场现场察看，去拿破仑军队进攻和撤退的路上走过，查阅过大量关于1812年俄罗斯卫国战争的档案资料，还访问过一些人，然后他依据这些展开自己的想象和虚构。小说不同于史书，它有作者大量的主观参与，是艺术地再现战争。托尔斯泰自己当过兵，在细节上依据自己的生活积累去展开想象，就能达到一种逼真的效果。

张：1851年托尔斯泰在高加索地区参军，在1852年参加过战斗，并在此期间开始发表文学作品。1854年，托尔斯泰被调往多瑙河战线，并参与了克里米亚战争中的塞瓦斯托波尔围城战，在此期间，他写出了包括《少年》《青年》和《塞瓦斯托波尔故事集》等作品。多年的军旅生活，为托尔斯泰的小说创作带来了奠基作用，《复活》里的主人公，也是一个军人。可以说，战争对于小说创作来说，是可以起到正面影响的。中国自晚清起的一百多年里，可谓战火纷飞，应该可以创造出伟大的文学作品，但纵观现当代的文学发展史，却很少发现真正有分量的战争题材的文学作品，您认为这其中的问题主要出在哪里？

周：题材不是考量一个国家文学作品成色的唯一标准，甚至不是重要的标准。关键是看作家透过题材所表现的人性深度，和对社会生活的思考深度以及对人与自然关系的认识深度。托尔斯泰已经把战争文学推到那样的高度，其他作家避开这种题材选择其他题材去创作也是应该的。当然，中国应该有自己的优秀战争题材小说，过去没有，不等于以后没有，也许，现在就有作家在自己的书斋里潜心写作哩。这一百多年来没出现伟大的战争题材文学作品，是一个遗憾，但我们有其他题材的优秀作品。

张：您提到了军人的牺牲精神，这一点非常重要，事实上，虽然大家也都明白军人负有保家卫国的天职，军人也被誉为"最可爱的人"，然而，对于这个群体做出的牺牲，往往局限在战场上的流血牺牲，却很少在意军人抛妻别子，离乡背井，默默地日常奉献。在和平年代，这却是军人生活的常态。军营里男女比例严重失调，军人不能享受正常的自由空间，这些，都不是一个普通人能够理解和承受的。在您的作品当中，描写了不少这样的军人，比如您的中篇小说《碎片》，描写了和平时期的军营生活，驻守在青藏高原唐古拉山输油泵站的上尉虞西鸣，忠于职守，为祖国的国防事业献出了自己年轻的生命。这样的创作，对于新时期军人形象的塑造起到了正面作用，可以让社会公众更多了解今天军人的生活。您描写的这名军人，在日常生活当中，是否真的存在原型？

周：20世纪90年代中期，我和一批作家去了一趟西藏。那时没有火车，我们是坐汽车沿着青藏公路走的。那是我第一次进藏，第一次上高原，第一次尝到缺氧的滋味，第一次体验在高原当兵的不易。我们沿途吃住在兵站，看到了官兵们在艰苦条件下生活的境况，也听到了一些官兵因在高原当兵而致恋爱失败和离婚的故事，于是，就创作了这部小说。虞西鸣这个人物是虚构的，但他身上，有战斗在青藏线上多位军官的影子。他是一个高原军人的代表。

张：作为军人的虞西鸣，他的很多行为和时代社会文化主题并不合拍，甚至有的是逆着来的。比如，市场经济社会，他周围的同学和朋友，都在想办法去升官发财，享受生活，而他则从来不计较个人得失，屡次放弃改变生活处境的好机会。在社会文化语境出现变化的情况下，这属于个案呢，还是基于军人某种特质的艺术性处理？

周：在我们的军队中，的确存在着不少贪污腐败分子，但更多的，是一些识大体顾大局爱国家爱民族的血性男儿。他们中不少人真的是以国家利益为重来做人生选择的，我们这支军队之所以还能令敌人胆寒，就是因为有这部分人存在。虞西鸣的行为，当然有艺术需要的理想化的处理和设计，但也不是没有现实生活的依据。我们这个民族，历来都是既有叛徒，也有斗士；既要混世者，也有实干家的，要不然，怎还能屹立在世界的东方？！

张：您提到了《预警》创作的目的之一是提醒人们注意恐怖主义分子的滋生土壤——腐败。腐败会诱发恐怖主义分子的产生，也是繁育恐怖主义的温床。而近期在反腐败的斗争当中，从军方抓捕了包括徐才厚、谷俊山等"大老虎"，徐才厚更是位高权重，曾任中央军事委员会副主席，上将军衔。这部小说的创作比军中反腐要早，可谓有一定的预言性。文学作品对于社会现实的关注和批判，也是当中的一大作用。但相关的作品可谓凤毛麟角，这也从另外一个方面证明了《预警》在当代军事题材小说创作当中的独特价值。当然，您也提到了军事文学创作当中存在的画地为牢，作家不敢表现应该表现的东西，既然军中存在这么多问题，为什么很少有军旅作家去创作相关题材的文学作品？这种不敢的现状是否可能会被打破呢？如果有这样的作品，会不会对今天的反腐败斗争起到正面作用？

周：这种不敢写的现状肯定会被打破。应该是要不了多久，就会有更多的反腐题材的作品被创作出来。社会上发生的重大变化，最终都会在文学上反映出来。

张：您提到的当前的军事题材小说，在写历史上的战争时，没有新的思想发现，没有给人提供新的思想启迪，这个我深以为然。您的《战争传说》，显然就是一种突破。《战争传说》以明朝的一件大事土木堡之变为原型来展开叙事，明英宗听信宦官的谗言，不顾大臣的反对，仓促应战，御驾亲征，结果全军覆灭，明英宗也被俘虏。这个故事本身具有传奇性，同时，又牵涉民族之间的问题，属于敏感题材，处理起来是有相当大的难度的。但您的这部小说，可谓独辟蹊径，以一个瓦剌派到明朝的女间谍的人生经历为视角，从人的情欲、权力等角度来切入，从人性的角度来重新打量历史，为我们提供了认识历史的新路径。您是如何想到来创作这样一部长篇小说的？

周：有一段时间，我对写和平年代军营生活没有了激情，于是就把目光转向了历史，转向了历史上的战争。在战争规模上，当年瓦剌人和明王朝之间的战争规模是相当大的，于是我就决定写这场持续时间很长的战争。怎么写？过去的历史小说在写到战争时，多是写将帅们的指挥过程和他们的生活，目光是由上向下看。我则只想写战争中普通人的生活，写普通人怎样被卷入战争以及战争对普通人生活的影响，我要由下向上看。于是，就有了《战争传说》这部小说。

张：您提到了军人是需要斗智斗勇的，思维必须全面而严谨。在传统文学当中，以《三国演义》《水浒传》《封神榜》为代表的反映战争的长篇小说，对于后世的影响都非常大，在今天，仍然具有非常强的艺术生命力，这三部作品，被一再地改编成影视剧，为观众喜闻乐见。其中的很多人物形象深入人心。军事战争题材的小说，由于涉及非常广泛的社会生活，在反映宏观叙事当中，应该说是具有一定优势的。当代文学里，好像缺乏具有高度涵括力的作家和作品，广受赞誉的陈忠实的《白鹿原》，也只是描写了大时代的一角，而且，就其创作来说，反映出的男权思想非常严重。您觉得这其中的原因何在？您有没有打算去创作一部史诗性的军事题材的长篇小说？

周：没有，我没有这种打算。上帝给我的创作时间不会很多了，我要把我想写也有激情写的作品写出来。人一生能做成的事情并不多，我还是做我能做的事情吧。

张：您提到了当前的军事题材小说创作当中，缺乏对未来战争的想象性描绘，想象力不足。您的中篇小说《平安世界》就是一部军事题材的科幻小说，这部小说虽然描写的是未来人类社会的生活，其中却没有西方军事题材科幻小说的充满了梦幻与炫技式的描写，比如像《星球大战》《星际迷航》等系列故事。相反，在这部作品里，更多的是日常人的喜怒哀乐，特别是情感世界的核心——欲望。《平安世界》涉及的战争，是日本对中国曾经发生过的侵略，提及战争也是以对和平的追求为宗旨的。您曾经亲历战争，为什么很少直接描写战斗生活？在您的作品当中，我们可以清晰地发现很多和当前社会科学技术发展相关联的内容，您是否经常关注当前科技革命的前沿动态？

周：我的确很关注科技革命的前沿动态。搞哲学的都需要关注科技的发展，何况搞文学的？科技革命的推进，很快就会影响到人们的日常生活，并最终影响到人们的精神世界。文学要表现人们的生活，要展示人的精神世界，要给人的心灵以影响，作家当然应该了解科技的发展情况。我们中国人可能受文化传统的影响，习惯回眸历史关注当下，关心眼下人们活得怎么样，这当然没错，但也应该有注目未来的习惯。科技的飞速发展，会给人类的未来带来翻天覆地的变化，提前关注了才不会造成震惊和失措。

张：谈到今天的军事文学，整体上来说，还算是比较繁荣的。在20世纪80年代初，围绕着对越自卫反击战，出现了大量的反映战争生活的小说，其中李存葆的《高山下的花环》引起了强烈的社会反响，这部小说对于战争的全过程都有精彩的描绘，揭示了当时存在的诸多的社会问题。由这部小说改编成的同名电影《高山下的花环》放映后，好评如潮。今天的银幕上，流行抗日、谍战等题材的影视剧，叙事粗糙，情节离奇，离艺术真实很远。一些由经典的战争题材小说改编而成的电影，比如由曲波的《林海雪原》改编成的《智取威虎山》，影片特技很炫，还设计了穿越的镜头，您是如何看待这一类影视剧的？如何才能做到对军旅题材影视剧的规范，同时又吸引观众的目光？

周：对军旅题材影视剧不能规范，而应该更加放开，鼓励各种实验，让创作人员充分张扬自己的想象力和表现力，允许失败的实验。这样，才有可能出现大作品、好作品。越不加约束，创作人员的心态才能越放松，才能出现好作品。出现了不好的作品，电视台不播就行了。

张：传播对于文学作品来说，是实现其价值的重要手段。在互联网、移动通信为代表的媒介融合的大环境下，以纸质书籍为代表的传统的传播方式局限性越来越明显，我看到您的部分作品，在网络上传播得很多，这固然是好事情，可以扩大您的作品的影响力，但不知道有没有给予您的作品以应有的电子版权方面的保护？

周：基本上没有保护。有些作品上网我并不知道，有的虽然签了合同，但网站也很少跟你结算稿费，实际上等于没签。我没有那么多精力来管这些事。

张：网络文学当中，有大量的军事战争题材的小说创作，在大部分的文学网站里，都有军事和战争题材的分类，这类作品也深受读者的欢迎。您有没有关注网络上的军事、战争题材的作品？

周：我偶尔会上去看一下，但不吸引我。也许是因为我在阅读上变得挑剔了。人的阅读时间是有限的，应先读自己最喜欢的东西，对自己最有启示意义的东西。

张：网络小说当中的军事、战争题材小说，除了一些传统的叙事方式外，还加入了网络的元素，比如发表方式上的每日更新、即时互动，内容上加入了玄幻、灵异、穿越、科幻等因素。2014年在魔铁中文网更新的南无袈裟理科佛的《苗疆蛊事》，曾经长期占据魔铁小说排行榜的前三位，这部小说对中国古代的历史进行了全新的叙述、阐释，加入了很多道教、佛教和巫蛊的思想意识，比如对夜郎国历史的描述，完全颠覆了原有的历史传统。这部小说还紧扣现实，将近年来发生的一些社会热点事件进行充满了玄学色彩的演绎，这会不会导致年轻一代中缺乏辨别力的读者产生不一样的人生观和世界观？您对此有何意见？对于中国的军事战争史，是否有重新认识的必要？

周：阅读内容对一个人的成长肯定是有影响的，我自己觉得年轻人还是多阅读一些中外经典作品。经典作品是经过时间淘洗和前人筛选过的，读了有益。主要的经典作品读完了再去读其他的包括网上的作品，那时你的判断力就会强了。中国的军事战争史，不同的时代不同的人可能给出不一样的评价，这都是正常的。过去的定论不一定都正确，我们在回首军事战争史时，要有自己的判断和思考。

张：当代文学的前三十年，军事、战争题材的小说创作占据了相当大的比重，其中，"革命"是这些作品当中最为重要的关键词。在这一类宏大叙事的作品当中，涌现出一大批长篇小说，这些作品，在今天几乎已经乏人问津，年轻一代的读者也很难接受当中那些充满了意识形态斗争的思想和认识。年轻人对公共话题越来越淡漠，对政治等热点问题甚至某些年轻人会有一定的抵触情绪，这好像也不大正常。特别是"90后"这一代人，具有很强的自我意识，作家是否有能力通过富于时代感的宏大叙事作品来提升年轻人的集体主义的民族情感？

周："90后"具有很强的自我意识这是好事，这样遇事就会独立思考避免盲从。当然，民族情感、国家意识是必须要有的。应该倡导作家创作张扬爱国主义精神的优秀军事题材作品，用这些作品去影响年轻人。

张：传统的文学创作，在当前越来越远离公众视野，虽然为人民写作成为今天主流社会宣传的热点，也仍然无法遏制这种下行的趋势。像路遥的《平凡的世界》这样经典的当代文学作品，一度也曾被冷落，在改编为电视连续剧后，重新进入了公众视野。《平凡的世界》当中的一个重要的主题，就是在一个社会转型期，年轻人如何寻找出路，实现属于自己的理想和追求。美国有一部著名的影片《阿甘正传》，1994年上映，这部电影改编自美国作家温斯顿·格鲁姆于1986年出版的同名小说，描绘了一个智商不高的小镇男孩福瑞斯特·甘，通过个人艰苦不懈的努力，纯朴善良的他，秉持着高贵的心灵，在风云变幻的美国社会的各个历史阶段，实现了人生的梦想！这是典型的"美国梦"，这个梦想属于那些正直、善良、自强不息的普通民众，没有什么是不可能的，个人主义和集体主义得到了完美的结合，并得到了全人类的认可和热爱。我们今天也在提倡"中国梦"，文学创作当然具有营造中国式的梦想的先天优越条件，但迄今为止，好像没有一部作品能够像《阿甘正传》这样深入人心，并得到国际性的认可。路遥的《人生》中的高加林，是灰色的主题，他的人生梦想处处碰壁。贾平凹的《浮躁》曾经获得过美孚文学奖，得到过国际性的认可，但其中的年轻人的梦想裹挟在欲望当中，在喧嚣扰攘的社会里，载沉载浮。您的《第二十幕》当中的南阳的一个丝织世家，经历了时代的风云变幻，充满了悲剧色彩，在壮烈的氛围里延续着破损的民族精神。英国导演丹尼·博伊尔曾经拍摄过一部《贫民窟的百万富翁》，故事改编自印度作家维卡斯·史瓦卢普的作品《Q&A》，讲述了印度贫民窟里长大的印度街头少年贾马勒参加了电视节目《谁想成为百万富翁》，最终实现了个人梦想的故事。其中充满了贫困、欺诈、暴力犯罪、政治歧视等等元素，而贾马勒的理想，也是在权力和金钱的压榨里挣扎。东方式的梦想和西方人的梦想是否存在着差异？我们的"中国梦"在文学作品里是否应该会有更为富于精神光辉的色彩呢？

周：因为文化背景的不同，中国人的梦想和西方人的梦想肯定有不一样的地方，比如很多西方年轻人，都梦想自己能在教堂里办一个庄重盛大的婚礼；而中国的一些年轻人，则是梦想能在高档酒店里办一个有许多来宾参加的热闹婚礼。但不管是东方人还是西方人，最基本的梦想内容是相同的，那就是获得幸福，尽可能多地获得幸福生活是全人类共同的梦想。

文学作品里怎样表现中国梦，寄望于作家的创造。要吸引世界读者来读你的作品，你写的梦应该是其他地域和国度的人也能认同和理解的梦，你的表现形式应该是最新颖的。

张：在未来的创作当中，您最想表达的主题是什么？

周：说不好，每一篇作品都不一样，而且需要保密。现在能说的只是：为了人类日臻完美。

张：对于学习写作的年轻人，您有没有阅读方面的经验可以给他们分享的？

周：我一开始也是乱读，见到啥书就读啥，那时候书少。现在书太多，你到书店里一看，那么多的书，有一种无从下手的感觉。我自己觉得一个作家阅读的书单，最初应该是中外的经典文学作品，看看前人、前辈作家是怎么写的；然后是读一点哲学、史学、心理学、人类学方面的名著，为创作做知识上的准备；接下来读一点翻译过来的当代外国文学名作，看外国作家的创作目前已抵达了什么前沿位置；最后是读一点中国当代已有定评的好作品，看看同时代作家是怎样表现生活的。总之，作家必须是不停地阅读，读得越多越好。

张：近年来，在文学期刊当中，军旅题材的作品所占的比例并不多，有没有加强的必要？

周：刊物发表作品，是看你写得好不好，而不是看你写的是什么题材，要想让军旅题材占的比例大，你必须写得好，人家才可能发表。

少忆痛苦才能活下去
——答孔会侠女士问

从南阳盆地出发

孔：周老师，很感谢您接受我的采访。记得之前您说过这样的话："故乡是作家生命和灵魂的根。她，永远是我创作的乐土，永远的精神栖息地。"事实上，作家与故乡的"童年经验"间的重大关联已经被许多作家和评论家反复强调过。我想，"故乡"成为您"生命和灵魂的根"的原因，就在于您珍贵的童年经历中。记忆中您的童年生活是怎么样的？有什么人事至今难忘并影响了后来的创作呢？

周：人的记忆是有选择性的，在我的童年记忆里，欢乐的事情记得比较清楚。最深刻的是两类：一类，是跟着大人们去田野里，在大人们劳作时我与小伙伴们一起玩闹游戏。田野里太好玩了，有太多可以吃到肚子里的东西，有太多可以找来当打仗武器的材料，有太多可以捉迷藏的地方，有太多可以追逐的小昆虫小动物。总之，那是一个太有诱惑力的去处。另一类，是母亲和村里其他女性对自己的爱和善意关照，我病后被远房姑姑背着上学，非年非节时婶子们送来的饺子，嗓子疼时二娘用土法为我治疗……让我觉得这个世界很美好。对田野和女性的这种记忆对我此后的创作很重要。

孔：前几天在网上看您以前在央视《小崔说事》的视频，您说您童年时也曾全身浮肿，连续十八天没吃过粮食。但相比你们同时代的作家，比如莫言、阎连科关于饥饿记忆的表达，您的文字好像很少表现这些煎熬和痛苦，也没有由此而产生与外在世界强烈而紧张的情绪力量，为什么呢？

周：我对痛苦的事情好像本能地不愿回忆，每当它要翻涌到记忆的表层时，我都想把它再按下去。这大概与我这一生遇到的苦难太多有关系，如果我不强迫自己忘记，如果我常去翻腾我遇到的苦难，我可能就活不下来了。也因此，我和别人不太一样。

孔：您的家乡属于楚地了，那里的地理、文化与河南大部分地区不一样，有什么独特特征呢？在那里的成长，与您以后认识世界的方式、价值体系的构成、精神气质的形成间，有什么内在因缘吗？

周：楚人多信鬼神，对命运的不确定性心存怕意，也因此，喜占卜算卦者多，神灵鬼怪的传说遍地都是；过去因为楚地水多，人的性格中强悍的一面也没有北中原的人多；过去因为战争频繁发生，物质的东西损坏太快，人们自然选择活命第一，对物质的东西包括居屋的重视程度都不像北中原的人。这些，可能对我都多少造成了影响。

孔：余华曾经说过，他每次写作都是一次还乡，即便是身在北京，也要放灵魂回到海盐的土地上，将人事虚构放进海盐的背景下。您对此有什么看法？

周：我认同这种说法。我写人，只有写出生于南阳这块土地上的人，才能写得自如和自信，也因此，我作品中的人物，虽然在北京和其他大城市生活，但我会让其出生于南阳，这样我写起来方得心应手。每次写作，都需重新回望故乡。故乡，其实是我的写作资源存放处。

"原型的力量特别巨大"

孔：周老师，您是劳动模范了，我在《乡土守望与文化突围》那本书的后边，看到编者总结的您的创作年表，作品实在是太多了。您早期写了很多军事小说，后来开始写故乡人事，这期间是七年的摸索期。我觉得《汉家女》这个短篇意义非凡，内容上写的是汉家女当兵后的部队生活，可这个人物的骨血却是农村妇女味儿十足。这个人物有没有经历上、性格上的原型？

周：汉家女这种性格，我熟悉的很多女性身上都有。我是把好多乡间女性包括后来我在军中认识的女性的言行集中到一个人身上，才有了汉家女。我的一个远房嫂子，就有这种敢作敢为的脾性，我在想象中把她送上战场，让她经历一番血与火，她就变成了汉家女。

孔：《汉家女》发表在《解放军文艺》1986年第八期上，然后1987年您就集中地将写作放回了故乡，一系列后来颇受好评并代表您风格的作品陆续写出。"汉家女"的写作是不是顿开了记忆之门，或者开启了一种写作方式？另一个写作世界被打开的同时，您表达的视角和基调由此形成。

周：你这样认为有道理。《汉家女》的写作让我一下子意识到除了我当下生活的军营和军人可作为我的写作对象之外，我还有更熟悉的乡村世界、有更熟悉的乡亲可写，我还库存有另一种写作资源。当这个资源库被打开之后，我觉着写得更顺心了。

孔：我最喜欢您的作品是两部，一个是《香魂塘畔的香油坊》，这部小说后来被改编成电影《香魂女》，获得了柏林电影节大奖，由此改编的河南豫剧也成了百唱不厌的经典曲目。二嫂这个形象是有原型的，您对这个原型既熟悉又充满深情。这个原型是什么样的？其他人物是不是大多也有原型？

周：村里有个远房嫂子，长得漂亮，心地善良，可惜很年轻就得病去世了，她给我留下了很深的印象。我小时候端个面条碗去她家门前吃饭时，她会拎出香油瓶，用筷子蘸一下瓶里不多的一点油，然后抽出筷子，让筷子上沾的油珠滴到我碗里。那时香油极其金贵，她的这种举动令我感到温暖，难以忘怀。当我写《香魂塘畔的香油坊》时，已经去世的她成了二嫂的原型，当然，小说中二嫂身上的故事大部分都是虚构的，是许多做小磨香油的女老板的形象集合体。

孔：尽管小说创作是作家由着自己的性情、价值观、理想而虚构出的完整世界，但这个世界的砖砖瓦瓦一定还是从现实生活中来，这个世界的搭建还是扎根在作家现实经验夯下的基石上。由此，原型的力量就十分强大，它对小说世界的渗透是决定性的。原型不仅是熟悉的人，还有熟悉的生活场景和必然的情感倾向和价值判断趋势。您在写作过程中，原型生活的作用也挺大吧？您是如何将原型生活的某些虚构进小说世界的？

周：原型在我的写作过程中，最初是真人站在那儿，然后我开始用笔朝她身上涂抹各种颜色，开始用文字当化妆品来打扮她，给她穿上各种衣裳,直到把她打扮成我喜欢的模样,让她立体地活灵活现地出现在读者面前。这时的人物与原型人物已相差八千里了。原型活动的场所最初是真实的,然后我让其逐渐模糊,在我的想象中不断变化,直到变成一种符合小说美学要求的场景,并在读者的头脑里呈现出来。

孔:我喜欢的另一部作品是《银饰》,这个中篇也被改编成了电影。《银饰》是您作品中非常独特的一个,它涉及了同性恋,那个爱穿女人服装、追着长工哥的少爷,呈现出人性的宽阔和驳杂,质地坚硬,张力弥漫。当时您怎么这么写起来?

周:很小就听大人们说到"二夷子"——乡间对同性恋的一种蔑称,听过许多关于这种人的故事。长大了,也亲眼看到过这种人,看到过他们的悲惨遭遇。于是就有了写这种人物的冲动。《银饰》中的人物和故事都是虚构的,但我对这种人的深切同情是真的。每个人只要来到这个世界上,就有活下去的权利,其他人和社会不能因为其性取向有异就剥夺他们的生命。之所以把故事放在银饰铺子里展开,是因为南阳当年的银饰业很繁盛,把故事放在那儿有趣。

"十分温暖地爱着"

孔:周老师您是特别让人敬重的一个人。无论生活给过什么,您都矢志不渝地坚持投射给世界和他人以爱。我知道您最喜欢的作家是托尔斯泰和沈从文,我想,托尔斯泰对您的作用是让您感受并延续了他爱的精神,沈从文的作用却是更多感受和态度上的契合。沈从文在《湘行散记》中提到最多的一个词语是"感动",

他有一段话这样写:"山头夕阳极感动我,水底各色圆石也极感动我,我心中似乎毫无什么渣滓,透明烛照,对河水,对夕阳,对拉船人同船,皆那么爱着,十分温暖地爱着。"这是如何似水柔肠的一个男人!您和他一样具有一副慈柔心肠,也善感地稍一动情就流泪,也对周围世界的万事万物"十分温暖地爱着"。"爱"是您与世界的关系方式,也是您创作的态度和动机。您能不能具体谈一下您从写作上逐渐接受托尔斯泰、沈从文时的过程和体会。

周:最早看列夫·托尔斯泰的作品是在当战士时,看的是他的《复活》。后来把他的《安娜·卡列尼娜》和《战争与和平》及其他作品都找来读了,他书中弥漫的那种对人的爱意令我感动。他关于"要爱一切人"的主张被我逐渐接受。他对我的影响主要是思想和精神上的。读沈从文的作品是在我开始写作之后,他写的湘西乡间、小镇、小城里的人物,所表现的湘西那块土地上的生活,与我所熟悉的底层社会的人物及豫西南南阳盆地里的生活非常类似,他对小人物的那种同情和悲悯态度非常契合我的心思,我一下子就喜欢上了他和他的作品。他对我的影响主要是教会了我该去写什么。后来读别人写的关于他的文章,方知道他也是一个感情丰富极易被感动的人,这一点的确与我比较相像。

孔:您心怀善意地写作着,让人感受到您温情脉脉地不断传送的"爱"的信息。在作品世界中,您常常让女性担负起"爱"的体现者,比如《步出密林》中的荀儿、《香魂塘畔的香油坊》中的环环、《湖光山色》中的暖暖、《汉家女》中的汉家女、《第二十幕》中的云纬等。而这些女性常常通过自然人性的质朴和美善来诠释您心中的"爱",它是您自然人性中的本能。我觉得您价值体系的核心是"自然",您将自然人性、自然物性、自然关系是置于超越社会人性、社会物性、社会关系之上的。您常常让女性在"爱"的自然本能中去保护和奉献，从而形成一种感染力量和价值归向，却让男人在趋名逐利的生存中日渐异化而成为您对人性理解的反证。这种反差与对比是故意如此设置的吧？

周：不是故意设置的，是不知不觉间就这样写了。这大概因为我是男性，对男性太了解了，对男性的人性异化状况太清楚了，所以就写成了这样。在这方面，母亲的影响也起了作用，母亲一生都在无怨无悔地辛苦劳作，她让我觉得女性一生所从事的建设性活动远比男性多，值得去赞美。

孔：您是男作家，却好像有着天然的"母性"情怀，特有意思。在日常生活中，您跟女性的接触还是要少于男性，您还去过前线见过战争，这种经历与您文字性情的反差挺大的。您怎么看自己的这一点？

周：这大概与我认识到了人的生存真相有关系。这世上的每个人，不管他出身于什么样的家庭，生活在什么地域与国度，一生干过什么，有多么不得了，他在这个世界上的生存周期也就百年左右，而且都要经历自身健康方面的、家庭的、族群的、社会的和自然界加诸的各种折腾、折磨、痛苦、烦恼，没有一个人是活得轻松、容易的。收破烂的人有烦恼，可英国查尔斯王子的烦恼和痛苦就少吗？你站在高处看人间，你不能不对每个人都心生怜悯。你只要一级一级地走到人生真相这座山的高处，耐心向下看，你就会看到太多的人生无奈，看到太多的人生烦恼，看到太多的人生苦痛，你就会不由得在心里悲叹，你就会生出一种母性情怀：这些孩子，哪个都活得艰难呀……

孔：您曾经多次表白自己的文学观点："作家该用自己的笔对人类的完美状态做出自己的描述，指出什么是完美的人，什么是完美的人类社会，什么是完美的人类生存状态，从而去吸引人们向那个完美的境界迈进。"您将写作理想当成了文学使命。那您有没有担心过对理想的过于执着会限制了对作品意义空间的开掘，从而局限了一个作家的可能性？

周：那大概是我一个时期的想法。时值今天，我的想法是：让读者读了自己的作品后，能有助于他们认识到，人活着的最大动力和最后目标是爱和被爱。爱和被爱的感觉与记忆，也是人在与人间告别的最后一刻能唯一拥有的东西。

孔：但我发现，您也正视了人性的复杂和时代变化带来的负面，这已经被许多人在论述《21大厦》《湖光山色》《安魂》等的时候着力阐述过。这些复杂的负面现象的认识，会带来对理想的怀疑或放弃吗？

周：人性是极其复杂的，我在写作的过程中一直在对人性的奥秘进行认识和探索，我过去认为人性是一个洞穴，现在觉得它是一个立方体。它本身就有阴暗的、可怕的、丑陋的内容，人类也因此处于不断完善自己的过程中。这些东西当你明白之后你就不会慌乱，不会对人类的未来失去信心，不会放弃改造社会的理想。

孔：在您的研讨会上，李国平老师用一句话概括您的写作，他说您的作品"暖色是主调，底色却是忧伤"。这让我感到一种共鸣。因为我觉得您从《汉家女》一路写来，凸显出的主题令人感动一目了然，但您内心深处有种来自命运感的忧伤，这种忧伤看似浅淡，实际上却始终没有被您有意追求的"爱"或"意义"所化解，它附着在您许多人物的身上，使他们或她们的故事在延展中有种无可奈何的凉意。您笔下人物的酸甜苦辣其实都是命运底板上的不同着色，这着色反衬出那底板的灰暗和质地的冰硬。可有意味的是：反过来，这命运的体验加强了您"爱"意的坚韧和贯彻于文本的信念。您自己如何看待命运？

周：命运是一只看不见的手给我们划定的生命轨迹曲线。那只手是谁的手？造物主吧。一个人面对命运所能够做的，只是抓住命运给提供的一些修改机会罢了。即使你抓住了修改机会，命运的基本走向是难以修改的，能修改的只是那条命运曲线的某些弧度。

一个态度分明的世界

孔：您文本意志态度分明，作品也相应是一个态度分明的世界。有些作品像是"一个刻意劝善的世界"，尤其是您最近的三部作品：《湖光山色》《安魂》《曲终人在》。您作品的主题趋向是有些单一化，但实际上您也并不回避地直面和关注着社会变化引起或恶化了的种种问题，人性的，生态的，精神的，文化的，道德的。先来跟您探讨一下《湖光山色》，是您回乡的耳闻目睹激发出了这部小说吗？您对作品表现出的乡村多方面的变化如何看？

周：如今的乡村在整个社会的变革背景下，发生了翻天覆地的变化。外在的变化是水塘、水渠少了，水体脏了；耕地少了，土地被污染了；年轻人少了，村子变成空壳了；垃圾多了，村子逐渐被垃圾包围了……内在的变化是人们觉得生活在农村没希望了，人们对土地和田野的感情越发淡了，种粮食的真正热情没有了，原先支撑乡村社会的伦理和规矩逐渐消失了，农民的精神之厦坍塌了，他们的心里有了一种惶恐感，原来的那种自给自足的安宁感不复存在了……我在乡间的走动中生出了深深的忧虑，于是有了这部小说。我想通过这部作品，让读者感受到乡村系着我们民族的精神根脉，要关注这里的变化了。乡村的这种变化，是在向现代生活迈步过程中必须经历的阵痛吗？我说不清楚。

孔：您写暖暖为了救丈夫而被詹石磴玷污，写汉家女为了成全要上战场的小战士而主动献身，写二嫂与任实忠偷情，这些都是超逸出传统伦理道德的行为，但是却那么动人，那么美。一方面，您在一些老人身上寄寓了对传统文化良性因子的钟情；另一方面也并不拘泥于此，让这些女性的魅力在社会伦理道德之外熠熠闪光。您写这些情节的时候，是并无顾忌地随着故事发展和性格的自然流淌吧？

周：是一种自然流淌。生活中究竟该发生什么，有生活的逻辑；小说中该发生什么，有小说美学的逻辑，我按小说美学的逻辑来做选择。人的哪种作为最美，哪种作为最能引起我的心灵悸动，我就怎样写。当那些女性的作为被我写出之后，首先会感动得我自己热泪盈眶。

孔：说到《安魂》，您用了对话体。这点我觉得挺特别。对话确实是打通生死两界的最好选择，但这样的表达也是思念的迫切延续和倾诉的缓解吧？

周：对。儿子生前我们经常对话，书中的对话是生活中对话的继续，只有这样才能把心里的话全说出来，才能把对儿子的思念表达出来，才能安慰儿子的灵魂和我自己。每部不同题材小说的叙述方式，都有一种是最合适的，我觉得《安魂》这部书这样叙述最合适。

孔：《安魂》中处处写虚有世界，但处处有实际社会行为的身影。你将生前善业或罪业与死后享域或惩域进行一一的因果对应，您通过民间伦理来让死者的世界秩序警示生者，是超越了一己之悲的人类性大关怀。这部作品贯彻了您对生命、生命的意义集中而深刻的思考，辐射面空前辽阔，写作过程中，前半部分和后半部分叙述不一致，出于什么样的构想而改成这样的结构了呢？

周：前半部的内容全部来自真实生活，但只有这部分内容不行，它安慰不了我，也让我的有些话无法说出来。所以有了后半部，这部分内容全部来自想象，我想通过这个部分把我对人来自何处、人活着何为、人最后去往何处等问题的看法写出来。有了这个虚构的天国，我才觉得心里真得了些安慰。但谁又能证明那个天国真的不存在？如今，在我的头脑里，它真的就在那儿，在等待着我过去。

孔：《曲终人在》这部小说，为何取这样一个名字？欧阳万彤这样一个人物，寄托了您什么样的社会政治理想？

周：最初的书名叫《曲终》，出版社的朋友觉得这个名字太沉重，后来就改成了《曲终人在》，它大概有两层含义吧，一是生命之曲终了，听众其实没有走远；二是生命之曲终了，逝者的精神还在。社会不管采用哪种制度运行，总是需要社会管理者的，这部分人的素质和境界，关系到社会上所有人的利益，我们有理由对他们进行关注和监督。不管哪种制度下的官员，如果他不自设做人底线，其实是都可以贪贿的。欧阳万彤这个人物，由于多种原因，算是中国社会里活得清醒的一个官员，与我心目中的政治家有些接近了。人们组成社会推出社会管理者的目的，是为了让所有人活得更好收获更多的幸福，一个人一旦不再承担社会财富的创造而只是进行管理，就应该倾其全力为众人谋福祉，而不是利用管理平台只为个人谋利。

孔：有人说您是真正的"文如其人"，是"好人"写出了"好文"。但2012年在南阳开文鼎中原颁奖会的时候，行者说作家在年轻的时候要不怕犯错误，要敢于做坏事，我想他其实是在强调丰富甚至芜杂的生命经验的重要性。您对这点怎么看？

周：我不赞同"文如其人"这种说法。为人要谦谨，为文可放荡。不要把人和文画等号。人写作时应该完全释放自己的想象力和生命经验。我也只是一个普通人，我这一辈子经历的、体验到的东西，我再写几本书也写不完，只是有些东西不愿写罢了。

孔：梁鸿在她写您的文章中说："你的做人原则在某种程度上可能已经妨碍了你的文学探索和思想的维度，这将是一个极大的陷阱和误区。"这就牵涉一个特别有意思的问题：作家的成就与局限性的统一关系。常常让作家成为如此的那些因素，反过来又是限制作家无法突破的束缚。您在写作中有没有这个困扰？

周：每一个人都在束缚中生活，每一个作家都在束缚中写作。束缚的样式是各种各样的，正因为这样，才出现了脾性、追求不同的人，才出现了写作风格不一样的作家。一个作家不可能挣脱所有的束缚，你只能做你自己。只有这样，我才能成为我，而不是与某个作家相类似的作家。

人都会寻找精神皈依
——答李女士问

问：纵览您的所有创作，小说取材似有一种变化趋向，即军旅——盆地——历史——乡村，是这样吗？

答：我的小说取材是在不断变化。取材时主要考虑的是对所表现的生活类型的兴趣大小，兴趣大，就写；兴趣不大，就不写。并没有预先的规划。创作更多的是凭心血来潮，对某一段生活有了冲动，心潮翻滚，创作就开始了。

问：您以军旅题材创作走上文坛，而以盆地小说成名。此后发表的《21大厦》《战争传说》则是城市题材和历史题材。而新近出版的《湖光山色》又回到乡土题材，写了当代乡村。您是否感到自己最擅长的还是乡土题材呢？今后的创作会在军旅题材方面开拓吗？

答：我出生于农村，对农民和农村生活比较熟悉，写乡村题材相对有把握一些，但谈不到擅长。我知道农民的喜怒哀乐，明白他们的饮食起居方式，更清楚他们在当下社会的地位，我希望自己的笔能给他们带来一点抚慰。但我的笔不会只停留在乡村。笔总停留在一处，笔下的文字容易减少激情。我的下一部作品就是写军旅题材的。

问：对一个人扔掉胞衣的地方——故乡，您深深依恋、怀念，多次强调故乡对您人生与创作的影响力，即使在《21大厦》里也是以乡下人的眼光审视都市生活。那么，您今后的创作还打算继续关注故乡吗？多年在城市居住是否会影响您对故乡当代生活的理解和把握呢？

答：我自然还会关注故乡，故乡和一个人的母亲一样，你虽然可以远离她，但你不可能不思念她，不可能不关注她的一举一动。我觉得一个人要想深切地认识和理解故乡，最好是离开她一段时间，到城市去，这样你在观察故乡时才能获得一种新的角度、新的参照系。就我来说，正因为我离开了故乡，当我重返故乡时，她的变化所给我的刺激才更强烈，我才能在大的政治、经济和文化背景下去理解她，把握她。有时候，离开是为了重返。

问：记得您在一篇文章里说过，您认为"世界上的绝大部分罪恶和苦难都是男人制造的"，因此"想把温暖的、深情的颂歌唱给女人"。从您现有的小说来看，绝大多数女性形象集美丽、刚强、善良于一身，相比之下，男性形象却更苍白、懦弱些。在传统男权文化观念根深蒂固的现实中，您是怎样做到始终书写女性命运的呢？

答：女性在我们的社会里，虽然政治地位和经济地位都有很大的提高，但由于长期的男权文化的影响，她们在文化上的地位其实不高，甚至有时候，女性仍然被当作玩味和玩弄的对象来加以表现。我喜欢书写女性命运，是因为我对女性充满着同情，是因为女性身上有着我们人类得以幸福生活的最重要的东西：爱和温情。

问：民俗是作家观照人生的重要手段。河南作家的作品中民俗描写非常突出，您当然也不例外，那么，您认为小说中的民俗描写会达到什么效果？或者说，民俗描写在实现作家与读者心灵的接近和沟通方面有什么重要作用呢？

答：每个人都生活在一定的地域里，每个地域的人都有自己的生活习俗，这种生活习俗就是民俗。民俗既是人生活方式的组成部分，也是影响人心灵的重要因素。小说家要表现人的生存方式，要展示人心灵深处的景观，不去触及民俗怕是很难完成这两项任务的。

问：在您的小说中总有一种神秘的东西反复出现，而且您说过小说就是制造神秘，写得越神秘才越有艺术魅力。由此我想到南阳与湖北接壤，而荆楚之地有尚巫重卜的传统，那么，荆楚文化是否对您的小说产生了影响呢？

答：我出生和成长的邓州地界，古属楚国，离楚国的第一个首都丹阳很近，应该说从小就受楚文化的影响。我们那个地方，尚巫重卜的风气一直存在，我小时候，一有病，母亲就要拿几根筷子放在碗中，看筷子能不能站立在碗底上，若能站住，就表明是有鬼魂来捣乱，就要祷告让鬼魂离开。一个生活在这种环境中的人，所写的小说有些神神怪怪的东西应该不足为奇。

问：您在创作手法上更多采用中国传统技巧，比如故事性、线性叙事等，在众声喧哗的当代文学语境里，您是怎么坚守传统的？您对现代主义技巧有何看法？

答：故事性是小说的一个重要特征。我曾专门写过这类文章。我觉得故事是小说区别于其他文学体裁的重要特征，比如诗歌、散文的特征主要是抒情。当然仅仅有故事不是小说，但小说离开了故事就失去了读者，读者很大成分上是喜欢故事性的。

我的小说不全是线性叙事。线性叙事是中国小说的传统，这与中国读者的阅读习惯和审美观相关联。但是都用线性叙事是单调的。我创作中也吸收了西方现代技巧，因为线性叙事策略对有的作品适应，对有的作品则不适应。现代技巧对传统的小说技法有发展，给小说家以启发，开拓了小说创作的路子。然而如果一味照搬西方的，就会走向另一个极端，我想，小说创作应根据中国人的传统习性和阅读习惯进行综合考虑，不要把什么都看成死的。

问：您新近出版的《湖光山色》用五行"金、木、水、火、土"结构全篇，由此我联想到您的《银饰》结构上用的是地支"戌、亥、子、丑、寅、卯"，您在设计这种带有中国传统意义的结构时，是怎么想的呢？

答：《湖光山色》里用五行来结构全篇，是考虑到人物命运和故事发展脉络正好是相生相克的情况。小说中一个故事和另一个故事相生相克。《银饰》叙述的故事是清末民初的故事，当时记事的方法经常用子、丑、寅、卯……小说这样结构是和传统的记事方式相对应。"五行"、地支都是和小说内容本身相联系的，我自己并没有太多的想法。

问：评论家把您定位为平民作家，您确实谦逊、朴实、不张扬，但这或许会造成许多读者不了解您的状况。您认为一个作家该如何面对市场运作？

答：我的作品大多数是写普通人的，做银饰的、卖绸缎的、打铁造锅的等等，都是普通的下层平民，这与作家二月河不同，他写的是皇帝，而我主要以平民生活为表现对象。

我想每个作家都面临一个如何面对市场运作的问题，因为书不炒作，往往卖不出去。中国的图书市场还很不成熟。即使有经验的读者到书店挑选书时也感到惶惑，因此，书店做广告宣传的书便成为好书。不成熟的图书市场和没有阅读经验的读者拥进书店，就有一个如何面对市场的问题摆在面前。一定程度上，在我国不会为钱说好的宣传还很少见。而没有钱做宣传的书并非没有价值，或者会更有价值。俗话说，好酒也怕巷子深。现如今每年一千多部小说的产量，如果不宣传就不好卖，这对实现书的价值是有妨碍的。

问：您的小说有多部被改编成影视剧并获得奖项，对于以阅读为媒介的小说作品转换成以视听为媒介的影视作品，您有什么看法呢？

答：小说改编成影视作品是件好事。因为现在人们很忙，读书的时间大大减少，随着读书时间的减少，读书人数在不断下降，现在一本书的阅读对象有两万人就不错了。但是小说一旦改编成影视剧，受众面就大了，因为年轻人喜欢看电影，经常看电视的人则更多。尽管在改编过程中，文学作品中独有的文字力量、审美技巧等不复存在，但能带来很大影响是事实。现在真正从事小说、散文写作的作家很难被人认知。另外，目睹图像比阅读文字来得快捷舒适，况且视觉社会的到来使人们不愿去找也难以找到读书所需要的相对安静的环境，因此小说作品转换成影视作品是社会发展的需要，只是一些思想负载量大的作品是很难被改编成影视剧的。

问：在如今视觉文化的冲击下，许多作家创作时考虑空间化视觉因素，而您的作品仍注重时间性结构。您是否认为视觉转向是大势所趋呢？

答：刚才已谈到观看图像相比欣赏文字给人带来的快感强、疲劳小，视觉转向已是大势所趋。然而在视觉文化席卷而来的情况下，靠文字来传达思考的读物仍有读者，这说明两者是可以并存的。至于我的作品仍用时间结构，是因为我觉得一味迎合读者不一定就可行，像我们这类已有固定读者的作家不应该轻易地抛弃自己的读者，也就没有必要全部从众，还是按自己的创作习惯或传统继续进行创作为好。

问：您曾坦言在现代作家中最喜欢沈从文，您能谈谈沈从文作品中最能触动读者或者最能吸引读者的是什么吗？

答：我在二十世纪八十年代初开始阅读沈从文的作品，感到沈从文作品里最能触动读者和吸引读者的是对普通人命运的关注和对挖掘至真人性的注重。他的创作与政治意识形态联系相对较弱，提出的问题都是有关进化、生存等人类自身发展的基本内容。比如其《丈夫》《边城》等作品，今天的人们去阅读仍能体会到人物的心理世界。他不从事政治化的写作，而是发自内心的一种表达，其作品里传达出的对人的关爱是人人都能理解的。

俄国的列夫·托尔斯泰与沈从文都对我的创作产生了影响。他们的作品皆传达出一种人间没有区别的爱，或者说就是爱一切人，因此即使对坏人他们也寄予了深切的理解。

问：那么，与沈从文有师承关系的当代作家汪曾祺，因其小说的风俗画、诗化特点而为人称道，您对他的创作怎么看呢？

答：汪曾祺的小说在二十世纪八十年代的文坛让人耳目一新。他把恩师的创作中最有影响的部分继承下来了。江苏高邮与湘西虽不一样，但汪曾祺与沈从文一样把地域人的生活状态展现出来，而且关注的对象也是普通人，如陈小手、明海等。只是汪曾祺的创作量不是很大，可能与他重新恢复写作后年龄偏大有关。然而，他虽然只有不多的几部重要作品，却已证明他确实是一位中国当代文学史上别具一格的作家。

问：作家创作往往都是从短篇小说起步的。您在《文集自序》中谈道：短小迅捷的短篇小说最应承担起反映当代生活的重任。但因当代生活的流动性使作家下手时更费思虑。从您目前的创作状况来看，已鲜有短篇的问世，内在原因是否与之有关呢？

答：是的，我最近几乎不写短篇，原因是自己感到我这个年纪有很多想法和人生感悟不是短篇能负载起来的，于是，我专注于写长篇，数量不要求多，主要想通过较长的篇幅把自己的某一发现、感受等通过人物塑造告诉读者。短篇小说一般写生活断面，很难展开故事，人物的生活也只有一个面，很难有历史感、命运感。另外，短篇对技巧性要求更高。总之，我觉得短篇应是一个年轻人所从事的事业。中老年作家更应致力于长篇的写作。因为中年人阅历较深广，并有了一定的创作经验，应该写出厚重的作品、大的作品来。可能有的人会反驳：鲁迅一生都没写长篇，难道不是一个有伟大成就的小说作家吗？但今天从世界文学范围来看，衡量一个国家的文学成就常常是看长篇。当然不是看数量，而是看质量。

问：宗教问题应该是很敏感的一个问题。在您的作品中涉及各种宗教,如佛道、基督教、萨满等,并且宗教似乎是人物命运中的救赎之道,如《第二十幕》中草绒在基督教中找寻心灵的安慰,左涛在佛学中找到安身立命之所。那么,您怎样看待作品中的宗教描写呢?

答:我的作品涉及许多宗教。因为宗教和人的生活密切相关,是人的一种精神需要,是人们寻找皈依、依靠,安抚灵魂的方式和办法。人类发展到现在仍然需要宗教安妥人的灵魂。终极关怀都需宗教来解决。我作品中的人物经受磨难、曲折,只有从宗教教义中去寻求安慰。作家作品涉及宗教是很正常的,写人物命运而不写宗教那才是反常。发达国家仍然依靠基督教义使人的灵魂安静,不发达国家用宗教来寻找心灵依托则是很正常的,作家写作就不可能不涉及宗教问题。人类发明宗教实在是一种高明的办法。如果没有宗教,则世界会更加混乱,尽管存在宗教间的冲撞,但所有宗教都是劝人向善的,其基本教义都是符合人类发展的。其核心都是要爱人,不要做恶事,要懂得赎罪。而所有伟大作家的创作目的都是关注人类的发展和生存,都是和教义相通的。

问:花十年时间创作的近百万字的三卷本《第二十幕》在您的创作生涯中有着重要的地位和意义。小说从1900年写到1999年,展示了百年历史风云。一位评论家在谈到《第二十幕》和《21大厦》里两个数字的寓意时认为是指二十世纪、二十一世纪,对此您认同吗?小说里的尚达志整整活了一百岁,是否也是某种象征呢?

答:《第二十幕》是我小说创作的一个重要作品,写的确实是二十世纪,用小说来证实二十世纪中华民族历经的磨难。尽管写的是南阳的几个家族,但表现的就是二十世纪的历史进程。这个世纪是中国人命运急剧变化动荡的时代。二十世纪初年,清朝腐败,民生凋敝,再加军阀混战,战争频仍,死伤无数,一直到二十世纪四十年代末,战事才算结束。可新中国成立后由于政策失误,很长一段时间内民众还在非常困难中生存。总之,这是一个多灾多难的世纪。虽然不容易,但中华民族还是坚持过来了。四大文明古国只有中国延续下来了,这与中国人的坚韧不拔的精神信念相关。《第二十幕》中的尚达志整整活了一百岁,确实是一个多难世纪的象征。

《21大厦》写的是二十一世纪初年,小说借用一个保安的眼光想把二十一世纪初年中国人的精神大厦表现出来,即慌乱、不安宁,不知如何向前走的精神状态。但是后来随着国家经济的发展,中产阶层出现,肯定有新的变化,所以不能说小说写的是整个二十一世纪,只是二十一世纪初年。

问:对"越是民族的,就越是世界的",您怎么理解?

答:人都是归属于一定民族的。生活在民族里的人,民族文化就决定着其生存状态。就文学作品来说,只有活灵活现表现民族文化,才能被世界人民欣赏,从而成为世界文化的珍贵存在。如果离开本土文化,就像现在某些年轻作家的作品,所描写的对象、叙述的方式、思想的表达等皆有外国倾向,虽为汉文字,但和美文、法文写出的那些作品几乎是一样的,致使其作品既不为本国读者接受,也不受国外读者欢迎。所以,只有把中华民族的心理活动和外部生活的情境真实地表现出来,才能成为世界文化遗产。

问:您曾宣布过自己的文学观是"为了人类的日臻完美",将来还会把此定为您创作的终极目标吗？

答：的确是我的创作目标。一个作家有一个写作目标是很正常的，赚钱是低档目标，大多数作家还是希望通过作品对人的心灵世界发生影响。这种影响可能是"润物细无声"的，但还是希望对人发生影响。我希望人生活得越来越幸福。回顾人类的发展过程就是不断向完美发展的过程。最初人类互相蚕食，战争中杀死全部俘虏，到后来对奴隶实行人道主义，吃人成为不道德规范被扬弃，人变得越来越文明。在这一发展过程中，科学教育起了重要作用，但文学也起了很大作用，文学教人唾弃什么、发展什么、完成什么。因此，我想通过作品唤醒人、感动人，让世界中温情、爱、美的东西更多。

问：您勤于笔耕，现已有六百万字的作品，这其中小说是主要部分，在如此数量可观的小说创作中，您感到最满意的是哪部作品呢？

答：长篇《第二十幕》，我很努力地去写了；中篇《向上的台阶》《银饰》较为满意。

问：您的作品不间断地问世，让读者感到您创作生活的充实和富有，在您的创作生涯中还有遗憾吗？

答：遗憾肯定有。传之久远的作品还未写出，我将努力抓紧时间去完成。

用小说去呈现中国精神大厦的内部景观
——答卢欢问

一、在题材领域上不断有新发现是作家创造活力的表现

卢欢：自1979年发表第一篇作品以来，三十多年时间里您创作了八部长篇小说、三十三部中篇小说、七十余部短篇小说，还有大量的散文等。是什么促使您走上文学创作道路的，并且以小说创作为主？

周大新：我当时在部队，凭着生活给我的那点东西来写作，不像其他作家在大学学习过，有宽厚的知识基础和文学准备。我一开始没有写文学作品，想写关于大地测量的专著，因为我曾是炮兵，学的是大地测量。可后来提了干部，不让做这个工作，就没有条件写了。后来，看到大家都穷，都吃不饱，我就又想写生产力和生产关系方面的论文，研讨中国生产力提高的可行性。论文寄给一家经济研究杂志，又给退回来了。当时我是部队的小官，身份没权威性，写了也没人看。

我这才开始想着写文学作品。起初也没想写小说、散文，而因为我从小喜欢看电影，就写电影剧本。我把剧本投给几家电影厂，只有一家给我回信说可以用，但还要修改。有的回信批判我的剧本有思想性问题。"文革"时期反思一些问题尚有禁忌，思想禁忌没有完全打破。一条路走不通，另外一条路还是走不通，这

时候又想写小说了。

我写作比较晚,走了很多弯路。我最初的信念就是要写一本书。为什么要写一本书呢?因为我老家南阳是中原文化和楚文化交接的地方,当地人对写书的人有天然的尊敬。一到春节,家家户户都要在墙上贴一张写有"敬惜字纸"的红色纸条提醒家人。只要纸片上有字,你就不能随便烧掉。这激发了我写书的狂热的热情,希望写出作品来让乡亲们觉得这个小伙子还行。

卢欢:转到写小说上,开始也有不顺畅的地方?

周大新:一开始写小说也没做好思想准备,想先写长篇。我动笔写了一部表现台湾老兵生活的长篇小说,因为在部队接触了很多这方面的资料。但是我二十几岁的年纪,显然不能把握五六十岁老兵的心理。写出来朋友们看后都说"这写的是什么东西?",这打击了我。之后,我又写短篇小说,在军区内部报纸上发表了一些。直到1979年,对越自卫反击战爆发,我深入到前线参战,有了灵感,写了《前方来信》,发表在《济南日报》。这算是我正式发表的第一部作品。

长篇写不通,短篇找到感觉了。其中一个短篇发表在山东的一个地区杂志上,还评了奖。再后来发在河南《奔流》杂志上的一篇小说同时被湖南电视台和山西电视台改编成了电视剧,这给我很大的鼓励。接着《汉家女》也评上了1985—1986年度全国优秀短篇小说奖。从那以后,我感觉自己可以专干这个事情,要求进部队的创作室。从此我就有专门时间写作了,从当官的规则中脱离出来,自由地读书、写作。

再后来,我去了鲁迅文学院的短训班学习了半年时间。我从济南到北京,接触到那么多作家评论家,接受了很多新鲜的东西,跟来自全国各地的同学切磋争论，眼界一下子打开了，关于写什么、怎么写都得到了新的启发。这种系统的文学教育对我后来的创作很重要。在这期间，我开始写长篇《走出盆地》。毕业后两年，这个作品由百花文艺出版社出版了。这样一来，短篇中篇长篇我都有了，写作的信心更足了。

我是一个比较笨的作家，写得比较慢，经常很长时间就在一个水平线上徘徊，再往上走一步都非常艰难痛苦。我走得很慢，走一段时间要停顿一下，需要长期读书准备，才能自我感觉慢慢提高一点。

卢欢：成名之后，获得了家乡人民的尊重，也找到了适合自己的创作方向了，依然源源不断地创作的动力是什么？

周大新：当获得些名气、稿费这些东西之后，我继续写下去的动力就是倾诉，把心里想的东西告诉我的乡亲们。那时候我在全国到处走，看到外面的世界远比相对封闭的家乡南阳盆地精彩。我意识到的东西，乡亲们还没有意识到。我希望把自己的所见所思通过作品传递给乡亲们，给他们一点启蒙，或者叫提醒。这是相对高尚一点的愿望。

所以，我写了"走出盆地"系列小说。再后来，随着年龄的增长，读书的增多，思考的深入，还有随着我的人生的展开，各种苦难和灾难来临之后，我体会和感受到的东西、想写的东西就更多了。我想把自己关于人生、社会、人与自然的关系的思考表达出来，希望更多人能从我的作品里得到启发，或者说得到精神抚慰。这也算一种社会责任感或者类似的意思。

卢欢：有人说，在您的创作履历中都有一条清晰的主线，那就是关注现实动态,关注人在超越现实困境的过程中所做的努力。这是您一直坚守的吗?除了现实主义之外,您还寻求过哪些突破?

周大新:是的。我关注当下的生活。我也写过历史题材的作品,那同样也是为了给当下人们提供一些精神影响。我也尝试过突破。我们过去的文学传统,我研究过了,有些确实需要继承。但是,今天生活发生了很大变化,读者的阅读习惯也发生了很大变化,你如果还是完全用传统的写法,不但不能把你所想的东西完全表达出来,还会失去读者。读者不读你的作品了,你想传达的东西也不可能进到他心里去。对写什么心里有数了,可怎么写,怎么用非常现代的表现技巧表达出来,这成为折磨我的很重要的问题。

我们常说作家一定要创新,要写得跟别人不一样,而且不要重复自己,这一部作品跟上一部相比必须有所创造、超越。这个真要做到其实非常难。我常常读外国古典和现代文学作品,读我们中国的古典文学作品和现当代作家的作品,就是期望找到适应自己,同时又能把当下生活写出来、让读者接受并喜欢的表现形式。

卢欢:在传统的乡土小说之外,您还有谍战军事类、都市社会类的小说,有的作品还充满浪漫主义色彩。能举例讲讲您心目中哪几部算是偏离主线的异类作品吗?

周大新:异类的东西肯定有,像《战争传说》,写明朝的一场战争。我当兵这么多年,好像都没写过长篇战争小说,所以就想把我关于战争的思考写出来。当时选定了瓦剌人与明王朝的战争,规定自己的写法必须跟其他历史小说家不一样。他们往往写江山,写皇帝、将军运筹帷幄,指挥战争怎么打。而我是从下层的、被动卷入战争的一个癫狂的人写起,写普通人对战争的感受。这样,视角不同了，对战争的感受也就完全不一样，叙述方式也不一样。

现在，文学界有一种理论说，一定要在一个地方掘深井，铆足劲儿往下挖。这当然是一种方法。但我发现自己在创作中，往往在一部作品中就把我对这个领域的全部思考和情感积累全倾泻出来了，我就没法在同一片土地上再进行一次耕作，这就需要换一个题材了。其实，题材并不重要，关键是思考的问题及其深度。我想啊，换一个题材，给读者的感觉也新鲜，我自己也有叙说的激情。所以，我主张要不断选择新的题材领域。其实，在题材领域上不断有新的发现，也是作家创造活力的表现。

后来我写《预警》，写到当下和平年代的军人面临的挑战。我发现之前在世界盛行的恐怖主义也开始蔓延到我们国家，而且真的成为我们军人必须面对的问题。特别是俄罗斯的别斯兰中学那么多孩子一下子被打死，给我的刺激特别大，创作激情就来了，就写了这部小说。

你刚才谈到了浪漫主义。我年轻的时候喜欢读浪漫主义小说，我也知道这是给我们做梦的东西。但是，人生需要做点梦，如果没有一点梦，人生就太苦了。我应该给读者带去一点做梦的东西。所以我写作的手法也不全是很写实的，也有点变幻。

二、回到我熟悉的土地上，那里有太多可写的东西

卢欢：您现在跟故乡是怎样的关系？能讲讲您在进入城市之前的乡村生活中让自己刻骨铭心的经历吗？

周大新：我父母现在还在乡村，年龄大了，身体不好了，所以我每年都要回去好多次，跟乡村的联系从来没有割断。说起刻骨铭心的经历，挨饿算一个。1960年的时候，我十八天没有吃过

一粒粮食，能找来吃的就是勾勾秧等野草，还有榆树皮、玉米棒子芯这一类的东西。我印象最深刻的是，那时候一个村有一个食堂，有一天黄昏我去食堂领饭，一家人的口粮啊，就只领到了一团经水煮过的刺蕨芽。那是一种野草，起止血作用的，平时手上受伤了，一撮上就止血了，过去根本不能吃的。当时食堂就把这么点野草分给我们。我就想，这个怎么吃啊？我后来养成了对饥荒的恐惧感，随时想在家里存点吃的东西。我大弟弟还在农村，我总叫他不要把当年的粮食都卖了，要留下一点准备应付灾荒。我也养成了节约的习惯，看到别人浪费粮食，会非常愤怒。

卢欢：从什么时候起，回望故乡开始变成了您在写作上的自觉意识？

周大新：刚开始写作的时候是写熟悉的部队生活，但很快觉得部队生活写起来放不开手，我注意到，因为部队是武装集团，是国家的支柱，要保持战斗力，有些东西是不能写的，也就是说有禁区。我发现在这个题材领域，写作不是很自由的，我还是要回到家乡，回到我熟悉的土地上，那里有太多可写的东西，很多思考可以借由它表达出来。

当时的获奖作品《汉家女》还是军事题材，写人性的东西。也有评论家给我指出来，你的军旅题材会束缚你，你要扩展自己的视域，要关注更宽广的生活领域。1986年以后，我就开始关注乡村生活，发表了一系列关于"盆地"的中短篇小说。

卢欢：正像这些乡土小说中的人物走出盆地、走出贫穷，"找到盆地内外相沟通的东西"一样，您的作品也走出南阳盆地，走向更广阔的空间，还赢得了一个"平民作家"的称号。关注平民生活是您一直以来的追求吗？

周大新：是的。我自己就是平民出身。我对平民的生活很了解，对他们的命运也很关注，我也愿意把他们的生活写成小说呈现出来，让更多的人来了解，让都市的上层人士来了解底层人的生活。我觉得一个民族的最重要的部分还是底层人组成的，关注他们就是关注这个民族的未来。

卢欢：您有不少作品对乡土风物有相当纯熟的描写，比如《香魂塘畔的香油坊》里对制作香油工序的描写，《银饰》里面对制作银饰的工序的描写，以及其他小说里讲到的南阳汉画像砖、南阳牛、南阳丝织业、驯猴耍猴技艺等。这些是有意为之的？

周大新：我认为写一个东西必须把它的前前后后左左右右都弄明白，才能写得活灵活现，才能让读者爱看。为此我做了很多的工作。我写这些的时候，都曾特意到城市小巷或乡下去走访那些老作坊和老艺人，去读方志和请教老人。

很多工艺如今已经消失了，或者以后会慢慢没有了。像耍猴艺人，就是我家乡南阳的，一个县的很多人都曾以玩猴为业。有的玩猴世家一家都有几只猴，坐火车坐汽车到全国各地去耍猴戏，甚至到俄罗斯赚钱谋生。但是，这些年大家认为这对保护动物不利，不人道，所以也面临绝迹的境况了。还有做香油的，除了讲述人物命运，我还想考察南阳的香油好不好吃，保留这一传统工艺的价值。别人靠读小说来了解这些事情，小说也就有文化意义了。

传统生活的演变，是乡村变迁的印迹，也与人的生存轨迹息息相关。一个作家既要完成精神上的东西，还要在文化上有贡献，特别是在文化传承方面有贡献。

卢欢：获得第八届茅盾文学奖的《湖光山色》是您在完成城市小说《21大厦》之后向乡土题材的一次回归。初看起来美好的湖光山色背后却隐藏着当代乡村最深沉的迷茫与苦痛。您在女主人公暖暖的身上寄寓了鲜明的理想主义情怀，是为了冲淡这种迷茫和苦痛？

周大新：这是回归乡土的。当时好多人说，你老是用中短篇写乡村，没有用长篇写过乡村。那我就用长篇样式来写我对乡村生活的理解。我回到我的家乡，沿着丹江口水库的几个县走，亲眼感受水库边人家的生活，包括修建水库和乡村改变带给他们的惶惑、不安、困惑啊，他们心里面的难受。写出来就变成这部作品。当时我认为，城市资本流到乡村后会带来好的东西，但也有负面的东西。乡村原来的文化积淀承受不了城市资本带来的负面东西的冲击。比如说，黄和毒在城市司空见惯，但对于一个乡村来说，它可能从来没有经历过。乡村姑娘一看，哦，城市女人挣钱那么快啊，就是跟男人玩一玩就可以挣那么多钱，她也跟着来，这样就把乡村的风气搞坏了。我就想着怎么把这种变化呈现出来，把社会变革引发的农民生存状态的变化表现出来。至于解决问题的药方，我无法提供，相信读者读到作品，会一块儿来想办法。

卢欢：一些作家提到农村变化太大，写作失去了想象的母本或根基，于是转向去写别的题材。您怎么看待如今乡土题材的写作空间？

周大新：乡土写作到现在确实遇到了很多问题。我写的还是21世纪初的乡村，其实这十来年的乡村变化更剧烈。今天中、青年人基本不在乡村，都出去打工挣钱，只有老年人、孩子留守。乡村里真的有什么大的事情，连安葬的人、抬棺材的人都没有了。

我们村里连结婚这样的喜事，都没有一个年轻人回来参加，婚宴酒席上坐的都是老人。可见乡村的凋敝是非常厉害的，这真让人很悲伤。

但是，我想这个情况不会一直持续下去。为什么呢？我们这个国家这么多人，这么广阔的土地，这么多人需要吃饭吃菜，必须有人坚守在土地上、田园里，大概要有三四亿人吧，只有这样才能保证十三亿人的食粮和蔬菜、瓜果供应。如果没有这个保证，我们国家会非常危险，一旦遇到大的灾难，特别是战争、饥荒，那就会出现很大的问题。

我们的城镇化不管怎么搞，一定要给这部分人留下生活空间。政策现在好点，中央也意识到了，我们的田园美景不能丧失。必须在政策制定上，让他们在田园里安心生活、劳动。当然他们的生活质量要提高，住的、吃的、文化娱乐等方面都要跟城市拉近。其实外国也有一些人在乡村生活，他们随时可以到附近的城镇去跳舞、喝咖啡、会友什么的，晚上再回乡村去。

现在越来越多的作家把目光转向了城镇，表现都市和城镇的生活。但是我相信，乡村题材肯定也会有作家去关注，这个领域仍然能出现好作品。好多人说乡土文学会终结，我觉得这不可能。中国文学一定会给乡土文学留下空间。因为乡村跟我们的文化的根联系非常紧，农民的生活状态依然值得书写。随着都市人口越来越多，物质越来越丰裕，到了一个阶段，人们的生活方式会多元化，反而会对返璞归真的乡村生活更感兴趣。乡村将来会变得越来越好，有些地方的乡村建设得已经很美了。很多年轻人在城市挣了钱，最终不愿意离开乡村，回去重新造房子，改变环境。现在北京有很多年轻人就愿意到京郊去生活，租些果树，租一分地，双休日去干活儿，享受好空气和当农民的快感，这就是一个兆头。

三、人性好比"洞穴",又更像"立方体"

卢欢：写人性是所有文学作品的共同主题之一。很多作家对"人性"有各种描述和总结，而您是以"立方体"为比喻。在您看来，这是一个怎样的"立方体"？

周大新：我一直在写作过程中注意对人性进行探查。我在写作过程中发现，人性中有很多我们作家原来没有表现过的，甚至心理学家、人类学家都没有发现的奥秘。有些迷惑至今仍被遮蔽，还很神秘。比如说，我在前线采访的时候，看到一种现象，战友们在堑壕里可以互相掩护，当敌人摸上阵地的时候，他先发现，赶紧开枪，同时把战友推下去，防止敌人把他打死，宁愿自己受伤甚至牺牲，也要掩护和保护战友，这种现象应该说在战争中是非常普遍的。可是，部队一旦撤到后方，开始评功评奖了，大家又开始争了，什么这个功应该给我，我那天负伤就是为了救他之类的。当初在前线，命都可以不要；到了后方，竟为了一个功争到脸红脖子粗，甚至互不说话。这让我惊奇：人性怎么会是这样的？仅仅是环境的变化，就引起了人性如此巨大的改变吗？我遇到的类似这样人性的迷惑非常多。

当我进一步写人、表现人性的时候，发现我们通常说的有关善恶的评说，具体到某一个人身上是非常难以把握的。这个人在这一刻可能确实是善的美的，比如说"5·12"汶川大地震发生的时候，很多人确实自愿地无偿地把钱捐出来，可是转眼间，他从捐钱现场出来，就为了买水果不如意一丁点小事，便又和卖家吵起来，甚至动了手。我觉得这很难评说。作家要把人写好，就应该先把人心琢磨透。认识人自身应该是一个作家的重要任务。他要通过作品把他的认识传达出来。

我曾经把人性比作"洞穴",说往洞里每走一段就会发现不同的景观,曾专门写过一篇散文。后来,我觉得把人性比喻成"立方体"要好些,因为立方体有正面有背面,有前面有后面,有左面有右面,更直观。人性的正面是我们大家都能感受到的,是美好的部分,很多作家免不了要写这部分。对这部分的张扬会让我们觉得人活在世上是有意义、有价值的,是美好的。人性的背面则是黑暗的部分,其中有贪婪、冷漠、仇恨、妒忌等等内容,我们平时不愿意说、不愿意提到,其实它存在于我们每个人的身上,只是在条件适宜的时候释放。

立方体的前面的人性表现与正面的表现相离很近,但越过了正常界限,比如爱得过了头、理解得过了头、宽容得过了头等等。立方体的后面是正常人性的变异,也即变态的东西,比如变态收藏。我读过一部小说《收藏家》,书中写一个变态的人喜欢收藏美女。比如变态储存,生活中有人喜欢储存垃圾。再比如嗜血,有的连环杀人犯看到血就兴奋。

立方体的左面是反常却可以让人理解的东西,比如恋旧、妥协退让、谄媚奉承、自毁等等。立方体的右面是原始兽性的遗存,是大家更不愿意去探讨,不愿意承认存在的东西,像乱伦、兽交、告密、叛变等等。其实这些内容遇到某种气候,它就可能现身出来。当然,还有很多丑恶,介于变异和正常之间,最黑暗和相对黑暗之间。作家要把人性的各个方面都呈现出来,会非常精彩。把这些黑暗、变态的东西写出来,会让我们感到惊讶、惊骇,会让我们警醒。总之,对于人性的探查和表现,是作家的一个重要任务。

卢欢：从您的人生经历来看，小时候在农村长大，碰上饥荒，半个多月没吃过一粒粮食；当兵之后爆发战争，目睹过战友的牺牲，加上家里经历很多磨难……这些是否让您在人性的认识上经历了一个不断深化的过程？

周大新：这应该是有关系的。一开始我在乡村接触的，多是人性的正面内容，因为年轻嘛，看到的都是村里嫂子非常善良啊，婶子们很关爱人啊，大家都过穷日子还互相周济，有时候没盐了可随时到邻居家借盐。但当你长大后走入社会，遭受冷眼、嫉妒，甚至加害啊，你开始感觉到人性里面险恶、黑暗的东西。像"文革"啊，像后来到战场上采访时耳闻目睹的东西，你发现人性确实丰富复杂难以把握。特别是经历了自己的人生灾难，经历了别人从来没经历过的事情，你才得以看见别人看不到的东西。如果一个人没有写作的任务，看了一闪而过，会很快忘却。但作为以写人为职业的人，我就会留意，就会开始分析、琢磨，想着怎么表现出来。

卢欢：您曾说过，您的写作有唯美倾向，希望读者从自己用文字创造的新世界里得到美的享受，领悟一些道理，这就够了。这是否意味着即便是触及人性的丑恶面，您也愿意给读者看到人性的亮光，传递光明、温暖的东西？

周大新：传递温暖，你说得对。我觉得人活一世很不容易。作为一个作家，当然可以写阴暗、丑恶的东西，但就我自己来说，我更愿意读者读了我的作品，能从中感觉到一点温暖，能觉得人活在世上还有点意思。要不然，我有时候产生不想活的想法，再把这些负面的东西不断传递给读者，会给读者的人生产生不好的影响，会让他也生出绝望来。本来，人生中的幸福就很少，每个人一生都会被烦恼缠绕，作家何必再去给读者添烦、添痛呢？生活中，不少人猛一看你会觉得他活得非常荣光，其实他有很多难以为外人道的东西。我希望大家都平安地活过一生，我希望我的作品能抚慰人心。有很多跟我有类似经历的"失独"父母，读了我写的长篇小说《安魂》后，找到我，说是想见见我，告诉我说："读了您的书，我愿意活下去了。"我听了，心里也很得安慰。

四、从一味揭露官场黑暗到对官员的"同情之理解"

卢欢：在读您的最新长篇小说《曲终人在》之前，我还看过您的一个中篇小说《向上的台阶》。这两部小说是您涉足政界和官场题材的作品，写作时间相隔了二十年，这其中您的写作心态发生过变化吗？

周大新：《向上的台阶》是1994年写的，当时我一心想暴露，想把官场里丑恶、腐败的官员面目揭露出来。当时写出来，拿出来发表，要承受不小的压力。这篇小说从来没有受到官方的表扬，虽然很多地方转载了。好多导演想把它拍成电影，但都无法实现。

现在的中国对官场的认识更全面，大家也有更宽松的表达空间。我再写《曲终人在》的时候，我想，我都六十多岁了，到了这个年纪，有些话再不说，可能就没时间说了。刚好那时出了几个案子，特别是谷俊山的案子给我的触动比较大。他就和我生活在一个大院，又是河南人，他的案子让我很意外。一个人怎会变成这样？这样的人是怎样登上高位的，哪些因素促成了这类官员的出现？这些思考让我觉得要是再不动笔就太遗憾了。至于出不出版并不重要，即便将来我只能在微信圈里发出来，或者在网络上发表,也不错。结果,首先是《人民文学》杂志支持我,发表了这部小说;之后,人民文学出版社也很快出版了,给了我热情的鼓励。

如今的心态是与从前不一样了。我只是想把自己看到的东西呈现出来。官员也是人,必须把他当成人看待。你不能因为自己没当官,仇恨他,那样就不能公平地看待他们的人生。其实他们把自己的人生放在官场展现,是一种不由自主的选择,也是社会鼓励的结果。在今天来看,当官的确是充满风险的。有的人在官场里奋斗一生,最后因为贪污受贿,奋斗成果归零,命运非常凄惨。如果你完全持仇视、蔑视的态度去写,也是不公正的。如果对官员的人生有一些理解,会发现他们人生过程的展开也很曲折,也非常不容易。我写省长欧阳万彤,就是想把官场的生态景观呈现出来,把一个官员的人生过程呈现出来,让阅读者结合自己的人生经历和感受去体会。

卢欢:也就是说,到了《曲终人在》,您是以悲悯之心来写作了。这个标题好像有特别的寓意?

周大新:当初我起的名字叫《曲终》,后来人民文学出版社的责编看了,建议能不能改一改,因为前一部《安魂》写得很凄惨,这次又是《曲终》,太沉重了,能不能稍微轻松一点。我想想说,加两个字——"人在"。虽然人的生命已经终结,但是他还有些东西留下来,或者后人会给他一个相对公正的评说。盖棺没有认定,认定的是后人。我们很多人活过一生,特别到人生的最后时刻,都会追问自己这一生活得值吗?活得有意义吗?我希望这个作品能让读者思考自己的人生到底有没有意义,这个官员活了几十年究竟有没有意义?假若有一天人们把管理社会的权力交给了你，你将成为一个什么样的官员？

卢欢：有人把它归为官场小说一类，但我觉得不是，现在流行的官场小说几乎都是写官场的尔虞我诈，宣扬厚黑学的东西。

周大新：我这个不是官场小说，我更愿意归为人生小说一类。有的评论家说是政治小说，也可以。最好不要归为官场小说或反腐败小说。我对现在的官场小说是不满的，它们没有写出完全的真相。官场上确实是有很多黑暗、丑恶的东西，要不然不会有那么多人被抓。但是，肯定还有一些人在默默奉献，还有一些人在忧国忧民。如果全都是贪官，我们国家不早就完了吗，还能走到今天？还能在世界民族之林中扬眉吐气？在这部小说里，我想写人性、探索人性，只不过把这个人物放在官场罢了。

卢欢：官场之上有些人的个人奋斗是狭隘的，除了权力、金钱、做"人上人"之外，好像就没有别的内涵。但欧阳万彤却不一样，他当上省长后希望抛开个人和家庭的束缚，以国家和民族的利益为重。您特意将他设定为好官？为什么要在他的身上寄托您对政界的全部理想？

周大新：作家写人物总是要在其身上赋予自己的一些理想。我的确把对官员的所有理想都加到欧阳万彤身上了。当然，现实生活中是不是有这样的好官，我不知道。也许没有，但我希望有。我塑造这个人物，就是想呼唤这样的人，给某些官员提供一个模特或者是做个示范，他们总认为在官场没法做一个好人，但好人是可以做的。

我写的是高官，全国的省、部、军级的在位高官加在一起也就几千名，这部分人是经过层层选拔和推荐出来的，全国的老百姓把管理国家的权力委托给了这部分人，如果连这部分人也不为国家和民族利益操心，那我们的国家和民族不是太可悲了吗？我们国家和民族的前途不是堪忧了吗？小说里写欧阳万彤说了一段话："我们这些走上仕途的人，在任乡、县级官员的时候，把为官作为一种谋生的手段，遇事为个人、为家庭考虑得多一点，还勉强可以理解；在任地、厅、司、局、市一级的官员时，把为官作为一种光宗耀祖、个人成功的标志，还多少可以容忍；如果在任省、部一级官员时，仍然脱不开个人和家庭的束缚，仍然在想着为个人和家庭谋名谋利，想不到国家和民族，那就是一个罪人。"这其实也是我的心声。

卢欢：这部小说让读者看到在目前的社会现实下要做一个好官是如何地艰难。的确，更容易让人触动的也许不是"理想"，而是"艰难"。您在写这个艰难时感觉有难度吗？

周大新：艰难正是官场现实的制度造成的，有很多复杂的原因。我写这个艰难，不是对这个人表示同情，而是想让读者看到并思考，怎么把制造艰难的东西解决掉。在意识层面、文化层面、制度层面等上，总有这样那样的问题造成了艰难。要去除艰难和阻碍，首先要让人们认识到这些问题。其实，读者如果仔细读小说，会读出写明的东西之外的东西，没法言传的东西。有些东西说出来就没意思了。

卢欢：您采用二十多篇采访记录来构思、搭建这部小说，不过这些互相矛盾又互相佐证的采访，很难还原出一个完整的欧阳万彤的形象。表面上看似所有人的讲述都是针对欧阳万彤的，但其实每个人都讲到了自己，这也让我们得以管窥这个社会的众生相。您在采用这种写作形式时是怎么考虑的？

周大新：一方面，我想在叙述方式上创新，以访问的形式，通过他的妻子、司机和同事等各阶层的人物之口来讲述已经死去的欧阳万彤的人生，既能推进故事又能造成"新闻"的真实效果。另一方面也想让读者在广阔的生活面上感受当下中国社会的人的精神状态，感受到中国精神大厦的内部结构。其实，这里头的每一个人，说的是一个人，其实也算是一个领域的代表。我想大家要是来读小说的话，看看这些人的精神状态，会读出来整个民族的精神大厦的内部景观。不过，这种叙事也有"坏处"，那就是缺乏文字上的诗意。在我以前的很多小说中，我是很注意语言的诗意的，可是《曲终人在》的叙述视角不是"我"，诗意也没办法融进去。

爱是人类的终极价值
——答顾超问

顾超：写作除了是一种职业而外，对您而言还意味着什么？

周大新：最初的写作动机是挣点稿费，养家糊口；同时也是为了满足个人的爱好，我从小就爱读文学书，长大了便也想写一本书。随着写作时间的延长，我慢慢意识到写作品其实也是满足自己的一种倾诉欲望，把积在心里的一些话通过文字倾诉出来，把一些情绪宣泄掉。再到后来，就有了不自量力的想法，就想通过写作来影响他人和外部世界。也就是想把自己对人生、社会和人与自然界关系的认识通过作品传达给读者，对读者的精神世界发生影响，从而对社会向美好处发展也起点推动作用。我是军人，十八岁当兵以后，国家和民族的安危成为当然的关切对象，一旦需要，随时准备上战场，必要时甚至准备牺牲生命。也因此，国家、民族利益这些问题在我心里占着很重要的位置，这对我的写作也会产生影响。我想，所有的严肃文学作家，写到最后，都会自然地开始为整个人类的命运进行思考。写作到最高境界，是悲天悯人，是对人类未来命运的忧虑。

顾超：您的意思是作家最终都会变成哲学家吗？

周大新：大概会是这样的。作家写到最后，随着对人生、对社会、对人与自然界的关系看得越来越透，想得越来越多，认识得越来越深，慢慢就会觉得世上的每个人都活得不容易，整个人类的发展过程也是极其艰难曲折的。就会去想一些非实用的形而上的问题，比如人活着和人类活动的真正意义，比如人类如何管理好自己，比如人类社会最终会向哪个方向发展，比如人类最后会有一个什么样的结局，等等。这些需要哲学家去想的事情，作家也会去想。人类中有一群人是不从事物质财富生产而只担负思考之任的，哲学家属于这个人群，作家其实也属于这个人群。

顾超：那么在您全部的阅读和写作经历中，您认为人类最重要的价值是什么？

周大新：对全人类来说，最重要的价值是"爱"，也就是爱心和爱意。人类社会里所有美好的事情，都是因爱而生；人类社会里所有丑陋的事情，都是因无爱而出现。人性里面有两部分不同性质的爱：一是本能的部分，比如爱异性、爱自己的子女、爱自己的身体，这都是本能；另外就是非本能的部分，比如对弱者、对遭受灾难者、对老人的爱。我曾经写过一篇文章，提出人的本能是不爱老人不爱父母的。原始社会的最初阶段，人对老人，包括对自己的父母，都没有爱意。考古发现，在有些原始人居住的山洞里，老年人的头骨有被石块敲打的痕迹；中原地区也有类似的传说，远古的人活到一定年纪之后，就每天准备赴死，因为不知道哪一天自己生出的孩子会把自己背到远处遗弃。因为吃的东西太少，为了人类种族的延续，当时必须把老人背到树林里饿死。这是人类走过的一个阶段。后来随着人类物质水平和文明程度的提高，逐渐发现对老人，特别是对自己双亲的爱是我们必须具备、延续、继承下来的。最早受到文明熏陶的人在不断地呼吁这种爱，渐渐就被所有人所接受。非本能的爱的另一个例子是人们如何对待战争中的俘虏。在早期部落之间的战争中，俘虏是要全部被杀掉的，对他们没有任何怜悯之心可言。后来，大家慢慢意识到俘虏也是人，他们被捉住失去武装后，也应该给他们一点爱心。于是不再杀俘虏，而是强迫他们劳动，让他们做非常恶劣的体力活儿，可能一多半人都得累死。后来觉得奴役人也是不人道的，应该对他们更好一些，于是开始交换俘虏。最后就像今天，俘虏也可以重新回归社会，重新开始生活。类似这样的非本能的爱，我们还有很多，这是人类社会走向文明的标志。没有爱情，人类就没法繁衍生存；没有爱心，大家不团结起来，就没法抵御地震、洪水这种自然灾害对人类的伤害；没有爱心和爱意，原子弹等大规模杀伤武器发明出来以后就会乱用，这个世界也就毁灭了。正是因为爱——不仅是本能之爱，而且对与己无关的他人之爱，对动物之爱，才让我们的世界逐渐地向更高的文明阶段发展。有了爱，人类的生活状况才越来越好，人类的未来也给我们很美好的想象。爱是人类最重要、最基本的价值。

顾超：谁对您的这种价值观和写作观影响最大？

周大新：就写作而言，最早是沈从文，他的作品我基本上都找来读过。他写的湘西跟我自己所处的豫西南小盆地很相似。他笔下的那些人物——童养媳、乡村的丈夫、船工、连长等等，他们的形象和生活，我都非常熟悉。在我的写作模仿期，沈从文给了我很大的影响。他作品中弥漫的那种对普通人命运的关注和同情撼动了我的心。国外对我影响最大的就是俄国的列夫·托尔斯泰。我最早读他的书是十八岁当兵时，看到我的班长在读他的作品。当时那本书既没有书脊也没有封面、封底，我都不知道是本什么书，但是班长整天在那儿看，肯定很好看吧。我就偷偷地拿过来看，一看也立刻吸引了我，那就是《复活》，书里面玛斯洛娃和聂赫留朵夫情感的纠结非常动人。改革开放以后大量地引进托尔斯泰的书，我就都找来读。《战争与和平》对战争的思考，《安娜·卡列尼娜》对爱情的理解，都非常切合我的价值观：人活着最重要的就是收获爱和爱他人，爱是人活着的最重要的动力和目的。托尔斯泰主张的这种人类普遍的爱的思想对我影响很大，很切合我自己对人生的认识。

顾超：那您认为，文学能够起到启蒙思想、弥合分裂、推进共识的作用吗？您的写作体现了这种影响吗？

周大新：我认为文学有这种作用。我有一个长篇小说《预警》，就是想提醒读者警惕恐怖主义的兴起。很多人都不会意识到，腐败也可以滋生恐怖主义。老百姓受到腐败的压榨以后，没法通过正常的法律渠道伸张正义的时候，就会采取极端的、暴力的、破坏性的，以普通人为袭击目标、让政府和人民群众感到切肤之痛的恐怖主义方式来发泄。我写这部小说，就带有启蒙的想法。我希望这种观念能被更多的读者认识到。这些读者可能是政治家，也可能是普通人，他们会知道腐败是非常危险的。那本书是前些年写的，当时还没有开始高压反腐。我就是痛切地觉得社会这样腐败下去是极其糟糕的，最后会出大问题，所以启蒙的这种想法一直在我的作品中间隐含着。

好的文学作品可以传达爱，会弥合分裂。我走访过以色列的作家，也走访过巴勒斯坦的作家，真正的好作家几乎都不是民族主义者，他们会觉得两个民族这么长期地打下去不是办法。分属以色列和巴勒斯坦的那两个作家，他们的儿子都在战争中丧生了，他们作品的主旨都是呼唤和平。在巴以冲突地区，和平的呼声在军人、政治家甚至普通民众中都不是主流，只有那两位作家达到了这种认识程度。他们整天思考人类的共同命运，体悟到两个民族应该和平相处，不再互相杀戮。不同民族的作家其实都在思考这些终极问题。我写的一部长篇小说《战争传说》，就是以瓦剌人和明王朝的战争为背景来思考怎么处理民族关系。当时的明王朝就是想彻底把北方少数民族给打服，每一次进攻的时候都杀对方好多人，那人家能不恨吗？于是瓦剌人也卧薪尝胆来打明王朝，所以这个战争就非常残酷。河北怀来土木堡附近的一次战役，光明朝这边就死了五十万人。要知道那个时候的人是用刀剑和长矛来打仗的，这个数字太恐怖了。于是，我就思考怎么能弥合今天各个民族之间的矛盾。当今世界各地的很多局部战争其实都是民族问题引起的。所谓民族无非就是在不同地域生活后，形成了不一样生活习惯的人群罢了。都是人，只是有的在美洲、有的在非洲、有的在亚洲，吃的、穿的不一样，为什么就不能和平相处呢？我想用我的作品来弥合这种分裂。

  但作家的力量其实是微乎其微的，因为读你的书的人不会太多。今天的年轻人读书更少，可能平时更喜欢看微信、玩手机吧。我们作家只是把这些想法写出来，也许若干年以后被某一个成为政治家的人读了，他会通过系统的施政措施把问题给解决了。我觉得最近国家提出要建立书香社会指标体系是很正确的。如果大家都多读点书，都能思考一些问题，就会在自己的行动上表现出来，这可能也是文学推进共识的社会功用。写作如果完全是为了自娱自乐，那没必要发表，就自己写着玩吧。作家既然把作品发表了出来，让更多的人读到了，那就得对读者有一种责任心。最终，有一些作家会让世界上的所有人都尊敬，因为他们摒弃了个人利益、家族利益、小团体利益、地域利益。他们的胸怀变得广阔了，他们想的是人间所有人如何幸福生活的问题。

文学会帮助我们认识人自身
——答江西百花洲文艺出版社编辑问

问：您出生于1952年，也算是共和国的同龄人了，您又是农村出来的，在您的青少年时代，书籍可能比较难得。您也说过走上创作道路比较偶然。那么您是怎样走上创作道路的呢？这偶然中又有多少必然的存在？

答：从小爱听故事，爱看小说，对写书的人很崇拜。当兵以后，有了写作的条件，就慢慢地写了起来。如果当年进不了部队，我可能就失去了当作家的机会，因为当作家一般得不忧衣食，如果整天得为吃穿操心，怕是很难有心情坐那儿写作的。所以从军对我成为一个作家很重要。

问：您也被人称作"军旅作家"。您的作品有很多是军旅题材，军队生活对您的生活和写作有着怎样的影响呢？

答：军队生活为我打开了认识世界的另一扇窗口，让我懂得了何为国家、民族利益，何为奉献、牺牲精神，何为男儿的责任；军队生活让我体验了激昂、恐惧、忧愤这些情绪，见识了阳刚之美；军队生活还让我亲眼看到了伤残和死亡，知道了战争之残酷。军队让我的视界宽阔了，让我写作时对人怀有一种悲悯情怀。

问：您在文坛和全国知名更多的应该还是因为您获得茅盾文

学奖的《湖光山色》和《走出盆地》《第二十幕》《21大厦》《安魂》等长篇小说，但实际上您的中短篇小说成就也很大，您的短篇《汉家女》《小诊所》获全国优秀短篇小说奖，根据《汉家女》改编的同名电视剧获"飞天奖"，中篇《香魂塘畔的香油坊》《伏牛》《步出密林》《铁锅》等都曾被改编为影视剧，电影《香魂女》更是获得了1993年柏林国际电影节大奖——金熊奖。这次百花洲文艺出版社精心打造了您的中短篇小说，出版了中篇小说集《生之景观》和短篇小说集《命运样本》。那么，您认为中短篇小说在您创作中占有怎样的地位以及对您整体创作有什么影响？您对这次百花洲文艺出版社的这两本选集的编选有什么看法？是否涵盖了您比较满意的作品？

答：中短篇小说在我的创作总量中占比大约有五分之二。我是先发表的短篇，然后发表中篇，后来才开始出版长篇。短篇小说创作是我的起步期，它给了我终生从事文学创作的信心；中篇小说创作让我对文学更加着迷也有了更多自信，为我后来的长篇小说创作打下了基础。中短篇小说创作于我非常重要，没有它们，也就没有今天的我。百花洲文艺出版社出版的两本集子，把我重要的中短篇小说差不多都收进来了，对此，我非常感谢。

问：乡村题材在您的创作中占有举足轻重的地位，您有很多乡村题材的名篇。那么，您怎么看待乡村题材的文学作品在当前文学创作中的位置呢？您长期关注乡村，对乡村的发展变化又有着怎样的看法？

答：不管城镇化速度怎样快，不管城镇化怎样进行，在我们这样大的国家，都必会有乡村的存在，都必会有农民的存在，都必会有农业的存在，也因此，乡村题材的文学作品也一定会存在。

差不多可以说，乡村题材的文学作品在未来的文学家庭里可能不会是主角，但一定是重要的配角；可能不会是一家之主，但可能是家庭的第二主人，是主妇。中国的乡村正在发生巨变，很可能会变得比今天更美、更有风韵、更诱人。

问：您擅长写女性，尤其是农村女性，是您小说中非常亮眼的存在。您作品中这些农村女性形象的特质应该是和她们所依附的土地、文化有密切关系的，在您看来她们和城市的女性是不是有很大差别？在塑造这些形象时，您是怎么做到这么鲜明生动的呢？

答：乡村的女性，在过去，因少受城市文化中负面东西的影响，而显得纯朴真诚，更多地葆有人性中的本真之美；城市的女性，因更多受到现代文明的熏染，而显得智慧聪颖，更多地显露出一种优雅之美。二者身上都有令男性激动和倾心的内容。写乡村女性，重要的是写出她们特别令我心动的部分，在今天这个利欲熏心物欲横流的时代，人们特别想看到真的、纯的、美的东西。

问：有评论家说您的作品中东方文字的端庄、静谧与美丽自然流溢，浓郁的中国风格与气派扑面而来，我读起来深有同感。那么，您是怎样锤炼自己的语言的？您觉得您是如何形成自己的这种风格的呢？

答：按自己喜欢的样子写，努力去写得和别人不一样，这是我对自己的要求。至于形成一种什么风格，我没有特别去想。

问：您作品中的中国风格我想还有一个重要的体现在细节上，您的不少作品对制作工艺都有相当纯熟的描写，比如说《香魂塘畔的香油坊》对制作香油工序的描写，《银饰》对制作银饰的工序的这些描写，《烙画馆》对烙画工艺的描写。您是怎么做到让这种描写这么纯熟、这么优美的呢？

答：每当自己的写作涉及一个新的生活领域，我都喜欢去了解这个生活领域里让自己感兴趣的内容，去实地参观现场观摩，去拜访老人和专家，去阅读史志和有关专业书籍。细节写不好，读者阅读时会生出排斥心理，会妨碍他们全身心地投入阅读。

问：现在有这么一种现象，一本小说可能难以传播很广，但如果改编成影视作品，可能知名度就会提升很多，影响也会变大。因此，可能很多作家希望作品被改编。但也有作家认为文学应该有自己的特性，不能流入快餐式的影视，严歌苓就希望自己的作品《陆犯焉识》能具有"抗拍性"，但这部小说还是被改编为了电影《归来》。您的很多文学作品也被改编过影视剧。不知您怎么看待影视和小说的不同以及文学作品改编为影视剧的现象？

答：文学创作和影视创作是两条路子，把它们连接起来的桥梁是故事。作家写文学作品，不能只满足于讲故事，要按照文学作品的要求去写。影视编剧和导演的主要任务则是把故事讲好。如果一部小说被改编成影视作品，编剧和导演从作家这里拿走的也主要是故事。作品被改编，可以扩大原作的影响，作家应该高兴。但作家不能为了被改编而写作，否则，作品到最后就会变成导演的工作用本，而没有流传下去的恒久艺术价值。

问：文学的本质是什么？文学的作用又是什么？长期以来，作家、批评家、学者甚至一般读者都在思考这些问题。您曾经在回答"小说家能给这个世界带来什么"的问题时说"小说可以让我们看到别人的人生样本，可以激荡情绪情感"。也曾有批评家称您的作品书写着人生的命运沉浮，探求着民族的精神底蕴。从您的作品中也可以看出您对这个社会有着深切的感情和责任。在这个个性张扬的时代也很盛行以自身的感受写作。那么，您认为个人写作和反映国家社会问题之间是否有矛盾？或者它们有着怎样的关系？您在创作中又是怎么处理这两者的呢？文学创作对您个人而言，它的影响在哪里呢？

答：个人写作如果写得好，会帮助人们认识人自身，非常有价值，因为探索人性的复杂内容，对人的内宇宙进行呈现和表现，是文学的一个重要任务。关注国家和社会遇到的问题，对当下的社会生活进行表现，也是作家的一个重要任务。如果文学不关心人与社会关系的现状，不关心人们当下的生活处境，读者当然也有理由不关注文学。两种写作都有意义。就我自己来说，因为军人这种职业要求我必须关心国家、民族利益这些问题，所以我便喜欢后一种写法，愿意去思考当下的社会生活，愿意去表现人们的现实生活处境，愿意去为一些不是与个人生活联系很紧的事情忧虑。

一个文人关于反腐的纸上谈兵
——答武先生问

问：怎样看待正风反腐形势？

答：我自己从与部队机关干部、基层官兵和地方各阶层人员的接触中感受到三点：

1. 军队官场的腐败蔓延之势得到了有效遏制，行贿受贿、公款送礼吃请之事已极少出现，已经形成了想送者不敢送、想收者不敢收、想请者不敢请、想吃者不敢吃的局面。

2. 基层官兵和地方百姓心中对部队中、高级官员的怨气和不满得到纾解，下级对上级的信任在逐渐恢复。

过去，很多基层官兵不相信自己的上级会秉公办事，认为不送礼不可能办成事，现在这种情况正在改变。社会上对我党我军自我净化的能力已表示出部分认同。

3. 整个社会包括军队因意外事件出现情绪爆燃的可能性大大降低，社会燃点提高。外国势力想在我国搞颜色革命会更加困难。

问：当前，大家对正风反腐有哪些思想反映？

答：1. 认为正风反腐是挽救党、军队和国家命运之举。没有正风反腐，我们党会在中高级干部的腐化中完全失去人民的信任，我们军队会在中高级干部的腐化中完全丧失战斗力，我们国家会在未来的某一场社会危机中陷入动荡和分裂之中，我们中华民族会重新陷入深重的苦难里。很多人认为，怎样高度评价这场正风反腐的重要性都不为过。

2. 认为当前的正风反腐正处在一个关节点，即：以霹雳手段震慑住了腐败分子，实现了官员"不敢腐"的目标，但离清风正气完全回归社会还有挺远的距离，我们必须继续前进，稍一松懈，稍一心慈手软，就可能反弹，使过去的努力归于零。要抓紧制度、规矩的制定，使"不能腐"成为现实，然后再说"不想腐"的事。

3. 要警惕腐败势力的反抗，小心他们与地方资本、外来资本和社会上黑恶势力结合后变着法子与我们争斗，小心他们使用经济手段和暴力手段对社会进行报复和破坏。

问：怎样积极稳妥地处理存在的违规违纪问题？

答：1. 要进一步把最可能违犯的规矩和纪律在机关和部队明示出来，标示出高压线的所在位置。

2. 要把违反每一条规矩和纪律将受何处置、处分明示出来，标示出可能对违犯者造成的伤害程度。

3. 严格督察，违者必处，形成惯例，使违规者无话可说，使其他人养成避开高压线走路的习惯。

问：如何看待正风反腐形势下一些干部存在的不担当、不作为问题，对解决这些问题有什么对策建议？

答：有些人不担当、不作为，是怕犯错误失去既得的利益；有些人不担当、不作为，是因为无利可图而内心有气。二者共同的思想根源在于没有把当官看作获得了施展才华为国家尽忠为军队做事的平台，而仅把当官看作是牟取私利的途径。

首先是教育。要学习地方对县委书记轮训的办法，对军队团级、师级主管干部进行轮训，讲清有担当、有作为的道理。在此情况下让每个人讲出自己下一步在本单位工作的思路和措施，讲不出或讲不清的，就是懒官和庸官，应该坚决换掉，不要拖延。

其次，通过对各级主官进行考核、下部队查访来发现不担当、不作为者。一旦发现，应即刻换掉。要相信人才多的是，坚决不给不想干事的人留位置。要让不担当、不作为者有一种恐慌感。

再次，要宣传敢担当、敢作为者的事迹，并很快把这些人提拔到主官位置上，给他们施展才华的平台，让这部分人获得回报。

问：怎样在抓机关的同时抓好部队的正风反腐工作？

答：风气，主要是由主官带来的。一个单位的风气好不好，主要看主官。主官喜欢收礼，下边必会送礼成风；主官喜欢公款喝酒，下边必会想办法为其安排酒场。所以抓部队的正风反腐，主要是抓好团、营、连三级主官的风气，不要把力量用在士兵和士官身上。

要对主官队伍中的坏典型进行惩处，要立威，要让风气不正和有腐化苗头者有恐惧感。

问：对持续深入推进正风反腐工作有什么建议？

答：要严格区分腐败和道德瑕疵的界限，不能把道德上有瑕疵的人称为腐败者，以免反腐扩大化。在任何时代和任何国家的管理者队伍中，都有很多道德上有瑕疵的人，所谓世无完人，指的就是这种情况。道德上十分完美的人几乎没有。我们不能把那些在男女两性问题上有瑕疵的人都说成腐败，反腐扩大化会使我们逐渐失去社会支持的基础。

下一步在制定制度和规定时，既要达到"不能腐"的目的，又要兼顾人性的正常需要,在这个问题上,要严防极"左"的做法。历史告诉我们,凡不符合正常人性需要的制度和规定,都很难坚持下去。比如,看望老同志、看望病人的经费,要有处报销;军中的新婚者、孕产者使用军车接送,要允许,等等。

问:怎样加强舆论宣传和教育引导,调动积极性,激发正能量?
答:建议在反腐新闻宣传中删去"通奸"这个词。

"通奸"这个词的杀伤力非常巨大,它在中国的传统文化背景里,可以彻底毁掉一个人和一个家族的尊严,使他们无法再面对他人和社会。当我们在新闻中说一个人通奸时,伤及的不仅仅是腐败者本人,还会伤及其配偶、儿女、父母、兄弟姐妹和其他亲属,会让他们都抬不起头。我在社会上发现,那些被"双规"和判刑的官员,他们的亲属在最初都对社会和他人有愧疚和内疚之心,觉得对不起大家、对不起组织、对不起社会,可一旦出现关于这个官员通奸的新闻报道,其亲属在更感抬不起头的同时,对他人、对组织、对社会开始出现仇视、愤恨的情绪,因为他们的尊严被彻底剥夺了,他们破罐子破摔了。特别是一些被处理的女干部,一旦宣布她通奸,其丈夫和子女就处于一种生不如死的境地。我们不能因使用一个词而使自己增加很多敌人。

作家应该关注和表现权力这个东西
——答上海《新青年》记者李金哲问

关于家庭、生活

1. 我十八岁当兵之前都在农村生活，我所上的初级小学在离家四里的另一个村子，高小和中学在离家六里地的小镇上。农活基本上都干过，也经历过乡村的饥饿。农村的生活经历让我深切了解了中国底层百姓的生存境况，知道了他们的所思所想；也让我与土地建立了紧密的联系，知道了人与土地和大自然的亲密关系；还让我对中国的宗族关系和传统伦理文化有了深切的感受；更重要的是，让我有了一种用平民目光打量社会的习惯。乡村的生活经历使我的生命有了根，使我不论漂泊到何处，都有根须在牵系着我。这些，对于我之后的创作很重要。当我拿起笔时，我知道了自己该去写什么。

2. 我参军时，离高中毕业还有两个星期。那时的高中讲文化课很少，主要是学工学农，学工就是学开东方红牌链轨式拖拉机；学农就是学种地挖渠，而且不能考大学，这让我觉得再学下去没有前途，所以就生了当兵的心思。那个时候，我对部队所知很少，只知道军人很受尊重，穿上军装很威风，再就是知道当兵后肚子可以吃饱。那个年月，在乡村经常吃不饱肚子，饥饿成为常常要面对的问题，我的家虽是小麦产区，却很少能吃到白面，一天到晚就是吃红薯。当兵后，果然吃饱吃好吃胖了，肚子一饱，就又想起了过去对文学的热爱，便摸索着写了。那年代当兵每月有六块钱的津贴费，那时的书定价很便宜，一本书一毛多钱或两毛多钱，这让我有了买书的可能，加上部队里有图书让人看。我在连队当战士时，连队要办黑板报，我就成了黑板报的编辑，我可以在黑板上抄上我自己写的诗。我在连队当文书时，替连队保管供批判用的苏联小说，我偷偷看了那些小说，让我大开了眼界。我在团里当干事时，团部在拉练中办了一张油印报纸，我是这张报纸的编辑、主编和刻印者，我在这张油印小报上发了不少散文。当兵给我的创作创造了条件。如果不是从军，我不可能从事写作，我现在就是家乡的一个种田人。我很庆幸我参了军。

3. 我从事专业创作之前，处理写作和日常工作的关系很困难。白天要工作，没办法，我只能在业余写作，也就是利用晚上和夏季的午休时间还有星期日、节假日来写作，那时的星期六还不能休息。差不多可以说，我从来没有过过星期日和节假日，加上熬夜，我的身体有一段时间经常生病。1985年我从事专业创作之后，这种状况有了改变，分给我的其他工作少多了，即使有，我也能尽快处理完那些工作，把主要的精力和时间放在创作上。我的家人很支持我的创作，但我写什么写多少他们不过问。现在我已退休，属于我的时间更多了，我对退休感到特别开心。

4. 我和谷俊山虽然在一个大院办公，但和他接触很少，我认识他，他不一定认识我。这一方面是因为我们干的工作没有交集，另一方面是因为他的眼睛永远在向上看，在找对他有用的人，我这样一个对他无用的作家，他根本不屑于理会。在我的印象里，他是一个非常张扬的人，干什么都很高调，很少理会普通人。我住在总后大院，觉得这里的绝大部分战友都很好，值得信赖。

5. 我曾在军区大院和总部大院都生活过，这些大院是军营，有军队严格的纪律和规矩在约束着所有的军人和家属，大家在这里和睦相处过日子，与地方的居民小区没有太大的区别。当然，这种大院也是一种独特的社会单元，一有紧急号令，军人们立马就可以集合起来；一遇战事，这里会马上变得肃穆和凝重。至于那些权钱交易一类的事，都在暗中进行，无关的人平时是看不到的。

6. 在我的期待中，他应该是一个平平常常的军人，做好他的分内工作，过平凡的家庭生活。但上天不允许，一定要让他去另一个地方，那就听上天的，让他走吧。

7. 从20世纪70年代末期开始实行的独生子女政策，是国家在人口长期无序增长造成恶果后不得已而采取的一项政策。三口之家当然不是一种最好的家庭结构，因为三根支柱搭起的房屋很容易因为一根支柱的折断而造成倒塌。现在全国有一百多万个失独家庭，那么多的父母在经受失去独生孩子的苦难，想一想就会痛彻心扉。但国家在20世纪70年代末时已别无他法，只有让我们这一代人做出牺牲，不然，人口的无序增加状态持续下去，会造成更大的社会恶果。其实，如果从新中国成立之初就重视人口的有序增加问题，不放任一些家庭生五个、六个、七个、八个、九个甚至十个孩子，那就不会有后来的独生子女政策。这件事留给后人的教训是：在制定全国层面的政策时，一定要经过认真调查研究，经过智库反复论证，然后才能决策，绝不能把决策权只交给某一个领导人。

有关写作

1. 因为平时接触过很多地方上和军队里的官员，加上对官场生活也有观察的兴趣，所以想以官员为表现对象写一部长篇小说的愿望很早就有。不过在很长一段时间里，对官场生活的写作是有很多限制的。徐才厚他们明明在受贿贪污，却又不准文学写贪污受贿的事，这就没法写了。后来，一些"大老虎"被真的揪了出来，大环境变了，我才下决心写这部小说。在写作过程中，心里免不了会有压力，但作品写出后，《人民文学》杂志社和人民文学出版社都给予了坚决的支持，才使我一颗忐忑的心放了下来。

2. 写这部小说时，我的军人身份使我较早地知道了谷俊山等军中"大老虎"的一些作为，这是给我提供的便利。这使我较早地受到了精神上的震撼：原来他们如此胆大妄为！这开始促使我去思考很多问题：这些人是怎么变成这样的？他们生成的土壤是什么？这些人物繁殖下去的后果是什么？怎么制止这样的人物再在我们身边出现？怎样保证公权力的正确使用？怎样给公权力的掌握者划定行为边界等等。

3. 我们这一代人，虽然生在新中国成立之后，但对中华民族受外敌欺侮的历史很熟悉，从小受到的教育就是要关心国家和民族的长远发展，在内心深处有一个强烈的愿望，那就是再也不能让别的国家别的民族来随便欺侮我们了。现在虽然老了，可依然担心国家和民族陷入动荡和混乱之中，让老百姓的正常生活受到破坏。而官员日益严重的贪污受贿行为，则最可能导致民心离散，使外敌获得在中国插手制造混乱和动荡的机会，这一点看看世界上其他一些国家的经历就可以明白。也是因此，我觉得如果再不把自己发现的和感受到的东西写出来，会难以心安！当然，写这类敏感题材的作品，是有风险的，可不写会觉得对不起自己所从事的这个行当，于是就写出来了。

4. "寻出版说明"既是一种结构样式，也是真的担心出版不了。讣告申明既是作品内容需要，也是为了减轻作品发表时的压力。全书的仿真结构，是为了消除作者与读者之间的信任障碍。这种写政界生活的现实主义作品，遇到的第一个问题是读者对内容的质疑和不信任：你一个普通作家，又没有当过省长，你写的这些东西是不是为了赚钱瞎编的？现在使用这种结构，作者不出场，让与省长关系最密切和发生过工作关系的人来谈对省长的看法，就容易让读者无疑虑地走进书里。

5. 选择这二十六个人物是为了尽可能广泛地表现当下社会的脉动，让各阶层人物借这个机会都能一抒心中块垒。在平时与各种人物的接触中，我深知他们对官员、对政界、对国家治理、对政治改革、对教育事业、对社会发展、对民族未来都有太多的话要说，可谁会听他们说话呢？我借写这篇小说的机会，为他们搭建一个发表看法的平台，让他们尽情地说话，当然，这些话也是我这个正向暮年走去的人最想说的。我希望通过这些碎片的拼凑，让读者看到一幅云团翻涌的天空图景，从而对正在恶化的政界风气和社会风气保持高度警觉。生于忧患，死于安乐，我希望我的读者在看完这部书后，能对我们的未来发展生出一种忧患意识。

6. 人类社会进化到今天，让精英人物组成的精英集团来管理社会已成为人类的共识。世界各国不同的只是用哪种制度来选拔精英人物，制定什么样的机制让精英人物去实施对社会的管理。可不管用哪种制度选拔出来的精英人物，他们在行使社会治理权力时，都可能会出现问题，都可能会犯错误，都不可能达到完全理想的状态。在欧阳万彤身上，寄托着我对政治人物的一些理想。政界和政治是与我们每个人的生活都息息相关的，我们这些普通人，把社会治理的权力委托给了政治人物，也应该对他们有一些理想化的要求。至于那三件保存在保险箱里的遗物，有太多的含意，我说清楚了反倒没意思，不如让读者自己去体会。

7. 这三部作品的确都涉及了官场和权力。《走出盆地》着重写了政治权力对普通人命运的左右，《第二十幕》则写了政治权力对民族命运的影响，《曲终人在》写的是政治权力掌握者的命运，侧重点不同。我之所以关注官场和权力，是因为你不关注它它也会来关注你，你无法不与其打交道。我想借这些作品来思考人类进行社会管理也就是管理权力诞生的历史；来观察普通人是通过哪些方式来把管理社会的权力交出去的；权力一旦交出去被他人掌握后会出现怎样的后果；权力对掌权者的腐蚀状态；掌权者与委托者的关系变化等等。我不是政治学者，我只是一个想思考的写作者。我只是想把我的人物放在政界的背景下，观察人性的发展变化和变异，从而来看普通人与政界、政治、政治人物的关系。

8. 获奖是一种鼓励，对作家的创作有好处，这就像在体育比赛中听到了喝彩声，会让人更来精神。但作家写作的最根本动力是心里有话要说，他在话未说完的情况下是不会停止写作的。他会不断地给自己提出新的要求，以便不失去读者。这有点像体育比赛中的跳高项目，你总是在一个高度上跳，能有意思？你不断地提升跳跃的高度，才能让自己兴奋起来，才是应对新的挑战。

9. 它是我的一部重要作品，但也仅此而已。我以后的作品不会再聚焦腐败了，在这个问题上我想说的话基本上都说了，对这个问题的写作激情也施放完了。我写作是靠激情推动的，没有激情，硬写，是写不下去的，勉强写出来，也不会满意。所谓激情，就是让你寝食难安的一种情绪，我现在没有那种感觉了。

10. 作家写作的动力有好多种，对我来说，就是想通过写作把我对人生、社会、自然界的认识传达给我的读者；想通过写作寻找一种完美度过人生的途径，寻找一种给人带来更多幸福的社会制度，寻找一种最恰切地处理人与自然界关系的办法，然后与我的读者共享；想通过写作安妥自己的灵魂，追问人类的来处与归宿。这些问题，不可能不带有理想主义的色彩，我不管别人对理想主义怎么看，我就是这样以为的。文学作品写好了，具有恒久的艺术魅力，是可以跨越时代的，为不同时代的读者所喜欢；但作家总是生活在特定的时代，他的作品不可能不涉及他生活的那个时代的社会生活内容，如果根本不涉及，他那个时代的读者会因为与作品里的生活内容隔膜，而致喜欢的程度降低，作品跨越时代也会成为问题。我写《曲终人在》不是因为反腐败成为社会热点了我才去写，而是因为我想去探查人在官场的生活状态和生活境况，是想去探查官员的人生，是想对人生与人性进行新的思考。

有关社会、有关人性

1. 当年，梁启超对文学特别是小说在社会生活中的重要地位有过论述，他认为："欲新一国之民，不可不先新一国之小说。故欲新道德，必新小说；欲新宗教，必新小说；欲新政治，必新小说；欲新风俗，必新小说；欲新文艺，必新小说；乃至欲新人心，欲新人格，必新小说。"今天，人们读小说的热情降低，作家在社会历史进程中能起的作用也就小多了。我自己觉得，作用大概是三个：其一，是记录者。好的作品因为是对作家所生活的时代生活进行表现和反映，客观上是一种记录，后世的读者在阅读时，会在脑子里还原或再现过去时代的生活。这种记录与历史学家的记录是不一样的，它是形象的、生动的、直观的、有感情温度的，因而也特别容易进入人的记忆。其二，是启蒙者。这话如今很少人说了，说出来容易被称为狂妄者。但我以为作家既然是思想者，他们通过作品表达出的思考总是要超前一些，这对大众应该是有精神上的启蒙作用的。通过阅读文学作品而获得精神启示，也是一部分人读文学书的目的和动力。其三，是批判者。作家写作激情的产生，往往来自对生活的不满足、不满意、不认同，也因此，他们不可能不对现实生活进行批判，批判得越犀利、越尖锐，越容易引起人们的警觉，从而使疗救的措施和办法更快地被提交出来。社会的前进当然不是靠作家的批判来推动的，但作家的批判肯定能对社会的前进起到一些推动作用。

2. 我们知道人的成长是逐步完成的，幼年时只知道吃、喝、玩、睡，然后才又知道读书、学习和礼节，大了才懂得爱和感恩。人走进官场，据我的了解，其实也是有一个成长过程的，绝大部分人大学毕业走进官场，就是把当官作为一种谋生的手段，认为找到了一个养家糊口的工作而已。随着职务的升迁，才逐渐开始意识到自己肩上担子的重量。我认识一个在国家部委工作的处长，他说他刚提升时很高兴，觉得管的人多了，管的事多了，权大了，工资也多了，觉得很荣耀，也很轻松开心。但有一天参加一个与外国人的谈判，外国人对他说话时总用"你们中国人"开头，那一刻，他突然意识到他是代表十三亿中国人在与对方谈判，十三亿人都没到场，全权委托他来干件事，他的任何疏忽和错误，都可能给国人造成很大损失，他一下子觉得自己肩上的担子重极了，他再也笑不起来了，他说他从那一刻才成为一个真正清醒的官员。我觉得他说的是实话。很多人当了县长，当了市长，一开始的心态和那个处长也是一样的，后来才又逐渐明白身上所负的重任。我这里所说的理解和容忍，是退一步说的，而且不是指贪污受贿行为，而是指把为官作为光宗耀祖、个人成功的标志，一种精神上的东西。说这话的目的，是为了加重后边话的重量，是为了强调人当了省级、部级、军级高官之后的正确作为。我们在制定反腐制度时，当然应该面对所有的官员，不管他的职务高低，而且应该从低级官员抓起。

3. 这中间当然首先是体制设计上有缺陷。过去，监督者受同级党委领导，他们不可能敢去监督本级党委的一把手；制定的很多约束官员的规定大而化之，不具操作性；老百姓和人民代表对官员的监督权，根本没有细则落到实处；说国有企业是全国人民的，但企业的一把手就把其看作是自己的，其他国人毫无办法等等。其次，个人没给自己做官划定红线也是一个原因。愿意占有更多的物质财富是人的本性使然，当你接受委托代表百姓管理社会时，占有社会公共物质财富的方便性大大增加，这时，清醒者会给自己划定不逾越的红线，以保证自己的清白和人身安全；非清醒者会放纵自己的占有欲望，这样，贪官就出现了。这里还要特别指出，中国的传统文化理念中有一项叫"当官发财"，把当官和发财很自然地联系在一起，这也会麻痹官员，纵容其贪欲发展。

4. 这与中国的官本位文化根深蒂固有关系。在中国，衡量一个人的人生是不是成功，是看你做没做官和官位的高低；衡量一个家族、一个地域是不是有前途的重要标准，也是看曾经出了多少官员，尤其是大官的数量；衡量一所学校、一所医院，甚至一座庙宇的好坏，也要看你享有的行政级别。官位成了一切。当一个国家里所有的人都想去当官时，表明获得官位是有很多好处的。在并不久远的过去，一个人一旦当了官，其家里人鸡犬升天，亲友都会获得利益，其所在的县、乡、村也都会获得好处。这样的文化传承下来，官员要不为自己亲近的人谋利益，会受斥责和辱骂的，所以，浸泡在这种文化中的中国官员，活得并不轻松。

面对情与法，中国的官员应该向新加坡的官员学习，既然成为了执政精英，就必须保有崇高的理想，把执政获取权力看作是为社会为百姓服务和一展自己政治抱负的机会，钱，留待不当官以后去经商时再挣。

5. 知识分子在整个社会的运行过程中，应该担负一种提醒者、监督者的角色，因这部分人有知有识，是人群中的精英部分。他们对社会运行过程中的问题包括执政者的腐败问题，一旦发现，应该及时大胆地指出来，以引起全体社会成员的注意，提醒大家抓紧给予疗治。社会管理者其实也就是官员群体，他们掌握着权力，如果真想解决腐败问题，办法是很多的，最重要的是制定一整套严格的可操作的有人去落实的防止腐败的制度与规矩。教育教学部门重要的是培养学生们的廉洁自律意识，当今社会，几乎所有的官员都是由大学里走出来的，如果把反腐的关口再提前的话，是可以提前到人在大学受教育这一阶段。在大学里，就应该把贪污等于自杀受贿等于自辱的意识牢牢地在学生的头脑里扎下根。我们知道再严格的防腐制度和监督措施，如果一个人成心想钻空子，总是可以找到缝隙的，自律是保证一个人不贪污受贿的很重要的办法。

6. 眼下，你说得很对，一方面对官员崇拜，另一方面又唾弃官员的心态很普遍。由于中国官本位文化的影响力巨大，很多国人尤其是男人的内心里，认为做官是一种人生大成功，可以光宗耀祖，可以成就一番大事，故对做官都有一份向往和追求，也因此，对当上官的人，心里自然会有一份崇拜。但由于前些年国家在反对贪污受贿方面没有真的实行霹雳手段，致使干部队伍里腐败面扩大，个别地方甚至出现了塌方式腐败，很多"苍蝇""老虎"被揪了出来，这就使得普通人对整个官员队伍的素质产生了怀疑，一些人因此生出了仇官心理，过去对官员的尊敬和崇拜变成了蔑视和愤恨,一听说对方是官员就反感,就唾弃。人们唾弃官员,并不表示自己不想当官。解决这个问题,需要对官本位文化下手,要把当官变成一种没有特权的职业,不能变相世袭,把官职变成国家为百姓奉献才智的一种普通平台,把其他职业在物质待遇和精神鼓励上与当官等同,享有相同的社会地位和精神荣光,慢慢也许就会好些。

好酒也怕巷子深

——关于中原作家群答王晓君问

1. 我对这次举办文学中原崛起系列主题活动和展示当然感到高兴。这是中原作家群的一次集体亮相，是对产自中原作家之手的文学作品的一次集中宣传。近些年，在中原河南，一批老年和中年作家创作活力不减，写出了许多好作品；更可喜的是，一批青年作家和批评家涌现了出来。在这个好酒也怕巷子深的年代，有这样一次集中展示和宣传的机会，对扩大中原作家群在国内和国际上的影响有好处。

前些年，中国文学作品在国外基本没什么影响，有些作品即使翻译过去，发行量也少得可怜。如今，随着中国综合国力的日益强大，外国人了解中国文化和中国文学的兴趣在增加，中国文学被歧视和漠视的状况也在改变，中国文学作品被翻译介绍出去的会越来越多。其实，不少中国当代文学作品，放在世界范围内来考量，也是很优秀的，这些作品关注和思考的问题，是整个人类都应该重视的问题，值得其他国家其他民族的读者来读。我希望有更多的中原作家的文学作品被外国汉学家所注意并翻译出去。

2. 河南文学最辉煌的时期是改革开放以后这三十多年。这期间，河南出了一大批优秀作家和许多好作品。河南没有一本有影响的评论刊物，这多少影响了对河南作家的推介，致使有些作家和作品的价值眼下还没被人认识。

外部文学环境的变化，会影响到作家的心境。就我自己来说，外部文学环境宽松了，宽容度大了，我的心境会随之轻松，创作时就不感到压抑，会写得放松和从容，写作量也会大起来。

3. 2009年5月我写完《预警》之后，就开始了长篇小说《安魂》的创作。《安魂》所表现的生活，不再是他人的，而是我自己的——我失去儿子的痛楚经历。写这部作品，重要的不是去想象和虚构，而是去回忆。而回忆让我重新回到了那段可怕的日子里。我写作这么多年，写得最苦的是这本书。有时，因为回忆带来的痛楚和头疼，使我一天只能写一二百个字，写写停停，写写躺躺，我只怕我的身体不允许我写完这部书。还好，感谢造物主，他允许我说出了他给我的那份苦痛，允许我讲完我对这份苦痛的认识。

下一部作品还在酝酿之中。

4. 我的故乡在河南西南部的南阳盆地，和湖北接壤，古时属楚国，楚文化和秦汉文化在这里交汇延展，生活在这里的故乡人对爱有一份浪漫追求，对美有一种执着的追寻之心，对苦难能够坚强地面对，对不公敢于奋起反抗，这些都给我的精神世界带来了影响。我写的那些人物，大都是以故乡人为模特写成的；我写的那些故事，很多就来自乡野田头和街巷的耳闻，我使用的很多语言，不少就来自故乡人的创造。没有中原厚土，没有故乡文化在精神上给我的滋养，我不可能成为一个写作者。

5. 相对于其他地区，我觉得河南作家的创作有两个特点：其一是他们笔下的苦难很多，作家执着于对苦难的诉说和关注。这是因为中原这块土地上经历的战火最多，经历的水害和其他自然灾害太多，经历的人祸也多，累积的苦难放在那里，作家不能掉过眼去置之不理。其二是他们对乡村的关注最多，几乎每一个河南作家都写过乡村。这是因为中原是农业大省，种地的农民在总人口中所占的比例最大，大部分河南作家出自乡村，乡村是他们最熟悉最牵挂，也最愿意去表现的地方。

希望政府对文学事业能给予更多的支持和扶持，希望河南省政府能设立一个资助河南作家作品翻译成外文的基金，希望我们河南省能办一份文学评论刊物，希望河南省的文学奖项能办得更有影响力。

6. 我推荐两部河南作家的作品：

李佩甫的长篇小说《生命册》。这是李佩甫继《羊的门》《城的灯》之后，"平原三部曲"的巅峰之作，是一个人五十年的心灵史。书中的"我"，是一个从乡村走向城市的知识分子，他深刻、冷静、内敛、节制，默默地观察和审视周围的一切，是一个文学史上没有出现过的独特艺术形象。

乔叶的长篇小说《拆楼记》。这是乔叶对当下房屋拆迁事件的一次抵近观察和记录，是一个纤毫毕见的人性标本，是一份独特鲜活的社会档案。作者以毫不妥协的有力笔触，描绘出利益之下人与人、人与世界之间真实甚至是残酷的角力。这部书会帮助我们发现人性的一些奥秘。

酒之外
——答《世界之醉》编辑部问

我是1976年开始创作的,最初是在原济南军区的内部报纸《前卫报》上发点短文,后来开始学写电影剧本,真正公开发表小说是1979年3月,在《济南日报》上发了一篇短篇小说《前方来信》。那年月没人指点,我没有艺术准备,所以用了三年才发表作品。

我的创作灵感有的来自生活中的某一件事,有的来自听见的某一句话或某一段哼唱,有的来自看见的某一个人或某一个场景,有的来自读到的某一本书或一首诗,总之,很难说清楚。

我的童年和少年时代,主要是在饥饿中度过的,农村的景况让人心焦,我深切感受到了生活的严酷和日子的艰难,让我觉得其实每一个人都活得很不容易,所以下笔时你不能不对你的人物怀着同情和悲悯。

尽管自己经历了很多不如意、不快乐、不满足的事情,但自己写东西,不能让读者读了之后产生绝望情绪。要给活得不容易的他们送去精神慰藉,让他们觉得在这个世界上活下去是值得的;要使他们都产生一种愿望:把这个世界变得更加美好。

对于我个人来说,文学能让我得到阅读快感和快乐,使我短暂地忘却生活中的烦恼和苦痛,让我的心里得到安慰和宽慰;能让我看到许多别的领域里的人的人生过程,让我知道世界上虽然有幸福,但上天分给每个人的幸福都不是很多,使我对尚未度完的人生保持一分清醒；让我对人性有了更深刻的认识和体察，看到了人类自身的弱点和缺陷，从而知道了人类的自我完善还有很长的路要走。

我在少年和青年时期，接触的女性，给我的印象都比较好。再加上女性要生育和哺育孩子，要操持家务，要照顾老人和病人，一生从事的多是建设性的工作；她们干的进攻性、破坏性的事情比男性要少很多。而男性，从事的破坏性事情就比较多，比如赌博、强奸和战争等等。所以，我把喜欢给了女性，愿意把她们作为主角来写。

我之所以现在提笔写关于官场的小说，是因为大气候好了，外部环境好了，过去不好说不能写的东西可以说和写了。官场是中国男人和女人都感兴趣的地方，尤其是男人，可以说都有一分向往。把官场写好了，也容易把人的本性和社会管理的缺陷都呈现出来。《曲终人在》与其他官场小说不同的地方在于我的着笔点不在暴露官场的黑幕，而是写人在官场中的命运。

之所以用采访笔记体来写，主要是为了消除我和读者之间的阅读障碍，建立一种信任关系，要不然，读者开读时首先就会质疑：你又没当过省长，你怎么知道他们的生活？肯定是瞎编乱造的。我让熟悉省长的人来讲述他们的亲眼所见，就容易让读者相信所讲的内容。

曲终人在有两层含意吧，一层，是说欧阳万彤的生命之曲终了时，观众其实还在；另一层，是说省长虽然生命消失了，但他其实还是在精神上给人们留下了一些东西。

我是一个理想主义者，我相信人类的自我完善能力；相信社会终将变得更加文明和美好；相信我们的后人获得的幸福会比我们这一代多；相信人们会越来越珍视爱。

写作当然有遗憾。有些作品发表之后才发现还可以写得再好一点，但已经见了"公婆"，只好就那样了。我对自己创作的作品的要求是：让读者愿意读下去，读后能有一点获得感。

当下的中国文学是老中青作家都在写，各种写法都有市场，各种流派都在表演，是一种不错的局面。眼看着别的行当的人都在赚钱，有的作家浮躁一点也可以理解，文学自身有个淘汰规律，浮躁之作是传不了多久和多远的。网络阅读是年轻人喜欢的一种阅读方式，现在在网上也可以读到经典之作。即使读通俗作品也不是坏事，文学消费从来都是既有精英消费也有大众消费，谁愿读什么就读什么，当然，专家要有引导。

我的酒量不大，高兴的时候会喝一点。茅台是大家闺秀，长得又漂亮，是男人都愿亲近她，我对她更多的是想金屋藏娇，真要每天都与她亲热，我没有那么大本领。

在所有的发达国家，有眼光和有品位的大的商业企业，都会重视和支持本国文学事业的发展。茅台集团多年来努力支持中国文学事业的发展，令人敬佩。"茅台杯"人民文学奖更注重文学性。

人生没有绝境

——奉《中国妇女》杂志之命答读者问

问：我离过婚，生活比较孤独，可我又总是怕被打扰，不知这种情况还能不能再组织家庭。

答：重新组织家庭的机会肯定是有的，这点没有任何问题。

但是，听了你的诉说，知道了你的情况，我不免也为你感到忧虑。的确，像你自己说的一样，可能是离婚太久让你的心境变得孤独，让你的心理变得消极，这是你应该注意并调节的。

先前，你有过一次不成功的婚姻；不久前，也与男友共处了三个月。我不知道你第一次离婚的原因是什么，但从你与第二个男友的相处中，我觉得你对婚姻的认识有些偏颇，对婚姻中的另一半有些苛刻，没有处理好夫妻之间的关系。首先你没有在心理上接纳他，家里多了个人就觉得不适应，就觉得被打扰、被侵略了，这是自我意识太强的缘故。至于休息、做饭、收拾房间，都是家庭生活中的常规内容，是正常的家庭事务，你应该积极对待，也许生活的乐趣就是从这些家务中获得。当然，不适应的东西，你可以跟对方沟通，比如劝他别影响儿子休息，早点睡觉，等等。

罗兰曾经说过，婚姻生活的幸福，要靠婚后慢慢地去培养，两个人共同努力，彼此勉励改造，才可以获得。爱上一个人，和他一起步入围城以后，责任不可或缺，这是一个没有争议的事实。婚姻的双方都有责任去让家庭变得更加美好与温馨，因此都要有奉献精神，都能自觉地为对方做出一些牺牲。倘若你缺少对家庭的责任感，只求在婚姻中满足一己之享受，用自己的喜怒哀乐来主宰对方，让对方适应自己，那么，不管有多少次选择，这种婚姻的结果都可能是不妙的。

也许在不久的将来，你便会遇到你的另一半。那时，你应该调整心态，有做出牺牲的心理准备，有一份建设家庭的信念和责任，加倍珍惜，互相忍让，互相适应，力求在婚姻的琴弦上弹出和谐的音符。

问：我有个女儿，她生活奢侈，现在北京漂着，动不动就来信要钱，说不给她，她就要学坏，怎么办？

答：你这个问题的确很严重，必须立刻采取措施。你这个孩子照这样发展下去，是非常危险的。

你已经犯了错误，已经唆使自己的孩子变坏。

她现在已经长大了，完全可以养活自己。即使是在北京漂着，也可以打工挣钱，养活自己应该没问题。如果实在找不到工作，可以回老家发展，怎么也不能花父母的钱过奢侈的日子。正是你们的纵容，才导致了她越来越奢侈，把孩子害了，甚至拿学坏来威胁你们。

现在，你应该立即解决这个问题。找个时间跟孩子认真地谈一谈，明确告诉她："你这种生活方式，不但对自己没好处，也把我们逼上绝境。我们从现在起，断绝你的一切供应，你自己靠自己的努力养活自己。你不要拿学坏威胁我们，真的学坏了我们不管。你学坏了，由你自己品尝人生的苦果，不是我们替你品尝……"

你必须立刻结束对孩子的溺爱，如果再溺爱下去，将来会品尝更严重的苦果，有可能把孩子彻底毁了，把家庭也给毁了，把你们两口子逼上绝路。所以，希望你慎重对待。

问：我经多年奋斗有了一份好工作，可我又爱上了一个在异地工作的男人。他要求我放弃工作去他身边，我很犹豫。后来决定了去，他又很不高兴，说我不是那种为了爱可以舍去一切的人，是工作狂。我现在决定不去了，可又很自责，你能开导开导我吗？

答：我觉得你的选择是对的。相反，如果你把多年奋斗找到的工作丢了，去追逐那个人，却是不对的。

原因很简单，爱情是建立在一定的物质基础上的，没有物质基础的爱情，是没有保障的，也是容易消失的。德国著名作家歌德也曾经说过，爱情如果不是生根于物质上，那是浮萍的爱，极易随风飘去。单纯靠感情冲动建造起来的爱，像建造在泥沙上的塔一样，常会倒塌的。当然，我这不是漠视感情，不是在轻视感情，是就你的情况来说的。

这个男人要求你放弃工作，是不对的，不理智的，严格地说他也是不成熟的。在你下决心跟他走后，他又说出那样的话，说明他不够爱你。如果你一开始就答应他，跟他走了，我想他最终对你也不会负责。因此，失去他并不是坏事，你不要后悔，更不用自责。

忘掉他吧，重新开始，我相信你会找到更好的更适合你的爱人。

问：我老公没有上进心，整天只愿在家做家务，对女儿也不关心，而且信佛，怎么办？

答：我很理解你现在的心情，非常着急，非常无助，但是我要告诉你，我没有什么"绝招"，只能给你一些忠告。

人的追求是各种各样的,他的这种人生态度我觉得也无可厚非。一切顺其自然,该给咱的咱就得,不给咱的就不要,淡泊一点,他和你的生活就会少去很多痛苦。他这种态度对你的生活应该说没有坏处,相反,还有一定的好处。他在家里操持,使家里保有一种温馨,作为一种缓冲,你便可以更好地在外面打拼。如果他也是一个进取心很强的人,你的生活反而会非常辛苦。

他热爱佛教也没有多少坏处,关键是你怎么跟他切磋交流,不要让他变成一个非要出家不可的佛教徒。

至于女儿的事,要劝他一下,让他对家庭负责,尽到做父亲的责任,教育好孩子。孩子是必须有进取心的,好好学习才能成才。

总之,你现在的状况,是二人生活态度的磨合,没必要太焦急,更不用哭闹,只要别让他变成出家的佛教徒,淡泊一点,就由他去吧。

辑四

呼唤爱意
——在第一届博鳌文学论坛上的演讲

身为一个写作者,总希望我们所在的世界能变得越来越美好,越来越适宜人居住。也因此,在观察社会生活时,既会看到正面的进步,也会特别注意去发现存在的负面问题,并会为这些负面问题的存在而焦虑。眼下的中国社会,进步的方面很多,但毋庸讳言,存在的负面问题也不少。出现这些问题的原因很复杂,不过就我来看,一部分人心中的爱意不足也是一个原因。

爱意是人性中的正面内容。它包括两个部分,其一,是本能的部分。比如,对自己身体的爱意;对异性的爱意;对子女的爱意。这是天生的,是人之本能。其二,是从人性深处唤醒的非本能的部分。在人性的躯体上,有一些柔软的部位,这些部位经过文明的熏陶和社会有意识的呼唤,是可以生出爱意的,比如,对弱者的怜悯可以转变生成为爱意;对遭受灾难者的同情可以转变生成为爱意;对动物的喜欢可以转变生成为爱意等等。

我说的爱意不足,指的是非本能的部分。

正是因为一些人心中的爱意不足,在社会上才出现了人与人冷漠相对的情景,才发生了汽车把孩子轧伤之后,司机飞快逃逸的事件,而且看见的人怕惹麻烦不上前施救,最后导致另一辆车再碾轧而过。

正是因为一些人心中的爱意不足,社会上才有人把过期的馒头粉碎后再加点面粉做成新馒头卖，才有熟肉店把变质的熟肉刷上鲜亮的颜色再接着卖，才有超市把过了保质期的食品换个标签继续卖，才有人把三聚氰胺加在奶粉里。

正是因为一些人心中的爱意不足，社会上才有人会为了赚钱不惜去毁坏人们每天都要喝的水和每天都要呼吸的空气；不惜去污染播种粮食的土地，根本不管粮食是人们赖以生存下去的最重要的东西。

正是因为一些人心中的爱意不足，他们才生出各种巧妙的办法，用电话、短信和微信去欺骗一些信息知识缺乏的老人，把他们辛辛苦苦工作赚来的一点钱骗走。

正是因为一些人心中的爱意不足，他们才会在农民工辛苦工作几个月或一年之后，以各种理由拖欠他们的工钱，根本不去想农民工的妻儿父母也等着钱用，致使他们中的一些人以自残来进行抗议和催要工钱。

正是因为一些人心中的爱意不足，他们才会去大量贪占原本属于所有社会成员的金钱，眼看着很多普通人在艰难度日，而他们却在自己的家里藏上上亿的纸钞和成捆的金条不用。

爱意不足的例子比比皆是。

怎么办？

从国家管理层面看，有很多工作要做。比如对轧人逃逸和卖有毒食品的人，进行法律惩处；对污染环境的人，进行高额罚款；大力宣传做慈善事业人物的事迹，对心有爱意的人进行表彰等等。

对于一个作家来说，面对这种现象也是应该有所作为的。作家的所谓作为，就是通过自己的作品来呼唤人们心中的非本能爱意。

从人类的成长史上看，人类的非本能的爱意，是可以呼唤出来的。

在人类的幼年时期，人们对老人包括自己的父母其实是爱意不多的。考古学发现，在有些原始人居住的山洞里，老年人的头骨上有被石器敲打的痕迹，这表明当食物不足或老年人的疾病拖累了年轻人的时候，老年人可能被打死。在我们中原地区的民间传说里，也有关于这方面的内容。我在很小的时候，就听老人们说，在很久很久的过去，老人们活到一定的岁数，就要穿好衣服，随时准备被自己的孩子背到山里或树林里饿死。也是因此，最早接受文明熏陶的贤明之人，一直把敬老和孝亲作为一个重要问题提了出来，并开始通过各种手段来呼唤人们爱护老人和自己的父母。在这个漫长的呼唤过程中，作家也起了重要的作用。比如孟郊写的诗："谁言寸草心，报得三春晖"，不断被人们传唱。比如《增广贤文》里写的"鸦有反哺之义，羊有跪乳之恩"的名句，被广泛传播。正是在一代又一代人的呼唤下，人们心中对老人和自己父母的爱意才得以萌生和积聚。

在人类的幼年时期，人们对战争中的俘虏是不存任何爱意的。那时，对于俘虏，唯一的措施就是杀死，用石器砸死，推到水里淹死等等。还是最早接受文明熏陶的人们开始呼唤：要爱惜生命，战俘也是人，可以让他们替我们干活等等。经过漫长的一代又一代人的呼吁和呼唤，人们心里对战俘的爱意才被唤起，才逐渐开始把战俘当人看待，给他们以关爱，给他们吃的、喝的、穿的，让他们睡觉。然后又渐渐发展到今天的作战双方交换俘虏，让他们回家重返正常生活。

在人类的幼年时期，人们对任何动物都是不存爱意的。见了动物，唯一想到的就是把它杀死，来供自己果腹；对于不能吃和不好吃的动物，也是打死后扔掉。仍是那些最早接受文明熏陶的人们开始呼唤：不能与一切动物为敌，人要活，动物也应该活，应该与那些无害的动物正常相处。正是在一代又一代人的呼唤下，人们才开始把一些动物当作朋友，学会了与它们和睦相处，而且驯化其中一些为自己服务，对其中很多动物，比如狗和牛，还生出了爱意。

鉴于此，我们应该对呼唤出人性中的非本能爱意充满信心。

当然，这种呼唤需要有各种形式，法律的、宗教的、政治的都应该有，作家用文学作品进行呼唤只是众多形式中的一种。

用文学来呼唤人的非本能爱意，我们首先要明白的就是，这种呼唤是在潜移默化中进行的，不可能立竿见影。一部文学作品对读者的心灵发生影响，是无声的、不可视的、无法计量的，这也是文学无用论和文学灭亡论反复出现的原因。文学对非本能爱意的呼唤更是这样，不能企望它立刻产生效果，很快看到成绩。

我们也应该明白，文学对爱意的呼唤需要反复进行，需要一部又一部作品去频繁触动人性中那些柔软的部位，这样才有可能唤起那种非本能的爱意。只靠某一位好作家，只靠某一部好作品来完成这个任务是不可能的。这好比一座大房子，只靠拢一堆火是很难让房子里的温度升高的。

我们还要明白，文学对非本能爱意的呼唤能否成功，归根结底在于作家的作品能否感动读者。我们知道，有的作品是让人沉思的，有些作品是让人欢笑的，而呼唤爱意的作品则必须能让读者眼含热泪。因为只有感动了才能引起人性深处柔软部分的共振。在今天，一部作品要想感动读者并不容易，很多人很难再轻易相信什么，他们对作品中呈现的生活会反复进行质疑，直到他们真正认可了才能走进去与书中的人物一起流泪。

在对人性中本能爱意的歌颂和赞美方面，无论是中国文学史上还是世界文学史上，都已出现过很多优秀作品，那是人类的艺术瑰宝，我们应该好好保存。我相信，经过中国当代文学家的努力，在对人性非本能爱意的呼唤方面，也一定会出现精品力作，从而对中国人的精神世界产生影响，也有助于很多社会现实问题的解决。爱意，是世界上所有国家和民族的人们都理解和渴望获得的东西，这方面的东西写好了，一定会进入世界文学宝库被保存。

文学让我们的心灵相通
——在出访墨西哥、哥伦比亚和智利时的演讲

今天这个普通的日子,也是令我特别高兴的日子。我终于站到了我很早就想来看看的拉丁美洲的土地上,与你们这些对中国文学感兴趣的朋友们见面。

我的家乡在中国中原地区一个名叫邓州的地方,那儿的气候和出产与这儿有很多不同。由于相距遥远,我原本对拉美这片土地及你们的生活一无所知,但在我读了译成中文的加夫列尔·加西亚·马尔克斯的《百年孤独》和《霍乱时期的爱情》,读了卡洛斯·富恩特斯的《最明净的地区》和《阿尔特米奥·克罗斯之死》,读了巴勃罗·聂鲁达的《邮差》和诗歌之后,我方知道你们尽管在吃的食物、穿的衣服和住的房子方面与我们有很多不一样,可你们也和我们一样想追求一份富裕安宁的生活,想获得一份浪漫真挚的爱情,想争取一份真正的人身与精神自由,想活得体面和受人尊重,想让社会和地球变得更适宜人居住。是文学让我对你们的生活有了生动而深刻的认识,知道了你们内心的希冀、烦恼和苦痛,文学在我们的心灵之间架起了桥梁,使我们得以心灵相通,使我觉得我与你们很亲近。

为此,我在内心里对拉美的作家和拉美文学充满了感激之情。

我也是一个作家,平日里干的活计主要是写小说和散文,偶

尔也写写剧本。我写过种玉米、红薯、绿豆和小麦的农民，写他们想通过种植庄稼富裕起来的希望，写他们发现经商可以致富的喜悦，写他们对城市资本流到乡村后的惊奇，写他们在城镇化过程中的迷茫，写他们养育儿女的艰难，写他们活完一生的不易。我就是农家出身，我的父母都是地道的农民，我很小就在田地里干各种农活，犁地、耙地、锄草、浇水、排涝、割麦、打场、晒麦、装麻袋、入仓、掰玉米、剥玉米、推碾子、挖红薯、切红薯干、磨面，我在上学的间隙都干过。如果我没有参军从事写作，也会是一个种地本领不错的农民。也因此，我对农民怀着深切的感情，我愿意去写他们的生活，写起他们时我觉得心里很快乐。

我也写过在城市生活的人。写过建筑工人，写过公司老板，写过门卫保安，写过白领丽人，写过保姆、官员，写过警察、教授、写过演员、画家。城市里很多种职业的人都进入过我的作品，我想把城市里的五彩缤纷都描画出来，想把五行八作的人都写进作品，我想建起一座中国当代城市人的精神大厦，让人们去一睹这座大厦的内部景观。我从事写作之后，大部分时间生活在城市中，与城市里各种人物都有接触，我对城市应该说也算熟悉，我觉得我应该把喧闹繁华的当代中国城市生活表现出来。

我还写过军队生活。我十八岁离开河南老家去从军，在军队里生活了很多年，在野战军里当过士兵、副班长、班长、排长和连职干部，后来进了机关，亲身经历过和平年代的军营生活，也作为战地采访者上过战场，军人们的牺牲奉献精神令我感动。在人类生活的现阶段，任何一个国家和民族都必须拥有军队和军人，一个国家、一个民族的精神状态，通常会通过他所属的军人表现出来。我熟悉中国军人，因此愿意去写他们，我写过普通的士兵，也写过大校和将军。

我书中的大部分人物是我们每天都接触的正常人，但也有一些异于常人的人物进入过我的作品，比如同性恋者。在很长一个时期，同性恋者在我们那里不被理解和宽容，他们会被视为怪物，受到很严重的歧视，甚至虐待。我很小的时候，就听大人们告诉我谁是"怪物"，被警告要"远离他们"，这些人活得十分孤独和悲苦。他们的命运引起了我的关注，我后来就写了小说《银饰》，我把我对这部分人的同情和理解都写了出来。我们应该允许人与人有不一样的地方，包括他们的性取向。人类不应该在自己的同类里再划分等级，不应该允许一类人去歧视和折磨另一类人，我们应该平等相处，每个人都应该对他人抱有一份深切的爱意，并施以爱心。

我的绝大部分作品是依托自己的生活去写别人，讲的是别人的故事，但也有一部作品是写我自己的真实生活，这就是长篇小说《安魂》。2008年，癌症夺走了我儿子的生命，这对步入老年的我是灭顶之灾和最沉重的打击。在绝望和痛苦之中，我开始写这部书，想把我对儿子的思念和对死亡的认识都写出来，书中还写出了我对天堂的想象，我想用此书来安慰自己和儿子的灵魂，也去安慰很多失去独生子女的中国父母。

我渴望你们——拉丁美洲的读者，能通过我的作品，去了解中国乡间的农民、城市的市民和中国军人的生活及内心世界，知道他们在向往什么，企盼什么，懂得他们的欢乐和苦恼，理解他们的言语、行为和追求。我相信，只要你们读了，你们和我及我的同胞的心就会贴近，你们就会觉得拉丁美洲和中国其实相离并不很远，中国人和墨西哥人、哥伦比亚人、智利人其实是兄弟、是姐妹，是可以友好相处的朋友！就会感到我们都是造物主的孩子和地球的子民，我们虽然眼下的生活中还有很多困难，但我们全都不会停下追求幸福的脚步，我们的未来会很美好！

文学，尤其是小说，在今天这个影像盛行的时代，已被有些人宣布为即将死去的东西。但我不这样认为。

文学是人类在发明了文字之后，依托对文字的精美排列而进行交流的一种途径。虽没有影像直观，但她形象生动，其中蕴含的思想要远比影像丰富，其美感不是影像或图像所能代替的。一首诗歌要表达的东西，可能是几百幅图像都难以说清的。一篇短短的散文所记叙的内容，一部电影也难以全部表达出来。至于小说，它满足的是人们爱听故事的天性和窥视他人生活的隐秘欲望以及想在轻松的阅读中获得思想启迪的渴求，只要人听故事的天性还在，只要人类的心理不发生重大变异，小说就不可能失去存在的基础。也因此，我相信文学还会长久伴随我们人类前行。

文学还会有着美好的前途！

在这种判断下，作为一个写作者，我所应该做的事情就是继续努力写作，用尽心血去争取写出优美的作品，以献给喜欢我作品的中国读者。当然，如果其中的一些作品适合翻译，就再通过翻译家，译成西班牙文，献给你们，我尊敬的异国朋友们！

我既是一个写作者，也是一个阅读者。我每年阅读的外国作家作品都挺多，拉丁美洲作为世界文学的重镇，已经为世界文学界贡献了许多优秀的作家，已经为世界文学宝库贡献了许多优秀的文学精品，我会继续阅读已翻译到中国的拉美作家的经典作品，也渴望读到更多的拉美作家新创作的作品。

愿拉美的作家们创作丰收！

愿有更多的拉美作家的作品翻译到中国去！

愿生活在亚洲的我们与生活在拉丁美洲的你们，能经由文学作品的阅读，达到真正的心灵相通！

谢谢！

人性立方体
——在河南大学的演讲

人性,指的是人的自然属性和社会属性的总和。

作家以人为写作对象,也必然得研究人性。研究人性的内容,研究人性的表现方式。

如果把人性看作一个立方体,我们来说说它的六个面的内容。

正　面

这一面就内容上来说,都是常见的正常的东西,是作家经常要加以表现的东西。写好了常常能激发人的正面欲求,让人觉得人间真好。

1. 让吃、住、行变得舒服的欲望,储存金钱和物资的欲望,比如《李顺达造屋》。

2. 享有异性伴侣的希望。

3. 爱意。血缘之爱,两性之爱,近邻之爱,同学之爱,同乡之爱,同事之爱,战友之爱,同胞之爱,同类之爱。

4. 同情与怜悯。当陌生人遇到困难、灾难、不幸、痛苦时,面对陌生的弱者时,自己感同身受,产生关怀的情感反应,比如"5·12"地震。

5. 宽容。别人犯了错,道完歉后,就不再追究,比如对待小偷。

6. 理解。对方做的事不妥，但表示理解，比如车上小便。

7. 喜欢美的东西。见到美的东西就高兴，美的异性，自然景色，人文景观。

8. 自利。遇到一件事，先看其对自己的利害如何，尔后加以权衡。

背　面

这一面是人性中最黑暗的部分，写出来对人类有警醒意义，让人类认识到自己的缺陷，对人类的自我完善有用处。

1. 贪婪。恨不得所有的钱财和物资都归自己，比如谷俊山。

2. 冷漠。见死不救，比如车从人体上轧过去。

3. 仇恨。报复，殴打，毁容，杀戮，个人仇恨，比如北京一所中学里几个女生殴打一个女生。民族仇恨，如塞族与克族、阿尔巴尼亚族；俄罗斯族与乌克兰族。宗教仇恨，比如中东。

4. 忌妒。对钱多的、权大的、名高的、长得好的，挖苦、讽刺、毁坏。

5. 残忍，比如希特勒、德国法西斯杀犹太人。

6. 极端自私。属于我的，绝不给你，见到乞丐，立即关门。

7. 狭隘。心眼狭小，对人不存宽容，比如马加爵。

8. 破坏。每个人心里都藏着一份破坏欲望，比如群体性破坏。

前　面

这一面的人性表现与正面的表现相离很近，但过了度，也就是说越过了正常界限。写好了会让人意识到人性似一条河，要小心，不让其泛滥。

1. 爱得过了头。比如母亲不让孩子把煮熟的鸡蛋敲碎自己动手吃，一定要亲手剥好再让他吃。

怕自己死后孩子受苦，自己死时把孩子也杀死，比如崇祯杀女。

2. 理解得过了头。比如一个妻子怀孕后给丈夫找女人，帮他实施强奸，帮他杀人。

3. 宽容得过了头。比如亲人犯了罪，保护他，帮他藏匿赃物。

后　面

这一面是正常人性的变异、变态，事外之人很难理解。这一面写好容易让读者惊心动魄。

1. 同性之恋，比如《银饰》。
2. 变态收藏，收藏美女，比如小说《收藏家》。
3. 变态储存，储存垃圾，比如一屋子都是垃圾。
4. 嗜血。比如有些变态连环杀人犯，一见了血就兴奋。

左　面

这一面反常但他人可以理解，是正常人性的延伸。

1. 战争中，对敌人中最顽强的抵抗者，会表示敬意。
2. 恋旧。人爱看旧物、爱说旧人、爱忆旧事，其中储存有自己的感情。
3. 妥协退让。当自己无力改变事情的局面时，人会后退一步与现状妥协。

4.谄媚奉承。主要是对有权势者,这也是为了保护自己。

右　面

这一面完全为人不齿,这是人的原始兽性的遗存。

1.乱伦。母子、父女、公媳、婆婿。

2.告密。主要是对自己不设防的人的言行向权势者举告,通常是亲友同事,是为了换取更多的利益,为了自己活得更好。

3.叛变。与转变不同,是在保护自己的考虑下,突然改变原来坚持的东西。

童年和少年记忆对创作的意义
——在郑州师院的演讲

记忆,下个简单的定义,就是保持在脑子里的关于过去事物的印象。童年和少年记忆,就是保持在脑子里的关于一至十五岁的生活的印象。

记忆,是人类心智活动的一种。只要一个人的脑子不患病,心理正常,就都可以在自己的脑子里保持对过去事物的印象,保存对自己童年和少年生活的记忆。

一、童年和少年记忆的特点

人在童年和少年时代,处于生命的起始阶段,大脑里基本上是一片空白,对外界的一切事情都保持着强烈的兴趣,对所有的信息都想将其存储起来,这个时段记忆特点是,一旦记住某一件事情,其在大脑里的刻痕就特别深,就可以形成长期记忆,甚至终生都不会忘记。这时的记忆发生的特点是:

1. 与强烈的情绪起伏有关系。

人的童年和少年时期,就是指零岁到十五岁这个阶段。人长到什么时候开始有记忆,说法不一。我老家乡间老百姓的说法,是四岁;科学家说,是三岁,因为人在三岁就形成了神经元记忆机制;北京城里有人说,人大概两岁时,就拥有了记忆;网上有个人说：他清楚记得一岁左右的两件事情，而且都得到了他妈妈的证实。

我最早的记忆是娘为一件什么事错怪了我，训斥了我，我很委屈很生气，我学着大人们吵架时要寻死的样子，拿了一截绳子，站在桌子底下，声称不活了。娘笑着把我手中的绳子夺走了，安慰了我。这件事到现在还清晰地记着，但是几岁时发生的，说不清了。

上初一的时候，家里给我买了一顶新帽子，我特别喜欢，一个同学在与我发生纠纷时把我的帽子扯下来，揉揉扔到了地上，我的帽盖被弄碎了。我因此怒不可遏，冲上前就与他扭到了一起，企图把他摔倒，恰好被学校的教导主任看见，撤了我的学习委员职务。

2. 与吃和睡这类有关生存的大问题有关系。

我记住的第二件事情，是奶奶喂我吃馍花。奶奶把一个白馍掰碎，泡在盛了开水的碗里，在里边放了点盐末和香油，然后用调羹喂我吃。奶奶的样子已记不得了，能记得的是奶奶端碗的手和喂我吃的动作。

再有就是去食堂打饭，拿回来的一小团煮熟的刺蕨芽。

那时家里房子少，来了客人，我就得去找睡的地方。往往是吃了晚饭后，娘给我一床被子，我把被子扛在肩上，到村里去找睡的地方。

夏夜，和村里的大人们一起去看青、看麦子。看一夜能给记两工分。

3. 与游戏和玩乐有关系。

踢鞋楼的游戏。

打撬的游戏。

藏老蒙的游戏。

与女孩一起扮成一家人的游戏。

二、童年和少年记忆的内容与分类

如果我们仔细在大脑的记忆仓库里翻找，我们会发现，关于童年和少年时期的记忆会占整个仓库的很大一部分空间。原因就是这个时段人的记忆力特别强，而且人在这个时段特别愿意去记东西。如果要对这些记忆内容进行分类的话，大概可分以下几种：

1. 经过美化的形象记忆。

对人的形象的记忆特别容易美化。男生对女生的印象，女生对男生的印象，初恋的对象，都有这种情况。比如，我对一个嫂子的记忆。

2. 抽取片段的事件记忆。

对一件事的全部过程记不清楚，但会记住片段。如一个孩子记住妈妈在给他穿衣服时，接受了一个不是自己父亲的男人的亲吻。

3. 偏于极端的情绪记忆。

狂喜的、极乐的、恐惧的、伤心的情绪发生时的情景常常会记住。比如，有一天晚上从院门外回厨房里盛饭。

4. 对身体受到损伤的动作记忆。

比如，摘枣时从不高的树上掉了下来，"文化大革命"看到一个女老师被揪斗的场面。

三、童年和少年记忆对创作的作用

对于不从事文学创作的人来说，他们关于童年和少年生活的记忆，可能用在两个地方，一个是用于抚慰自己，他们可以从自己对童年和少年的记忆中找出有趣的部分，用于精神享受。我们经常可以看到一些行动受限但心理正常的老人，独自坐在阳光下微眯了眼睛在笑，有时还会笑出声来，他们很可能就是想起了童年或少年时的趣事。另有一个地方就是向别人特别是向自己的儿孙来讲古，告诉他们自己在童年和少年时期经历的事情。

对于从事文学创作的人来说，这些记忆可是极其重要的东西，是一份珍贵的创作资源。

1. 童年和少年时代的有些记忆，可能影响一个人性格的形成，同时也会影响到一个作家的写作风格。

比如，有个作家在童年和少年时期总见到父亲打母亲，记住的暴力场面和事件特别多，而且特别残酷血腥，结果，他的性格就也偏向暴躁，待人处事缺少细腻温柔。他从事创作后，其文笔总呈现出阴郁之风，带着一丝暴烈之气。

2. 童年和少年的有些记忆会对一个人的心理产生巨大影响，造成心理阴影，这个人如果从事创作，会使其将这种阴影投射到他笔下的人物身上。

比如，有个女孩发现父亲和另外一个女人来往后，由对父亲的鄙视延伸到对所有男人的鄙视，她长大后写作，她笔下的男人没有一个给人美的感觉。

3. 童年和少年时期关于人物形象的有些记忆，可以直接成为散文写作的对象。

对于父亲、母亲、爷爷、奶奶、邻居、伙伴的记忆，可以直接写成散文，如《乡下老人》。

4. 童年和少年时期关于人物形象的有些记忆，可以成为小说中人物的原型。

如我对一个嫂子的记忆,成为《香魂塘畔的香油坊》的人物原型。

再如少年时代对于初恋对象的记忆,加以艺术处理,此人就可能成为一篇小说的主人公,如台湾一个作家写的一篇小说《再见》。

5.关于事件的有些记忆,可以成为小说中故事的引子或核心。有一天,村里有头牛因为使牛的人打了它,就到处追着抵这个人,后来这个情境成为我虚构《伏牛》这篇小说的媒介。

又如,莫言的《白狗秋千架》。

我们村里一个瞎了一只眼的爷爷,年轻时走夜路,月亮很亮,他看见邻村一个长得很好的姑娘在前边走,就说,大妹子,你这是要去哪里?那姑娘说,要去你们村看戏呀。他暗暗高兴,就说,那咱们就一块走吧。两个人走呀走呀,老也不见村子,直走到鸡叫,却见那姑娘忽地没了。他很奇怪,站在原地没动,直到天蒙蒙亮,才发现自己站在一座新坟前,原来那姑娘三天前已经死了。这个记忆,我一直想把它写成一篇小说。

6.关于情绪的有些记忆,可以成为触发你产生艺术想象的媒介。

我对伤心这种情绪的记忆,让我后来在写《第二十幕》时,设计了一个女性的自杀。

对恐惧的记忆让我写过一篇散文。

大师的馈赠
——在信阳师院的演讲

读书对人的重要性,大家都能说出几条。读书对于作家来说,更显得重要。阅读对于作家的重要性,就像观看厨师操作之于学厨者。你连厨师怎么在后厨操作都没看过,你怎能当好厨师?没有阅读,作家不知道好作品是什么样子,他怎么能写出好作品?

也因此,所有的作家都重视阅读。我知道很多作家买书都是一次十几本二十几本地买。我自己这些年,只要有时间,也一直在坚持阅读。

作家的阅读,当然首先是阅读本国作家的经典作品,以便了解本国的文学传统,学习前辈作家成功的经验,但只在这个范围内阅读不行,这就像一个木匠家族,只向自家的前辈学习,只做自己祖先做过的家具,时间久了,没有新家具推出,顾客就可能减少。没有对其他国家优秀作家经典作品的阅读,不给自己选择更大的参照系,不吸收新东西,就不可能有崭新的创造。

如今回首看看,我自己这些年通过对外国经典作家作品的阅读,确实获得了很多思想和艺术滋养,对我的创作产生了很大影响。

其中,有几个人对我产生的影响特别重大。我下边就说说对我产生重大影响的几个外国作家。

第一个作家就是俄罗斯的作家列夫·托尔斯泰。你们很多人可能都读过他的作品。我成长的那个年代读他的作品是犯忌的。外国作家的作品当时都属于封资修文化资产，不允许我们学习。我就读的那所初中的图书馆把窗户、门都钉死了，不让我们进屋。我读列夫·托尔斯泰的第一部书是《复活》，是我十八岁当兵以后读的。我有一天看到我的班长老是在偷偷地看一本书，这本书没有封面，没有封底，也没有书脊，他就是为了防止别人看到他在读什么书，我看他读得挺入迷的，就趁他出去后，偷偷从他褥子下面把书拿出来。我也开始悄悄地读，这样等他快回来的时候，再赶紧塞进去。就用这种办法，我把它读完了，读了以后觉得非常新鲜，也很受感动。书里面讲了聂赫留朵夫和玛斯洛娃的情感，讲他们交往的过程。当时首先是书中的故事征服了我。聂赫留朵夫到乡下他一个亲戚家去，在那里第一次看到玛斯洛娃时，玛斯洛娃是一个十七八岁的姑娘，正是青春怒放的时候，非常漂亮。他就想法勾引她，他没带任何感情，只是肉体和本能的需要。玛斯洛娃倒是真心爱上他了。因为他是从大城市来的，又长得很帅。女孩爱上他以后，就把身体给他了，可是，这个家伙根本就没有珍惜这个姑娘的感情，他回到莫斯科后，很快就把她给忘记了。等他再见到她的时候是在一个法庭上，这时他是陪审员，而玛斯洛娃是被审讯的犯人，当年的玛斯洛娃现在已是一个被控谋杀罪的犯人。聂赫留朵夫一见玛斯洛娃非常吃惊，在审讯过程中，他逐渐知道，正是因为当年他的勾引，导致玛斯洛娃怀孕，然后被他家的亲戚解雇，最后沦落为城市里的妓女，在接待一个嫖客时那人死了，她就被抓起来了。这件事对聂赫留朵夫产生了很强的刺激。他开始觉得他对这个女孩的沦落负有责任，想为她的轻判做努力。且在此后与她的交往中，逐渐又萌生了感情，他的良心复活了。我那个时候也正是青春期，对爱情也是充满憧憬。然后我就想，我将来要是也能写出这样一本书就好了。等到"文革"以后，我就把列夫·托尔斯泰所有翻译过来的书，都找出来读了。他最重要的作品还有两部，一部是《安娜·卡列尼娜》，另外就是《战争与和平》。我都读了一遍。读了以后，我发现了一个现象，就是列夫·托尔斯泰在他这几部作品中都对爱情和爱进行了探究。在《复活》中，聂赫留朵夫对玛斯洛娃由抛弃到爱心的复活；在《安娜·卡列尼娜》中，安娜·卡列尼娜因为没有得到真爱而卧轨自杀；在《战争与和平》中，女主角娜塔莎对保尔康斯基由不忠到重新爱上他。托尔斯泰一直在讲爱和爱情。我后来读托氏的其他作品，注意到他曾主张要爱一切人。这是他的文学主张，也是他的人生主张，他的这个思想，对我产生了很大影响。后来我就琢磨、思考，得出了我自己的结论。我认为人活着的全部目的和基本目标，就是爱。同学们仔细想想，你们的父母辛辛苦苦劳动挣钱，为了什么，为了爱，为了把自己的孩子养大，送入小学、中学和大学里读书，为他们说对象，买房子，办婚事成家。那么孩子将来长大，他要挣钱，他想干什么？他要孝敬父母，要把自己的孩子养大。我已经经历过一次死亡，我知道人在最后死的时候，想的不是自己的官职、自己的名声、自己的金钱，他想的就是我的亲人怎么样，这辈子谁爱过我，我爱过谁，他在弥留之际想的就是这些东西。所以我觉得爱是人活着最重要的目的和活下去的动力，这是我从托尔斯泰那里吸取营养后逐渐明白的，它成为我的人生观和世界观。所以，后来我的作品中就慢慢地开始呈现出爱这个主题。

第二个对我影响大的作家是陀思妥耶夫斯基。他有一本最著名的小说叫《罪与罚》，写一个穷大学生，在一个人家里租住着房子，经常是有了上顿没下顿，后来他发现房东老太太有钱，就生出了要抢她钱的心，想把她杀了，把她的钱抢过来。这个大学生很年轻啊！小说就写这个大学生准备杀人，和杀人后要不要自首，整个一本书就围绕着这事写。我不知你们读过没有，你们将来有时间可以读读，你只要一进入这本书里面，你就陷进去了，非常沉郁的那种状态，紧紧地把你的心揪住，让你不得不读下去，读完以后，让你半天出不了声，就是非常压抑，就是这种艺术效果。它成为世界艺术宝库中一个非常重要的样本。我当初读完思考他成功的秘诀或者原因，首先就是它表现的是社会最底层人的生活状态，社会上真正在上流社会生活的人有多少？并不多。阅读文学作品中的人中，最多的还是中下层社会，所以说文学最大的市场在社会中下层。那么写底层人的生活，就最能引起整个社会的共鸣，这也是作家成功的一个原因。第二个就是他写的是人的内心挣扎，他写这个大学生在杀人之前，在外面来回徘徊，下定这个决心不容易，毕竟是杀人啊，他从未杀过人，做这个决定非常痛苦。陀思妥耶夫斯基的文笔确实厉害，写得让人心里难受得不得了，让你的心紧紧地缩成一团。然后他下定决心杀，因为没有这笔钱，他没法生活，后来杀了，杀了以后，惊恐啊，警察们开始调查这个案子，他害怕，要不要自首，那也是一场内心挣扎：我不自首是个什么样，也许不会抓到我？可当时种种迹象表明，警察已开始怀疑我。他非常紧张、恐慌。作家把这个心理过程写得非常细致入微，最后是在一个他爱的女孩的劝告下去自首的，那个女孩也是一个在底层社会中沉浮的人。这本书让我明白两个问题：其一，一个身处底层社会的作家，你最好去写你最熟悉的底层人的社会生活状态，这样才能写得打动人。我就是底层社会出身，是个农民的孩子，我熟悉的就是下层的农人、小市民、家庭作坊的作坊主，小镇上的那些漆匠、卖茶的这些人。我后来很多作品就写这些普通人。其二，在写人的时候一定要写人的内心世界，要进入人的精神空间，把他的心理活动惟妙惟肖地表现出来。

对意大利作家伊塔洛·卡尔维诺和美国作家迈克尔·坎宁安的阅读，让我懂得了小说的结构方式具有无限的可能性，一部小说能否以一种崭新的结构样式呈现，关键是看作家的创造力。我读过卡尔维诺的《寒冬夜行人》，这部小说的开头说：《寒冬夜行人》要发行了，但读者买来一看，发现从三十二页以后，书的装订有误，于是找到书店要求更换，书店老板解释说，已接到出版社通知，卡尔维诺的《寒冬夜行人》在装订时与一位波兰作家的一本书弄混了，答应更换。这位要求换书的男读者在书店里还遇到了一位也来要求换书的女读者。接下来，小说便在两条线索上展开叙述，一条是男读者为寻找《寒冬夜行人》而得到的十篇毫无联系的小说开头，另一条是男读者和女读者交往恋爱的故事。

我读的坎宁安的作品是《丽影萍踪》。这部书里写了三个女人的一天：一个是生活中真有的英国女作家弗吉尼亚·伍尔夫；另一个是这位女作家正在构思的一部新作品中的女主人公克拉丽莎；再一个是女作家作品出版后的一个怀了孕的女读者劳拉。三个平行叙述的故事都是一天的故事，但女作家的故事发生在1923年，小说主人公的故事发生在20世纪末，读者劳拉的故事发生在1949年。这种结构方式还从来没人用过。

这两位作家对我的影响主要是小说结构方面的。

对秘鲁作家马里奥·巴尔加斯·略萨的阅读，让我懂得了如何加快叙述的节奏。略萨前几年获得了诺贝尔文学奖，他有一部小说叫《潘达里昂上尉和劳工女郎》，这本书写的是军队内部的腐败生活，他写一个国家的军队军纪废弛，到处强奸妇女，结果这个军队里的高层领导不是去严肃军纪，而是派一个名叫潘达里昂的上尉组织一批妓女去劳军，用这个办法去安抚战士们，不让他们去强奸妇女，这是一个巨大的反讽。这部书给我的启发，就是它的叙述节奏非常快。它常常把几个场合的对话不加任何过渡地连到一起，比如，将军给潘达里昂上尉交代任务，将军和地方长官的聊天，神父和信徒的对话，这些原本没有关联、在不同场合的对话，在没有任何过渡、没有任何交代的情况下，紧紧连在一块儿，由读者在阅读中自己去区分。这就像看电影一样，把不同的场景剪辑连接在一起，让我觉得节奏非常非常快。这种写法与今天读者的生活节奏相协调，如今人们的生活节奏普遍加快，阅读时间不多，如果作家还像过去那样叙述，慢慢腾腾、四平八稳，很多年轻读者已经不习惯了。

略萨让我懂得了小说的叙述节奏是可以加快和给予控制的。

对美国作家冯内古特的阅读，让我意识到了叙述视角的选择非常重要。冯内古特写了一个长篇小说叫《五号屠场》。这部书写的是第二次世界大战中在德国德累斯顿发生的事儿。德累斯顿这个地方是当年德军关押同盟国战俘的地方，德军在这里常把战俘弄死，像杀猪一样地杀死，杀死以后，还用他们的脂肪炼成肥皂。你说这是多么骇人听闻的事情。叙述了这事以后，他又讲盟军最后开始反击的时候，组织了一场大轰炸，那是一场几千架次飞机进行的狂轰滥炸，把德累斯顿十三万五千人全部炸死了。作者认为当年德军杀盟军战俘不对，但盟军轰炸一次杀死这么多人，也不对。认为两者都把人间变成屠场了。过去已有很多作家对"人间"这个概念进行过定义。我们中国有一个女作家萧红,她定义"人间"叫"生死场",生死的场所。那么这个冯内古特他把人间定义为屠场。在第二次世界大战中,我们中国战场仅中国人就死了将近三千万人。三千万人是个什么概念?一万人站在一起看上去就是黑压压一大片。三千万人站在一起那将是多大的一个场面,你们想想,仅中国战场就死这么多人,这不是屠场是什么?这本书吸引我的不仅仅是这些故事,还有冯内古特在书中设计的一颗541号大众星,书中的人物在这儿可以见到他感兴趣的任何时间,他从1955年的门进去,却从1941年的门出来,再从这个门回去,却发现自己在1963年。人物老年、幼年、新婚、病中、中年的故事可以随意穿插,让人读起来觉得妙趣横生。它把时间顺序完全打乱了,让你随意地进到每一个房间去,接触已经流逝了的时间。这个视角非常独特,冯内古特让人站在大众星上看人间,把人间的过去和今天都看得清清楚楚,没有任何东西可以阻挡人的眼睛。

冯内古特让我明白,同样一个故事,叙述视角不同,讲出来的效果也不同。

对加西亚·马尔克斯和毛姆的阅读让我懂得了故事在小说中的重要意义。我读马尔克斯的作品主要是两部,一部是《百年孤独》,一部是《霍乱时期的爱情》。特别是后者,故事讲得非常精彩,把主角阿里萨持续了五十多年的爱情故事写得很吸引人。马尔克斯是前不久才去世的,他这么优秀的一个作家,最后得的是痴呆症,老年痴呆。我觉得上帝不该这样回报他,他为人类做了这么多贡献,你竟然叫他得个痴呆症,你让他得别的什么病不行吗?他最后死在癌症上。他自己后来认为,他最好的小说是《霍乱时期的爱情》。《霍乱时期的爱情》故事性非常强,它回归故事，而且讲述故事也不再用魔幻的手法，故意用流行的那种讲爱情故事的方法来讲，把世界上千奇百怪的爱情都讲了。这部书的主角叫阿里萨，他是一个电报员，爱上了一个商人的女儿，这个姑娘比他小，大概比他小五六岁的样子。一开始两个人的爱情受到这个女孩父亲的阻挠，两人爱得非常激情澎湃，后来这个女孩儿在一次突然的近距离接触中，发现阿里萨长得很一般，并不帅呀，她的激情一下子消失了。类似这样的事北京也发生过，一个男孩儿和一个女孩爱得很好，结果这天晚上两个人住在一起时，女孩戴的隐形眼镜在亲热的过程中一下子掉了，隐形眼镜一掉，男孩突然发现这个女孩没戴隐形眼镜的时候很不漂亮，这给了他很强的刺激，后来他很快就离开女孩了。这证明马尔克斯讲的故事是有生活依据的。阿里萨爱的那个姑娘最后嫁给了一个医生，这个医生后来成为名医，进入上流社会，她也跟着享福，也给医生生了几个孩子。但是在这个过程中，阿里萨一直没结婚。他说，我相信你的男人会死在我的前头，我一定要娶你当我的妻子。女的并不知道他的雄心，人家过正常的日子。他呢，和无数女人交往，但他都不愿意娶人家为妻。他一直把妻子的位置留给那个女的。几十年过去了，女的已经七十多岁了，她的丈夫才死，阿里萨暗暗高兴：果然死在了我前面。他于是又去找女方，人家男的死的当天晚上，他就去了。这个女的正在难受，人家夫妻有感情啊，两个人有孩子呀，他不管，说，我呀，现在要向你求婚，我一定要娶你为妻。这个女的很生气，把他推到门外，把门关上了。但这家伙不死心啊，他已经七十多岁了，他不停地用各种手段来追求她，最终感化了这个也已七十多岁的女人的心，最终答应跟他一块儿坐船，来一次爱情之旅。马尔克斯把这个爱情故事讲得惊心动魄，他真是讲故事的高手。这部书让我明白，把故事讲好，对于吸引读者非常重要。这部书首印二百万册,然后翻译成了世界各种语言,征服了各个国家的读者,这个作品的成功对于我的启示就是小说家一定要把故事写好。小说区别于散文、诗歌、报告文学最本质的东西就是它有故事。我的小说里故事性比较强,除了受中国传统小说的影响外,马尔克斯给了我启发也是一个原因。

我还喜欢读毛姆的书,就是英国作家毛姆。毛姆也是一个特别擅长讲故事的作家,他的作品中国也翻译了很多。他有一个短篇小说叫《没有被征服的女人》,写得很棒。小说讲第二次世界大战的时候,德国占领法国之后,一个德国士兵发现了一个农村姑娘,叫安妮特,长得非常好,他拉住人家就想施暴,那个女的反抗,但他是个军人,他有劲,把人家拉到地里强奸了。强奸以后,他看着这个姑娘哭着回到了她的家里,他知道了那个姑娘的住处后,过了几天就又来找人家了。法国被德国占领以后,老百姓生活非常苦。他带了一些军队里吃的东西,罐头呀,红肠呀,来了以后,那个姑娘就躲进屋里,不理他。姑娘的爸爸妈妈不敢不接待这个占领者,他把东西放下就走了。过了几天,他又来了,还想见这个姑娘,这个姑娘一直避而不见。但他每次来,都带着吃的东西,这慢慢征服了这个女孩儿的爸爸妈妈,她爸爸妈妈觉得这个士兵不错。慢慢地,这个女孩儿肚子大了,怀孕了,这个德军士兵见状也对这个家庭产生了感情,觉得这个女孩儿不错,这个家庭是一个正统、传统的法国家庭,让这个女孩儿做妻子也不错,他有了真正娶她的意愿。有一天,他就正式把这事儿提出来了。她父母好像心动了。但这个姑娘坚决不同意,她父母说那你的孩子是他的呀,女儿没话说。这个士兵就算了算这个女孩儿生产的时间,结果在估计她要生产的时候,他来了,他来后发现,姑娘的肚子已经平了,孩子明显是已经生下来了。他非常高兴,就问安妮特说，孩子呢？因为这毕竟是他的孩子。安妮特平静地说，我扔到河里了……这个故事，我的天啊，给我的震撼非常强烈。它讲战争，不是直接讲，不讲德国人和法国人在战场上怎么打，就讲这样一个男女间的故事，但是这个故事里面，负载的东西让你感觉得到的确太多了。被打败的法国人内心的那份不屈让我们深刻地体会到了。毛姆让我再次意识到故事对一个小说家的重要性，让我明白你只有选择好的故事，故事才能负载起你的思考，才能把你的思考通过故事输送到读者的心里。

对希腊作家尼可斯·卡赞扎基斯的阅读，让我懂得了作家可以通过小说对人性这个洞穴和人的处境进行深刻的探索。卡赞扎基斯这个作家在希腊的地位，与鲁迅在中国的地位相当。他当年来了中国两次，都是周恩来总理安排接待的。他对中国非常友好，他有一部书叫《基督的最后诱惑》，基督就是那个耶稣，是江苏译林出版社21世纪初出的这部书。我当时看了这部书后非常感动，就写了一篇评论发表了，好像是在《文学报》上发的。时间过去了很久，我都把这个事儿忘记了，结果前年11月份，突然外交部转来中国驻希腊大使馆发过来的一个特急电报，电报上说，希望我尽快到希腊参加一个卡赞扎基斯的研讨会。然后我就去了。我在会上发了言。我读《基督的最后诱惑》，感动的就是作家把基督当作一个人写，只要是人，就都要受尘世上的各种诱惑啊，这是作家对人的真实处境的发现。基督立下宏愿要拯救人类，但是他的肉体照样受妓女抹大拉的吸引和诱惑，他想去见抹大拉，他在心里告诉自己，不能去呀，你去见她做什么？但是，他的双脚不听他的要求，非要往抹大拉所在的那个村里走不可。这就是人受诱惑的状态。当然，基督最终抵制了这个诱惑，去完成他的任务了。卡赞扎基斯以耶稣基督为例，来讲人的一个处境：就是诱惑和抵制诱惑。其实我们今天也是这样，我们想想，我们每个人每天都在面对权力的诱惑、金钱的诱惑、美色的诱惑。其中，金钱的诱惑特别可怕，无数人在这个诱惑面前缴械了。卡赞扎基斯发现人的这个处境，这是他对文学的贡献。他的书让我明白，作家必须有自己独到的思考，才能发现别人没有发现的东西。

我上面讲这么些例子，是想说明阅读给我的好处。在座的同学们如果有愿意从事创作的，最好也去更多地阅读，相信你们也会通过阅读掌握写作的技巧，学会独立思考，然后写出好作品。

小说家能给世人带来什么
——在浙江慈溪中学的演讲

农民能给世人带来粮食、蔬菜果腹;渔民能给人们带来鱼类尝鲜;铁路工程师和铁路工人能给世人带来远行的便利;建筑设计师和建筑工人能给人们带来居住的房屋;那小说家能给世人带来什么?

他们凭什么在这个世界上立足?

小说家能给世人带来小说作品。这是笼统的说法。

我自己认为,如果仔细琢磨,小说家给世人带来的其实是:别的人生样本。

《红楼梦》带来了黛玉的人生样本。

《红与黑》带来了于连的人生样本。

《安娜·卡列尼娜》带来了安娜的人生样本。

《边城》带来了翠翠的人生样本。

《霍乱时期的爱情》带来了阿里萨的人生样本。

作家带来的这些人生样本世人需要吗?

我自己认为:需要。为什么?因为我们每个人只知道自己的人生经历、境况及状态,对别人的人生并不了解,而每个人又只能活一生,选择什么样的性别,出生在什么地方,生长在什么样的家庭,通常并不由我们决定;求学、就职、找对象结婚、生育,后悔了也无法回到当初。也因此，我们一般人都有一个愿望，那就是希望看看别人的生活，看看别人是怎么活的，看看他们的人生是怎么过的，好与自己做个对比。我们每个人的内心里，其实都潜藏着窥视别人生活的愿望。

谁能满足人们的这个愿望？

小说家。小说家使用提炼、想象、虚构、写实、变形、魔幻、夸张、神化等等手段，把别的人生样本形象生动地呈现出来，供世人去观看。

读者观看这些与自己不同的人生样本时，首先会获得情绪上的刺激。看到书中的有情人终成眷属，我们会感到高兴和愉悦；看到书中的人遭恶势力欺压时，我们会感到生气和愤怒；看到书中的主人公命运凄惨时，我们会伤心落泪。这种种情绪上的激荡和变化，对人有好处，人的情绪只有不断得到刺激，他才能与外界保持一种正常反应状态，他的肉体才有活力。我们看到一个人，如果他不会有喜怒哀乐的情绪反应，那他的身体肯定就是病了。小说是什么？它也是一种情绪刺激品，看小说能给人带来情绪上的激荡，能让你跟着小说家一起喜怒哀乐。情绪激荡过去以后，原来积存的各种情绪垃圾也一并被冲走，人会感到很畅快、很享受，人的身体会感到很松弛、很舒服。

观看这些别人的人生样本时，读者也会获得心理上的抚慰。无数作家写出了无数的人生样本，看多了你就会发现，其实每个人都活得不容易，不管他有什么样的出身，不管他从事什么职业，不管他处于社会的哪个阶层，都不可能终生顺利幸福。每个人都会遇见自己的人生难题，每个人都有烦恼，每个人心里其实都有苦处，只是这些苦处不同罢了。我们平常从远处看一个人，会觉得他活得很好很光鲜，其实走近了看，就会发现并不是那么回事。小说家做的工作，就是让你抵近了去看一个人的生活，去看他的人生。一个人看多了小说，看多了别的人生样本，他在心理上就会得到抚慰，就会看开自己遭遇的东西，就会觉得：我的人生是不美满，但其他人的人生也都不美满，还是知足吧。小说在某种意义上说，它也是一种安慰剂。

读者观看作家提供的人生样本，还能获得思想上的启迪。小说家提供的每个人生样本背后，其实都蕴含着作家对人生的思考，都有思想含量。所以从某种意义上可以说，小说还是一种清醒剂，你看了，会悟懂一些问题。作家提供的那些人生样本背后，或是在追问人性的内容，或是在追寻人生的意义，或是在追索社会组成及运行的法则，或是在追究自然界的规律及人与自然的关系。读者读了他们的作品，通常会在思想上引起震动，会明白很多形而上的问题，从而使自己活得更清醒。

人世上其实最讲势利，它不会让一个对人类完全无用的职业长期存在下去。现在，既然小说创作还作为一种职业存在，就证明人类还需要小说这种精神产品，就证明这种职业于人类还有用处。

小说家应该努力，好好写出更多新鲜的人生样本。

图书在版编目（CIP）数据

周大新散文 / 周大新著. -- 北京：作家出版社，2025.5. --（作家散文典藏）. -- ISBN 978-7-5212-3276-9

I. I267

中国国家版本馆 CIP 数据核字第 20258TK447 号

周大新散文

丛书策划：路英勇　张亚丽
出版统筹：省登宇
作　　者：周大新
封面绘图：（美）古斯塔夫·鲍曼
责任编辑：姬小琴
装帧设计：TT Studio　纸方程·于文妍
责任印制：金志宏
出版发行：作家出版社有限公司
社　　址：北京农展馆南里 10 号　　邮　　编：100125
电话传真：86-10-65067186（发行中心）
　　　　　86-10-65004079（总编室）
E-mail：zuojia@zuojia.net.cn
http://www.zuojiachubanshe.com
印　　刷：北京盛通印刷股份有限公司
成品尺寸：142×210
字　　数：224 千
印　　张：9.625
版　　次：2025 年 5 月第 1 版
印　　次：2025 年 5 月第 1 次印刷
ISBN　978-7-5212-3276-9
定　　价：38.00 元

作家版图书，版权所有，侵权必究。
作家版图书，印装错误可随时退换。